ODISSEIA BRASILEIRA

Outros livros de Stephen E. Murphy

- *On the Edge: An Odyssey*
- *Havana Odyssey*

ODISSEIA BRASILEIRA

STEPHEN E. MURPHY

Tradução
Marilene Tombini

GRYPHUS

Rio de Janeiro

Copyright © 2022 by Stephen E. Murphy

Título original
Brazilian Odyssey

Outras informações
Odyssey Chapters, PO Box 15155, Seattle WA 98115 – BrazilianOdyssey3@gmail.com

Revisão
Lígia Lopes Pereira Pinto
Lara Alves

Diagramação
Rejane Megale

Capa
Carmen Torras (www.gabientedeartes.com.br)

Esta é uma obra de ficção. Nomes, personagens, lugares e acontecimentos são fruto da imaginação do autor ou são usados de forma ficcional. Qualquer semelhança com pessoas reais – vivas ou mortas – bem como empresas, organizações, eventos e locais é mera coincidência.

CIP-BRASIL. CATALOGAÇÃO-NA-FONTE
SINDICATO NACIONAL DOS EDITORES DE LIVROS, RJ
....

M960

Murphy, Stephen E.
Uma odisseia brasileira / Stephen E. Murphy ; tradução Marilene Tombini. - 1.ed. - Rio de Janeiro : Gryphus, 2023.
266 p. ; 21 cm.

Tradução de: Brazilian odyssey
Inclui bibliografia
ISBN 978-65-86061-64-2

1. Ficção americana. I. Tombini, Marilene. II. Título.

23-84843   CDD: 813
                                                                          CDU: 82-3(81)
....

GRYPHUS EDITORA
Rua Major Rubens Vaz 456 — Gávea — 22470-070
Rio de Janeiro — RJ — Tel.: +5521 2533-2508
www.gryphus.com.br — e-mail: gryphus@gryphus.com.br

*Aos heróis brasileiros
desconhecidos, especialmente
Bruno Pereira e Dom Phillips*

SUMÁRIO

Mapa do Pará 10

Lista das personagens e principais organizações 11

Prólogo   *Rio Jari, próximo ao Rio Amazonas, Brasil,*
                      agosto de 1981 13

O INÍCIO DA JORNADA
A Felicidade

Capítulo 1   *Sobrevoando a Amazônia*
                      Madrugada de 8 para 9 de agosto de 2021 19

Capítulo 2   *Rua Aristides Lobo, Belém, Pará*
                      Manhã de segunda-feira, 9 de agosto 29

Capítulo 3   *Barra da Tijuca, Rio de Janeiro*
                      Manhã de segunda-feira, 9 de agosto 35

Capítulo 4   *Aeroporto Internacional Tom Jobim (Galeão), Rio de Janeiro*
                      Manhã de segunda-feira, 9 de agosto 41

Capítulo 5   *Paraisópolis, São Paulo*
                      Meio-dia de terça-feira, 10 de agosto 49

Capítulo 6   *Copacabana, Rio de Janeiro, rumo aos subúrbios do noroeste*
                      Manhã de quarta-feira, 11 de agosto 53

Capítulo 7   *Jardim Botânico, Rio de Janeiro*
                      Tarde de quarta-feira, 11 de agosto 61

Capítulo 8	Belém, rumo a Santarém	
	Tarde de quinta-feira, 12 de agosto	67
Capítulo 9	Jockey Club, Rio de Janeiro	
	Tarde de sexta-feira, 13 de agosto	75
Capítulo 10	Rio de Janeiro, rumo a São Paulo	
	Tarde de sábado, 14 de agosto	81
Capítulo 11	De Aparecida a São Paulo	
	Noite de sábado, 14 de agosto	87
Capítulo 12	Estanplaza Paulista	
	Manhã de domingo, 15 de agosto	97
Capítulo 13	De Monte Alegre a Santarém, via barca	
	Tarde de segunda-feira, 16 de agosto	107
Capítulo 14	Parque Ibirapuera, São Paulo	
	Meio-dia de terça-feira, 17 de agosto	117
Capítulo 15	Setor de mansões, Brasília	
	Manhã de quarta-feira, 18 de agosto	123
Capítulo 16	De São Paulo a Brasília	
	Tarde de quarta-feira, 18 de agosto	129

O FINAL DA JORNADA
Matita Perê

Capítulo 17	Rumo à Articulação dos Povos Indígenas, Brasília	
	Manhã de quinta-feira, 19 de agosto	141
Capítulo 18	Gabinete do Senado, Brasília	
	Manhã de sexta-feira, 20 de agosto	149
Capítulo 19	Swissôtel, Santa Cruz de la Sierra, Bolívia	
	Manhã de sábado, 21 de agosto	157
Capítulo 20	Missão Salesiana, Cuiabá, Mato Grosso	
	Fim de tarde, 22 de agosto	163

Capítulo 21	*Hotel Gran Odara, Cuiabá* *Manhã de segunda-feira, 23 de agosto*	169
Capítulo 22	*Rumo ao Pantanal Hotel, Miranda, Mato Grosso* *Manhã de terça-feira, 24 de agosto*	175
Capítulo 23	*Voando rumo a Marabá, Pará* *Manhã de quarta-feira, 25 de agosto*	183
Capítulo 24	*Universidade Federal do Pará, Belém* *Manhã de quinta-feira, 26 de agosto*	191
Capítulo 25	*Na estrada, rumo a Dom Eliseu, Pará* *Meio-dia de quinta-feira, 26 de agosto*	195
Capítulo 26	*De Recife ao Aeroporto Internacional de Belém* *Meio-dia de sexta-feira, 27 de agosto*	201
Capítulo 27	*BR 316, rumo a Belém* *Tarde de sexta-feira, 27 de agosto*	207
Capítulo 28	*Universidade Federal do Pará* *Manhã de sábado, 28 de agosto*....................	215
Capítulo 29	*Porto de Belém* *Sábado, fim de tarde, 28 de agosto*	221
Capítulo 30	*De Belém a Soure, Ilha de Marajó* *Manhã de domingo, 29 de agosto*	227
Capítulo 31	*Fazenda São Jerônimo, norte de Soure do Pará* *Tarde de domingo, 29 de agosto*....................	235
Capítulo 32	*De Soure ao refúgio da Fazenda São Jerônimo* *Meio-dia de segunda-feira, 30 de agosto*	241
Epílogo	*Monte Dourado, Rio Jari* *Manhã de terça-feira, 7 de setembro, 2021*..........	247

Agradecimentos 259

Nota e biografia do autor...................................... 263

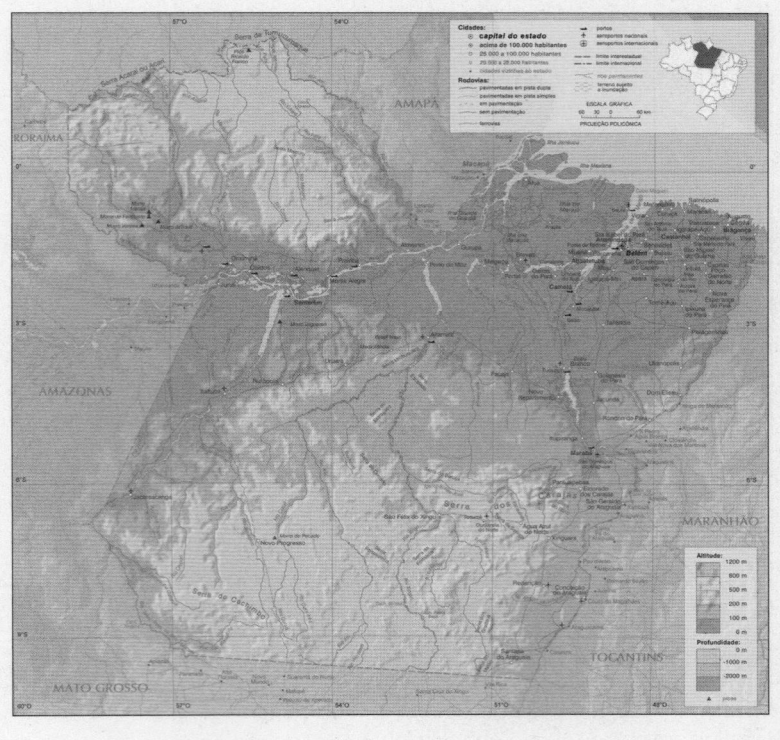

LISTA DAS PERSONAGENS E PRINCIPAIS ORGANIZAÇÕES

ALEXANDRE – ex-diretor da Polícia Federal de Manaus, Amazonas, agora morando perto da cidade do Rio de Janeiro.

ANTÔNIO CARLOS JOBIM – compositor de A Felicidade, Matita Perê e outras canções da bossa nova.

BETO – filho do capitão do barco do Jari, Monte Dourado, Pará.

BRAGA – o "operador" das falcatruas de um senador; sem localização fixa no Brasil.

BRUNO – autor de livros sobre as milícias do Rio e sobre o Primeiro Comando da Capital de São Paulo.

CAETANO – cofundador da ONG Força Comunitária, Alter do Chão, Pará.

CLÁUDIO – professor da Fundação Getulio Vargas, São Paulo; funcionário público no Rio de Janeiro.

CIMI – Conselho Indigenista Missionário, onde missionários e ativistas católicos auxiliam os povos indígenas do norte e centro do Brasil.

CUIABÁ – apelido do astuto guarda-costas de Luis Carlos.

DANIEL LUDWIG – fundador do Projeto Jari, Nova York.

FAUSTO – senador, Brasília.

JUNIOR – filho de Luis Carlos, Bogotá, Colômbia.

LÚCIO – repórter e professor, Belém do Pará.

LUIS CARLOS – membro do Clã do Golfo, Letícia, Colômbia.

LUKE SHANNON – professor, Universidade de Seattle.

MARTA – ex-ministra do meio ambiente, São Paulo.

MATITA PERÊ– feiticeira mítica da Amazônia que aparece à noite em forma de pássaro.

PAULINO – "guardião da floresta" assassinado, nação Guajajara, Maranhão.

PLÍNIO – cofundador da Biofílica, interior de São Paulo.

PRIMEIRO COMANDO DA CAPITAL – a maior organização criminosa do Brasil, baseada em São Paulo.

BANCADA DO BOI – lobby e grupo paramilitar representante dos fazendeiros.

SÉRGIO – presidente do Grupo Jari; São Paulo e Monte Dourado, Pará.

SONIA – ativista indígena; Brasília.

TATIANA – estudante da Universidade de Seattle, prima distante de Paulino Guajajara.

TERESA – fundadora de ONG protetora da vida selvagem; Cuiabá e São Paulo.

VERA – assistente social; Guarulhos e Paraisópolis, São Paulo.

WERNER – sócio em escritório de advocacia para assuntos ambientais.

PRÓLOGO

Rio Jari, próximo ao Rio Amazonas, Brasil
Agosto de 1981

Era sua penúltima noite em Monte Dourado, uma vila da companhia incrustada na floresta amazônica. Depois de jantar um hambúrguer na lanchonete que servia aos estrangeiros, ele passou por uma Caterpillar enlameada e foi andando em direção à margem da floresta para dar uma espiada "no outro lado". No último período da faculdade, com 21 anos, Luke estava orgulhoso de si mesmo por ter conseguido aquele estágio. O BankBoston lhe dera a tarefa de fazer aquela longa viagem desde Seattle para inspecionar o projeto madeireiro multimilionário de Ludwig. Seu trabalho era conduzir um estudo de viabilidade para aquele plano grandioso e recomendar a realização do empréstimo ou não.

Ele estava bem impressionado com a coragem de Ludwig de criar um império no meio da selva. Luke esperava que o magnata se saísse melhor do que Henry Ford décadas antes, ao gastar milhões de dólares para criar seu enclave borracheiro na vastidão da Amazônia. Mesmo assim, estava entusiasmado e sua tendência era de conceder o empréstimo. O Brasil estava na época do "milagre econômico" e todo mundo pensava grande. Se Luke aprovasse a ideia original de Ludwig, estaria ajudando a introduzir a Amazônia ao desenvolvimento econômico. Ele deu uma inflada ao se aproximar da natureza selvagem, a um campo de futebol de distância.

O supervisor despachou um trabalhador brasileiro para lhe servir de guia. Ele avisou a Luke: "Tome cuidado com escorpiões, jiboias e jacarés, americano. Fique de olhos bem abertos". A uns 20 metros da margem da floresta, o guia recebeu uma chamada em seu *walkie talkie*: "Tivemos um problema. Tenho que voltar para a sede. Fique nesta área desmatada e estará seguro. Não vá se aventurar mata adentro a essa hora em que os predadores estão buscando o jantar".

Luke foi em frente. Passou por cepos de árvores, toras queimadas e avistou uma leve trilha que conduzia a um arvoredo. O sol caía no horizonte e o céu estava ficando azul escuro. Ele passou por palmeiras cintilantes e arriscou alguns passos adiante. Chamados exóticos vinham de pássaros ocultos e do burburinho dos macacos. "Eu só queria sentir o habitat natural", ele disse a si mesmo, imaginando as estórias que poderia contar aos amigos lá na Universidade de Washington.

Deu um passo, depois outro e observou os galhos que balançavam numa brisa inquieta. Ficou atento a cobras, mas não conseguia ver muito com o lusco-fusco. Então ouviu um estranho som rangente à sua direita.

Ao se virar, deparou-se com dois olhos amarelos num galho de jacarandá a uns dez metros, observando-o. Secou as mãos nas bermudas e ficou olhando para um enorme gato cor de laranja, a face ampla coberta de pintas pretas. O felino abanava a cauda de um lado para outro, mas o resto de seu corpo estava imóvel. Então, a onça piscou os olhos.

Luke engoliu em seco e sua respiração ficou entrecortada. Sem pensar, começou a murmurar uma canção de Tom Jobim que havia aprendido na aula de português. Esperava que o senhor da selva brasileira não se sentisse ameaçado. Não sabia o que mais fazer.

Murmurando a canção de lamento, Luke começou a recuar lentamente. Tropeçou numa raiz e tentou evitar a queda. Ouviu um ronco e teve a súbita visão de dentes caninos brancos.

Ao cair no chão da selva, parou de cantar.

O INÍCIO DA JORNADA

A Felicidade

Tristeza não tem fim. Felicidade sim.
A felicidade é como a gota
De orvalho numa pétala de flor
Brilha tranquila
Depois de leve oscila
E cai como uma lágrima de amor.

— *Tom Jobim e Vinicius de Moraes (1958)*

CAPÍTULO 1

Sobrevoando a Amazônia
Madrugada de 8 para 9 de agosto de 2021

"Professor Shannon, o senhor se considera um hipócrita?"

As palavras dela ricochetearam em sua cabeça, dispersando qualquer indício de sono. Pela janela ele olhou para o abismo. Subitamente, o avião 777 da American Airlines deu um solavanco e um relâmpago lançou uma mortalha sinistra sobre a selva. O Boeing sacudiu outra vez e os passageiros começaram a choramingar e logo a gritar.

Fragmentos de luz os envolveram, criando imagens espectrais que sumiam na bruma. Ele perdeu o fôlego diante do colossal cúmulo-nimbo à sua esquerda, trovejando em direção à aeronave. Um compartimento superior se abriu, fazendo chover a bagagem de mão sobre os passageiros. Luke se esquivou de um laptop e de uma bolsa Target que despejou frascos de xampu.

Relembrou as palavras de Tatiana em sala de aula, quando ela falou de seu passado exatamente naquela região. Seria assim que a Amazônia iria à desforra? Será que os espectros do passado – flora, fauna e almas nativas – assombrariam seu retorno ao Brasil após todos esses anos? Como professor dessa missão de estudos, ele deveria dar um bom exemplo.

Na fileira da frente, outro estudante, agarrado aos joelhos, tremia de modo incontrolável. O avião saltou com as correntes de ar, mas logo se realinhou. Ao seu lado, um passageiro rezava.

Atrás, um som estridente ficou mais alto e a cabine dianteira se projetou para cima. Luke segurou-se no assento em frente, agarrado à própria vida. Um refluxo ácido subiu de seu estômago.

Será que essa montanha-russa tropical teria fim?

Do outro lado do corredor, a cabeça de Tatiana batia na janela. Abrindo os olhos negros como carvão, ela o olhou fixamente. Abanou a cabeça e olhou para o outro lado. Suas raízes nativas e presença silenciosa perturbavam Luke, deixando-o curioso sobre seu passado. Apesar de ter apenas 1,50m de altura, seu jeito sensato era suficiente para chamar a atenção.

A aeronave surfava as correntes da tempestade, oscilando para cima e para baixo num ritmo espasmódico. O som estridente foi diminuindo e o piloto anunciou: "Entramos numa zona de certa calmaria a 22.000 pés. Mantenham os cintos afivelados". Contudo, no horizonte escuro, os tentáculos luminosos da tempestade ainda se estendiam para eles.

Luke soltou o ar e espiou pela janela. Luzes sulfúricas piscaram por trás de um aglomerado de nuvens e desapareceram num flash. Ele fechou os olhos, deixando a mente vagar pela sua visita inaugural à Amazônia quarenta anos antes.

***

Durante seu último ano na Universidade de Washington, ele havia garantido um cobiçado estágio da AIESEC com um banco de prestígio no Brasil. Após um curto período em São Paulo, Luke foi encarregado de avaliar a viabilidade do projeto multimilionário localizado na foz do Amazonas.

O único bilionário do mundo na década de 1970, Daniel Ludwig tinha adquirido 3,6 milhões hectares de floresta tropical no subdesenvolvido território do Amapá. Ele convencera os governantes militares do Brasil que criaria uma fábrica integrada de extração e produção de madeira na Amazônia, a futura capital mundial da celulose. Ele planejava importar uma fábrica do Japão, especialmente projetada para esse fim, além de milhares de árvores gamelina do sudeste asiático. A imensa plantação de gamelina, uma árvore de rápido crescimento, iria alimentar sua fábrica. Ele se tornaria o grande senhor da Amazônia como ocorrera com sua companhia armadora internacionalmente.

O regime militar do Brasil apoiou a ideia de Ludwig para desenvolver a região em torno do Rio Jari, um afluente do rio Amazonas, de onde fluía mais água que de qualquer outro rio da Terra. O projeto do americano geraria empregos e protegeria as florestas brasileiras dos intrusos estrangeiros de Cuba. Após uma década de planejamento em seu escritório de Nova York, o empresário encomendou três grandes plataformas em formato de navio a serem construídas em estaleiros de Hiroshima. Reunidas, elas se tornariam a fábrica integrada de celulose para seu império no Brasil.

Ele seria aclamado salvador da região e prometera levar prosperidade ao povo local. Além disso, lucraria com a elevação dos preços da celulose e do papel. Era um empreendimento ousado e atraiu a atenção da imprensa internacional.

Como magnata armador, ele decidiu flutuar as barcaças, a um custo de 150 milhões de dólares, através do Oceano Índico, passando pelo Cabo da Boa Esperança e cruzando as tormentas do Atlântico. Enfrentando todas as adversidades, obteve sucesso e surpreendeu seus detratores. As barcaças-plataformas viajaram 25.600 quilômetros e chegaram ilesas à foz do Amazonas durante a estação das chuvas em 1978.

Duas barcaças flutuaram por eclusas especialmente projetadas, compostas de pilhas de madeira de eucalipto enterradas no solo amazônico por centenas de operários. Ao fechar as eclusas e bombear água para fora, as barcaças se assentavam suavemente nas estacas. A primeira parte do grande plano de Ludwig estava completa e ele se sentiu no apogeu.

A barcaça da central elétrica deslizou por diferentes eclusas rio abaixo e proporcionaria eletricidade para a nova cidadezinha, pertencente à companhia, chamada "Monte Dourado". O empresário afirmou que seu império iria gerar uma "montanha de ouro" financiada pelas exportações de celulose mundo afora.

Alguns anos depois disso, Luke deu as caras por lá num dia mormacento de agosto. Fazia 33 graus. Ele chegou num Cessna de oito lugares acompanhado de um americano do Tennessee, professor de silvicultura. Após decolarem em Belém do Pará, o avião chacoalhou muito ao atravessar nuvens estratos sobre o imenso estuário de 330 quilômetros de largura e prosseguiu em meio a rajadas de vento para pousar três horas mais tarde, sob chuva fina, numa pista de terra batida.

"Bem-vindos ao nosso monte dourado. Eu me chamo Roberto", cumprimentou o moreno baixo com um sorriso largo e simpático. "Vamos ter que levar vocês pra vila de barco. Uma massaranduba enorme caiu durante a noite e bloqueou a estrada. Os operários ainda estão serrando essa árvore de coração vermelho. Então vamos nos divertir navegando pelo Jari e ir aproveitando a vista", ele gritou e jogou a bagagem deles para dentro de uma Cherokee verde desbotada.

O motorista seguiu em frente por uma estrada enlameada e estacionou num ancoradouro improvisado. Ondas de água turva lavavam as tábuas cinzentas e enxames de mosquitos atacaram os dois gringos.

"Este é o Jari, afluente do nosso Rio-Mar, como chamamos o grande Amazonas. O rio ainda está subindo porque as chuvas duraram mais tempo nesta estação. Logo vai ter sol", exclamou Roberto, jogando a mala do professor e a sacola de Luke para um adolescente, que apresentou como seu filho. "Beto, esses são os americanos que vão nos ajudar a produzir ouro verde".

Seguindo o guia, eles pularam para dentro de uma embarcação movida por um pequeno motor Honda na popa, onde Roberto se posicionou. As tábuas do fundo, desbotadas, eram verde, amarelo e azul, as cores da bandeira brasileira. O professor sentou-se num banco de madeira à meia-nau; Luke e Beto agarraram-se à proa, esquivando-se de pequenas ondas.

Roberto percorria o rio ziguezagueando entre toras, que às vezes se revelavam jacarés. "Não estenda as mãos muito para fora", ele avisou, rindo. "Serão iscas para as piranhas, meu amigo".

Depois de uma hora, sob chuva morna, eles chegaram a um ancoradouro feito de estacas de madeira. Luke estava encharcado. Na mesma hora, o sol saiu dentre nuvens baixas e se refletiu em fileiras de casas pré-fabricadas. Ele viu as árvores muito altas à distância cercando a cidadezinha da companhia.

Um homem alto e magro, de chapéu Panamá, os cumprimentou: "Bem-vindo a Monte Dourado, professor. E você deve ser Luke Shannon, nosso amigo do ramo bancário. Vocês vão encontrar muitos americanos aqui. Estão nos ajudando a montar a capital mundial de celulose e papel. Sinto muito pela viagem pelo rio, mas a floresta tem suas próprias regras. Beto vai levar sua bagagem para uma de nossas casas de hóspedes".

Luke iniciou sua visita relâmpago e observou fileiras de gamelina, com troncos retorcidos de modo incomum. Visitou arrozais, uma mina de superfície de caulim e uma usina hidroelétrica a jusante. Geralmente, ele fazia as refeições com outros americanos – a maioria do sul – e os escutava reclamar de escorpiões, tédio e esposas descontentes.

Duas outras lembranças se destacaram: sua visita a uma comunidade ribeirinha montada do outro lado do Rio Jari e seu encontro com uma onça na beira da floresta.

"O que você acha, americano? Quer ver aonde os brasileiros vão pra se divertir?", convidou Roberto. Ao anoitecer, eles saíram da margem oeste, que abrigava a comunidade de estrangeiros e cruzaram o rio. Quando o barco terminou sua viagem de quinze minutos, a noite já havia caído e a umidade se elevado. Adiante, Luke observou choupanas de madeira sobre palafitas com o rio correndo por baixo enquanto ouvia risadas e samba saindo de um barraco. Essa vila sombria poderia ser a cena de um filme de James Bond, pensou.

Luke seguiu o guia por uma tábua bamba até uma passarela de madeira que serpenteava a margem do rio ao longo de cem metros. Ao empurrar uma porta de vaivém eles entraram num cômodo de seis metros por seis e deixaram a porta balançando ao murmúrio da água. Uma nuvem de fumaça de cigarros mata-ratos e de maconha pairava no ar. Meia dúzia de homens com feições indígenas sentavam-se em bancos e um barman estava de pé no fundo, cercado de garrafas contendo um líquido transparente.

"*Cachaça* é o nosso rum rústico", explicou Roberto. "Os destiladores locais deixam algumas impurezas para dar mais efeito. Meu amigo aqui faz uma versão deliciosa do nosso drinque nacional, a caipirinha, com muito limão, um pouco de mel da região e um toque de açaí. Pedro, dois no capricho pra mim e meu amigo".

Eles se sentaram num banco de madeira do lado direito, ouvindo o vento farfalhar nos beirais e a chuva tamborilando no teto de zinco. À esquerda deles, uma jovem balançava ao som de Antônio Carlos Jobim. Usando seu português básico, Luke entendeu a letra, "Tristeza não tem fim, felicidade sim...". A garota usava um colar dourado, de onde saíam fios de palha que cobriam seus seios firmes. Através de uma saia de palha, via-se suas pernas morenas gingando ao som da bossa nova.

A canção mudou para *Matita Perê*, baseada na lenda amazônica de uma feiticeira que vira pássaro à noite e importuna as pessoas para conseguir tabaco. No dia seguinte a feiticeira reaparece para pegar seu prêmio ou lançar feitiços a qualquer um que a desrespeite. A dançarina sentiu a mudança na melodia e viajou para longe, à deriva em seu mundo particular. Luke escutou a letra de Jobim sobre uma pessoa que foge da maldição da feiticeira, ansiando por uma vida melhor, mas sem sucesso. Será que a jovem dançarina havia se tornado a pessoa daquela canção?

"Ela é de uma tribo do Xingu e nossa dançarina favorita", comentou o guia.

Dando o último gole em sua caipirinha, Luke estava deslumbrado. Ela olhou para ele, que sentiu o coração acelerar ao captar seu olhar. Ele não queria que o momento se desfizesse.

O encanto se quebrou quando entraram dois homens altos de feições europeias e colares de ouro pendurados no pescoço. Um deles tinha uns trinta anos e o outro vinte e poucos. Eles rapidamente dominaram a cena e todos pararam de falar.

Roberto cochichou: "Tome cuidado, amigo. Eles são da Colômbia. Costumam parar aqui a caminho de Belém".

Do alto de seu 1,90m o colombiano mais jovem concentrou os olhos escuros na direção deles. "Não me diga que temos um gringo deste lado do rio", exclamou em espanhol. Ele sorria e seu acompanhante mais velho concordou com a cabeça. "Compadre, o que está fazendo aqui? Perdeu o caminho da vila da companhia?"

"*Buenas noches, señor*", respondeu Luke, e continuou, em espanhol. "Estou apenas tentando sentir a atmosfera aqui pelo Jari."

"Boa resposta, gringo. Meu nome é Luis Carlos. Acabei de chegar de Letícia, onde três países compartilham a nascente oeste do Amazonas. Se você aprecia cenários selvagens, deveria me visitar hora dessas."

Luke se lembrou de que Colômbia, Brasil e Peru tinham uma fronteira comum rio acima, dois mil e setecentos quilômetros a oeste. "Meu nome é Luke Shannon e venho de Seattle", ele respondeu, acrescentando, "Obrigado pelo convite. Talvez numa próxima oportunidade".

Roberto franziu o cenho, mas Luke forçou um sorriso e continuou sentado. A jovem dançarina havia saído de fininho pela porta dos fundos enquanto a melodia de Jobim chegava ao seu final agridoce. Um ar pesado preencheu o ambiente, apesar da brisa que soprava.

Luke deu um aceno de cabeça para o colombiano, seguiu seu guia porta afora e sob a chuva foi caminhando pela passarela. Ele refletiu sobre o que realmente acontecia nesse lugar remoto da Amazônia em frente à grandiosa fazenda de Ludwig.

**

Quando Luke abriu os olhos e voltou a se concentrar no presente, as imagens do colombiano, da dançarina e da onça foram sumindo.

O voo se estabilizara e em meio à névoa rosada ele ficou olhando para os campos intermináveis lá embaixo, muitos plantados de forma circular. Um ocasional arvoredo de eucaliptos interrompia as planícies de soja, o maior produto de exportação do Brasil.

A missão da Universidade de Seattle era determinar se o impulso brasileiro de plantar hectares e mais hectares de soja além do cerrado estava destruindo florestas e povos nativos. O reitor os incentivara a relatar suas descobertas na volta para ampliar o perfil da universidade.

Luke olhou para Tatiana, que estava do outro lado do corredor com o rosto colado na janelinha. Ela fazia uma careta olhando para os campos cultivados abaixo e deu uma rápida olhada para ele, que notou o estremecer involuntário de seu corpo.

O sol foi aparecendo entre as nuvens à medida que as plantações de soja davam lugar às favelas na periferia de Brasília.

Em sala de aula, Tatiana argumentava apaixonadamente que o mundo estava dando as costas aos heróis desconhecidos do Brasil, que lutavam para salvar as florestas e os povos originários. "Em vez disso", ela dizia, "os latifundiários derrubam nossas árvores e desalojam meu povo. Só pensam em mais terra para a soja que alimenta os suínos chineses! Precisamos nos manifestar. Precisamos fazer alguma coisa!"

O apelo apaixonado de Tatiana moveu Luke e os estudantes da universidade. Agora ele via as lágrimas correrem por suas faces morenas.

Ele pensou no que sua turma, especialmente Tatiana, encontraria no Brasil? Será que conseguiriam realizar seu projeto num país governado pelo "Trump dos trópicos"? Ele havia lido que o atual presidente tinha o apoio dos latifundiários e das milícias que jogavam para valer. Sua esperança era de que não estivessem sobrecarregados com essa missão.

"Atenção", ele se ouviu dizer em voz alta.

Tatiana se virou e fez que sim numa resposta sombria.

CAPÍTULO 2

Rua Aristides Lobo, Belém, Pará
Manhã de segunda-feira, 9 de agosto

Lúcio dobrou a esquina e viu o reflexo de um homem magro o seguindo. A umidade dava início ao seu abraço matinal e o fez tirar os óculos para limpar as lentes embaçadas. Ainda ouvindo as passadas, ele dobrou na Rua Aristides Lobo e apressou o passo. Mal se esquivou de um sem-teto e de uma van que buscava passageiros para o porto. Ouviu o homem xingar lá atrás em meio ao som de buzinas. A roda de uma carroça ficou presa numa fresta de paralelepípedos, interrompendo o trânsito de carros e pedestres. Um velho caminhão Mercedes acelerou, aumentou o contratempo.

Valendo-se da distração, Lúcio dobrou na Rua Tiradentes em direção à porta dos fundos da loja Riachuelo, que ficava dentro do Boulevard Shopping Center. No passado, ele já havia usado a entrada de cargas para se desvencilhar de perseguições. "Bom dia, Pedro", cumprimentou ao entrar.

"Bom dia, professor", respondeu o guarda robusto, que fora seu aluno na aula noturna de educação cívica. Como jornalista há cinquenta anos, Lúcio sempre encontrara tempo para fazer palestras sobre liberdade de imprensa.

Andando em meio a pilhas de caixas de todas as formas e tamanhos, ele saiu do depósito e entrou na seção de lingerie da loja. Os vendedores estavam arrumando os produtos para os clientes que circulariam pelo shopping. As portas estavam para se abrir, às 10 horas. O ar-condicionado acabara de entrar em ação, banhando Lúcio com um ar refrescante. Embora residente de Belém por toda a vida e acostumado ao seu calor úmido, ele apreciava um sopro de ar frio.

Como será que o acadêmico americano e seus alunos iriam reagir a essa cidade tropical, logo ao sul da linha do equador, com suas altas temperaturas o ano todo, pensou Lúcio. Aquele professor da Universidade de Seattle havia insistido com ele por mais de um ano a respeito de uma missão de estudos sobre os efeitos do agronegócio no desmatamento das florestas tropicais. Como dizer não, ele que era o defensor da flora e da fauna de sua cidade natal? Parecia que o professor tinha uma aluna brasileira cujos laços com os "guardiões da floresta" a engajavam na luta para salvar suas árvores centenárias e modo de vida indígena. A sede por terra, madeira e ouro dos saqueadores era insaciável, lembrou-se com raiva. Eles não paravam de vir, instigados pelo atual regime.

Abanando a cabeça, ele relembrou os diversos incidentes desse tipo, repetindo-se sem parar. As autoridades ofereciam palavras de consolo, mas pouco agiam. Em sua cidade de dois milhões de habitantes, quem ainda domina são os poderosos. Se eles sussurrassem no ouvido do chefe de polícia para fazer vista grossa, surgiam desculpas e os culpados não eram encontrados. Mas Lúcio não ficaria calado. Durante toda a vida ele havia levantado a voz pelas esquinas, na prefeitura e na imprensa – a quem quisesse ouvir. Isso incluía o professor americano.

Como Lúcio era um filho da terra, as autoridades não o confrontavam abertamente, mas sim por meio de campanhas intimidatórias. Tinham enviado inspetores municipais à sua casa para multá-lo por violações fúteis e começaram a espalhar boatos de que ele era *gay*. Ultimamente, tinham se tornado mais ousados, postando ameaças a ele e suas filhas nas mídias sociais. Há pouco tempo, alguém jogara pedras pela sua janela com bilhetes anônimos. Além disso, mandavam segui-lo, como ocorrera essa manhã.

Contudo, Lúcio não se calaria. Sua causa célebre era lutar por liberdade de imprensa na cidade e no país. Caso contrário, que sentido haveria para se levantar da cama todas as manhãs?

As portas da loja se abriram com um zunido, liberando a entrada para um bando apressado de consumidores mascarados. Lúcio saiu de seu devaneio e colocou a máscara hospitalar. Observando os conterrâneos, seu lado jornalístico questionou a razão para que cada um deles tivesse vindo ali. Percebeu ansiedade em alguns olhares e tédio em outros. Afinal, o desemprego estava nas alturas e não parava de subir. Como será que cada um daqueles consumidores estava conseguindo se manter?

Ao pisar no corredor interno do shopping, Lúcio ouviu o rangido das cortinas de ferro se abrindo para iniciar outro dia de comércio. As vendedoras, vestidas em seus melhores trajes, davam sorrisos agradáveis para pessoas idosas como ele. Elas sempre o faziam se sentir vivo.

"Bom dia", disse uma garota, com uma tentativa de sorriso. Ela usava uma camiseta da Vivo e estava encarregada de persuadir potenciais fregueses a entrar na loja de celulares. Ele se lembrou dela em suas aulas como uma aluna atenta, mas tímida. Ela tinha pouco mais de 1,60m e os modos reservados das moças indígenas. Seus olhos eram negros feito piche e a pele lustra tinha o tom da canela. Hoje ela parecia desanimada.

"Tudo bem, Gabriela?", ele perguntou em voz baixa. Ela era oriunda da aldeia Yanomami, sediada ao norte, próxima à fronteira venezuelana. Seu povo também sofrera invasões de saqueadores em busca de madeira de lei para ganhar um troco nos mercados internacionais. Gabriela tinha uma irmã que havia se mudado para uma cidade no interior do Pará, algumas horas ao sul. Essa irmã estava incumbida de organizar as mulheres indígenas no sentido de proteger suas famílias contra os mineradores de fora.

"Mais ou menos, professor. Recebi más notícias hoje", ela balbuciou.

Lúcio aguardou que ela continuasse.

"O senhor tem tempo para conversar? A gente acabou de abrir, mas eu posso pedir para uma colega me substituir. A loja não tem muito movimento até o meio-dia."

Lúcio sempre se disponibilizava a ouvir seus alunos. Às vezes, servia de porto seguro, outras de conselheiro. Ele guardava suas confidências como o gavião-vaqueiro que protege seu território sobre a Amazônia.

"Com prazer, Gabriela. Vou te esperar no Boulevard Café ali adiante."

Ela aquiesceu e entrou na loja.

Ele garantiu uma mesa dentro do café com vista para fora, onde o trânsito de pessoas começava a aumentar.

Gabriela chegou dez minutos depois. Pediu um chá de folhas de jambu conhecido como anestésico para a dor. Além de ter propriedades antivirais, inclusive contra o vírus da covid-19. Lúcio pediu o mesmo, na esperança de evitar uma artrite incipiente em seus pulsos.

"Professor, minha irmã acabou de ligar lá do vilarejo, onde está ajudando a organizar as mulheres Munduruku que vivem no Rio Tapajós. Como o senhor sabe, elas vêm sofrendo com os mineradores ilegais, que continuam a poluir rios e riachos. Elas reclamaram com o delegado de lá, mas ele nunca dá andamento ao caso. Por tratado, a tribo tem o direito de usar a água para as necessidades comunitárias, inclusive para sua alimentação diária com a pesca. Agora as águas estão turvas, com traços de mercúrio, matando peixes, a vida selvagem e as pessoas."

"Nesse fim de semana, vários homens mascarados foram até lá de manhã cedinho e bateram na minha irmã e na amiga dela. Elas estavam na rua a caminho do banheiro público. Os milicianos tentaram atropelá-las com a *pick-up* e depois botaram fogo no prédio da associação das mulheres. E disseram, 'Se vocês abrirem a boca de novo, a gente volta. E vamos nos divertir mais com vocês.' Eles saíram rindo enquanto o fogo se alastrava. Toda a comunidade se acordou para pegar baldes de água e combater as chamas. Levaram horas pra apagar o incêndio."

"O que se pode fazer contra esse tipo de gente?", murmurou Gabriela, com os olhos marejados.

"Temos que denunciar esse incidente para a imprensa internacional. Vou dar destaque a isso na próxima edição do *Amazônia Real*. Seria bom fazer um boletim de ocorrência na delegacia da Polícia Federal. Como a invasão aconteceu na terra Munduruku, a PF tem jurisdição para aplicar a lei. O que você acha?"

"Deixe eu falar com minha irmã hoje e lhe aviso", ela respondeu, tomando mais chá. "O senhor acha que a Polícia Federal faria alguma coisa, sendo que a polícia local está sempre dando desculpas? A gente acha que o delegado recebe propina dos mineradores."

"Tenho um amigo na Polícia Federal em Belém. Embora o chefe dele tenha sido nomeado por um político, o meu amigo é um policial correto. Se a sua irmã aprovar, eu falo com ele. A PF costuma levar a sério as denúncias e tem um histórico de investigar os crimes – ainda mais quando ocorrem em território federal."

O relógio do shopping mostrava 10h45, hora de Gabriela voltar para a loja. Assim que ela empurrou a cadeira e se levantou, Lúcio fez o mesmo.

Gabriela ficou na ponta dos pés e lhe deu um beijo no rosto.

"Muito obrigada pelo chá e por me escutar, professor. Agora tenho que ir trabalhar. Aqui está meu cartão da Vivo com meu número de WhatsApp. Vamos nos falando. Muito agradecida mesmo."

Lúcio se inclinou para receber o beijo e a observou caminhando devagar de volta ao trabalho. Chegando em casa, ele daria uns telefonemas e veria o que podia ser feito. Seu amigo em Belém também conhecia Alexandre, o ex-diretor da Polícia Federal em Manaus, renomado por sua integridade. Entretanto, quando Alexandre tirou satisfação do ministro do Meio Ambiente por improbidade, os políticos de Brasília o realocaram. Lúcio esperava que esse policial correto não fosse pagar um preço alto demais por fazer a coisa certa. Atualmente, Alexandre estava servindo em algum lugar remoto do estado do Rio de Janeiro. Os políticos da capital do país eram uns tipos perversos, portanto todos os funcionários federais tinham que ficar precavidos.

Lúcio iria ajudar Gabriela e sua irmã. Era sua vocação nesta vida. Ele continuaria a defender os direitos dos esquecidos e impotentes contra os interesses adquiridos – fossem eles de famílias ricas, Brasília ou vigaristas chineses. O que mais poderia fazer?

Com o canto do olho, ele viu o mesmo sujeito alto que o seguira desde casa.

Depois de ficar olhando a vitrine da Maybelline do outro lado do corredor, o homem se virou, olhou fixamente para o jornalista e começou a andar em sua direção.

De que modo Lúcio o despistaria agora?

CAPÍTULO 3

Barra da Tijuca, Rio de Janeiro
Manhã de segunda-feira, 9 de agosto

"Filho da puta", Fausto bradou enfurecido, jogando o peso de papel em seu assistente. "Você está aqui para lidar com as asneiras dos jornalistas e não para deixar que escapem. Nós não ajudamos a financiar a viagem deles ao Norte e a providenciar incentivos especiais?".

O rapaz se desviou a tempo e ouviu a estatueta de quartzo se estilhaçar contra a parede de mogno. Talvez estivesse na hora de repensar seu cargo atual arrumado pela mãe. Por que será que ela estava lidando com esse político idiota?

O temperamento de seu patrão ia e vinha como uma tempestade de verão, mesmo sendo inverno no hemisfério sul. As ondas espumosas do Atlântico lá embaixo refletiam o tumulto do povo brasileiro. Mais cedo, seus patrícios não haviam passado, gritando e protestando pelas ruas do Rio?

"Senhor, eu fiz o melhor que pude para apresentá-lo sob uma luz favorável", lamuriou-se o assistente, "mas os jornalistas de Londres têm opinião própria. Eles perguntaram por que a Amazônia ainda está ardendo em chamas e por que o presidente não fez nada para impedir que os fazendeiros e garimpeiros invadissem terras federais. E aquele velho repórter de Belém ainda estava fazendo barulho. Os caras da BBC o ouviram e comentaram comigo. Infelizmente, o lacaio da nossa folha de pagamento não conseguiu responder à altura. O que é que eu posso fazer?".

"Seu fracote! Diga a eles que o presidente apoia os brasileiros desbravadores de terras e os garimpeiros que estão lutando pela sobrevivência. Nossa administração não se curva às classes abastadas estéreis de São Paulo nem às pretensas cruzadas da imprensa. Eles da imprensa querem apenas parecer bonzinhos. E esses industriais desejam é sugar o sangue dos operários brasileiros, ganhar dinheiro e exibir suas mansões muradas no Morumbi. Nunca se esqueça de que esses operários são o nosso povo! Minha família – e não os capitalistas de São Paulo nem essa imprensa volúvel – é que são seus aliados em Brasília."

"Você não estudou relações públicas?", perguntou Fausto com fúria. Ele não suportava esse garoto nascido em berço de ouro, mas havia prometido à mãe dele. Sem dúvida, ela possuía outros ativos além da abundância financeira.

Sem ter satisfeito sua raiva, Fausto deu um tapa na foto de família do novo dono do apartamento, que caiu da mesa de mármore no chão perolado, espalhando estilhaços de vidro para todo canto.

Se ao menos conseguisse encontrar gente competente. Fausto fervia. Relembrou sua promessa de conseguir um emprego para aquele filho mimado depois que ela ajudou na campanha. Não era o seu irmão que devia cuidar desses tipinhos do jornalismo, assim como dos *bloggers* das redes sociais? Ele não aguentava mais esse garoto amador, que não fazia ideia de como controlar repórteres mais experientes.

Mas seu irmão estava ocupado com suas coisas. Um dos assessores de Trump havia prometido colaborar para que alcançassem milhões de "guerreiros digitais" e assim dar uma virada nas próximas eleições como fizeram nas últimas. Ele acreditava no papo desse sujeito, mas Fausto tinha suas dúvidas. O embaixador russo também havia prometido a ajuda de hackers. A campanha estava flertando com o Telegram para que mandasse mensagens aos eleitores em 2022. O Facebook tinha começado a dar para trás.

Todos seus irmãos queriam melhorar a posição do presidente para a reeleição – ainda mais agora que a imprensa se virara consistentemente contra ele. *"Fake news"* é o que ele e sua família alegavam sobre essas denúncias relativas à Amazônia, mas os brasileiros pareciam estar cansados desse slogan americano. As altas taxas de desemprego não ajudavam, mas às vezes umas distrações podiam funcionar.

Fausto fez uma careta para a recente pesquisa da *Folha de São Paulo* que o mostrava atrás nas eleições do ano seguinte. O ex-presidente Lula estava liderando as pesquisas. Os brasileiros não pareciam ligar se Lula havia sido condenado por corrupção. Afinal, todo mundo sabe que os políticos sempre estão metidos em algum tipo de falcatrua.

E havia a pandemia, que inquietava os brasileiros de todos os matizes. Apesar da negação oficial, as pessoas estavam morrendo com mais rapidez no início desse ano. Agora que as infecções estavam em declínio, por que não lhe davam algum crédito? Certo guru da saúde opinou que na taxa atual de inoculação, o Brasil superaria os Estados Unidos em vacinação até o fim de 2021 – uma baita reviravolta.

Mas a imprensa de merda parecia fixada nas queimadas da Amazônia e em expor os erros do governo. Não prestava atenção nas explicações de Fausto, mas escutava aquele repórter irritante da Amazônia e aqueles coroas amigos dele. Até os milicianos apoiadores lá do Norte pediram para eliminá-lo.

Fausto se serviu de outra dose do Johnny Walker do dono do apartamento, apreciando a ardência que lhe descia pela garganta.

O uísque o acalmou enquanto ele tentava reorganizar as ideias. Precisou relembrar de que seu povo, os trabalhadores, esperava que a administração lhes arrumasse empregos. Além disso, também era preciso lhes dar algum tipo de esperança.

Ele notou numa parede o cartaz de *Tropa de Elite*, o filme de José Padilha sobre os esquadrões especiais da polícia do Rio que perseguiam e eliminavam criminosos. Agora alguns de seus membros trabalhavam junto a políticos, gangues e milicianos das comunidades. Juntos, eles haviam proporcionado um apoio essencial nas últimas eleições. Por que não o fariam de novo nas próximas?

Fausto abanou a cabeça e viu um jornal de Brasília citando as acusações feitas por seus inimigos. Falavam das "rachadinhas", do fato de ele embolsar parte do pagamento mensal destinado ao pessoal do seu gabinete. Ora, todo político dá seu jeitinho para sobreviver. É por isso que muitos se candidatam a cargos públicos. Todo mundo sabe disso.

A imprensa denunciou as "rachadinhas", que driblavam fundos públicos para financiar projetos particulares. Alegava-se que Braga, o "operador" da família há muito tempo, pagava funcionários fantasmas e canalizava fundos para seus amigos e familiares. Entrando e saindo da cadeia, Braga se mantinha firme.

Agora Fausto tinha que usar esse *millennial* incapaz. Bem, sua mamãe tinha ajudado a família com vários favores. Como senador eleito, ele tinha o direito de aproveitar todas as vantagens do cargo.

Fausto passou o olhar pelo apartamento luxuoso naquele condomínio da Barra da Tijuca, obtido com o auxílio daquelas rachadinhas ao longo de muitos anos. Recentemente, ele o vendera ao amigo de um amigo. Embora o novo dono tivesse pagado exatamente o preço pedido, Fausto exigiu a possibilidade de usá-lo como refúgio sempre que necessitasse. O comprador concordou. Afinal, Fausto era um mandachuva na cidade e não dava para brincar com ele.

Todos reconheciam que o poder emanava da capital do país. Enquanto sua família estivesse no topo, prestígio e influência fluiriam em sua direção. Era preciso abrir caminho em meio a pedidos de *impeachment* e mobilizar os apoiadores nas ruas e nos comícios. Se eles dessem um jeito de seguir pelo caminho democrático, precisavam convencer a opinião pública ou descobrir outra maneira de manter os trampolins do poder.

Vendo seu reflexo no espelho francês folheado a ouro, Fausto se achou desgrenhado. Era preciso manter a aparência. Seu papel no círculo familiar era o de confrontar as críticas do Congresso e da imprensa irritante. Talvez devesse procurar seus amigos da milícia. Eles souberam como cuidar das coisas em 2018, quando uma vereadora chata ameaçou revelar segredos impróprios. Talvez seus detratores, especialmente da imprensa, se aquietariam se algo acontecesse à sua prima dona.

Pela janela enorme ele olhou para as ondas furiosas, que ecoavam seu estado de espírito. Acima do tumulto uma gaivota conseguia planar pelas correntes aéreas contrárias. Como aquele pássaro, Fausto precisava navegar contra a maré de Brasília e escapar das intermináveis ciladas.

Naquele instante, o interfone tocou da portaria. Um conhecido de Braga acabara de chegar com uma mensagem de seu antigo vizinho.

Um plano começou a se formar na cabeça de Fausto: matar dois coelhos com uma só cajadada.

CAPÍTULO 4

Aeroporto Internacional Tom Jobim (Galeão), Rio de Janeiro
Manhã de segunda-feira, 9 de agosto

Luke percorreu o corredor com os nove estudantes em meio a multidões de turistas, recepcionistas e guias. Ninguém segurava uma placa com *Seattle University*, então ele foi andando para fora. Bagagem a reboque, procurou em vão pelo micro-ônibus, mas viu um com o letreiro da Cargill, diversas limusines pretas e os ônibus da Riotur.

"Professor, vou ver o que consigo arrumar", ofereceu-se Tatiana enquanto a chuva continuava caindo.

Olhando ao longe, ele procurou pela estátua do Cristo Redentor no topo do morro. Nuvens espessas ocultavam esse histórico ponto de referência com vista para as zonas norte e sul do Rio de Janeiro. Luke sempre se sentia confortado ao ver o Cristo e inquieto quando não conseguia. Esperava que o fato de estar oculto não representasse um mau augúrio para sua missão de estudos. Luke não admitia ser supersticioso, mas prestava atenção aos conceitos brasileiros. Estremeceu ao relembrar um terreiro de macumba que visitara certa vez. Durante a cerimônia, espíritos do submundo eram convocados para buscar vingança contra os vivos. Tambores e incenso levavam os adeptos a um estado catatônico e o médium emitia sons bizarros e cânticos assustadores. Luke prometeu nunca mais voltar.

O Rio tem a forma de um J e é dividido em duas zonas principais. Os bairros praianos, como Copacabana e Ipanema, localizavam-se no gancho do J, na Zona Sul. Na haste do J, os subúrbios habitados pelos trabalhadores se espalham pela Zona Norte e além, abrigando oitenta por cento dos residentes cariocas. Morros escarpados erguem-se entre as duas zonas, separando os bairros mais prósperos de seus equivalentes humildes. O Cristo, no alto do Morro do Corcovado, pode ser visto por toda a metrópole de onze milhões de almas.

Quando jovem executivo do BankBoston, Luke tinha visitado o Salgueiro, uma comunidade da Zona Norte, renomada por seu samba. Num verão quente, ele tivera um caso com uma dançarina afro-brasileira e a maior curtição de sua vida. No carnaval até desfilou pela Avenida Rio Branco ao ritmo incessante da bateria e diante de sorrisos convidativos. Para o jovem Luke tudo parecia possível. Agora ele era professor adjunto e precisava assegurar transporte para sua excursão universitária durante uma pandemia e forte tumulto político.

"Professor, acho que consegui uma carona para nós até Copacabana. Um dos ônibus da Riotur, fretado para uma associação indígena, tem assentos sobrando. Acho que por uma pequena contribuição, o motorista vai nos acomodar. O que acha?", perguntou Tatiana, com um sorriso largo.

"Excelente", ele exclamou, contente de ver Tati mais animada. Seguiu-a, passando pelas limusines até chegarem a um ônibus Mercedes bege com um letreiro da APIB, a Articulação dos Povos Indígenas do Brasil. Luke barganhou com o motorista e por trezentos reais garantiu uma carona até Copacabana.

Eles acomodaram a bagagem e entraram no ônibus, Luke ficando por último. Quando estava para embarcar, observou três homens de terno cinza vindo naquela direção. Pararam ao lado de uma limusine preta. O primeiro homem abriu a porta para um sujeito alto de cabelo ondulado e grisalho, que falava em espanhol com seu associado. O sujeito alto tirou os óculos escuros e olhou para Luke, mantendo o olhar fixo por um segundo a mais. Depois entrou no carro sem mais delongas, seguido por um acompanhante que usava brinco na orelha.

"Não pode ser", disse Luke a si mesmo, "depois de todos esses anos". Entrando no ônibus da Riotur, sentou bem na frente e observou a limusine deixar o aeroporto, com um sedan preto em seu rastro.

***

Luke respirou aliviado. As reservas estavam intactas no Windsor Copacabana, a apenas uma quadra da praia famosa. Certo de que os estudantes estavam agrupados em harmonia, ele lhes deu o dia livre até a reunião que teriam à noite. Em sua agenda havia um encontro marcado para o almoço no restaurante Maxim's com um escritor brasileiro, especialista nas tais milícias do Rio.

Introvertido como era, Luke também precisava de um tempo a sós para dar uma caminhada pela orla. Lembrou-se de suas experiências conflitantes com hotéis. Em sua última visita a Havana em nome da universidade, sofrera um interrogatório no aeroporto e com isso perdeu a carona para o Hotel Nacional. Chegando lá, deparou-se com o cancelamento da reserva e teve que se virar. Aquele ocorrido havia desencadeado uma série de eventos em cascata, colocando sua missão e sua vida em risco. Agora, ele era pessoa não grata em Cuba e não poderia voltar lá sem sofrer outro interrogatório.Dobrando a esquina em direção à praia, ele refletiu sobre o que iria encontrar neste país onde havia trabalhado anos atrás. O projeto em curso de avaliar o impacto do agronegócio no desmatamento atrairia muita atenção e era capaz de provocar reverberações. Ele havia lido que o governo atual dava pouca atenção à destruição de suas florestas. O presidente dizia: "Incentivamos mineradores, madeireiros e agricultores pobres a buscar fortuna em nossa vasta Amazônia. No Brasil, precisamos de empregos, não de ONGs".

Após tropeçar num buraco do mosaico da calçada, ele teve que contornar um sem-teto que dormia sobre um papelão com uma manta fina lhe cobrindo a cabeça. Na rua de mão única, Luke foi atravessar sem olhar para os dois lados e mal conseguiu se safar de um ciclista entregador de pizza que vinha pela mão errada. Era preciso se lembrar de que ele não estava mais em Seattle e urgia uma vigilância constante para sobreviver à anarquia das ruas do Rio.

Chegando à Avenida Atlântica, ele inspirou a maresia e virou o rosto para o brilho fraco do sol, que lutava para aparecer entre as nuvens. Por mais que tivesse vontade de ir nadar, as ondas altas, quebrando ao longo da praia de cinco quilômetros de extensão, lhe diziam o contrário. Sendo inverno, as águas vinham das correntes frias da Antártica. Ficaria para outra vez.

De repente, ouviu-se o som de sirenes enquanto motocicletas disparavam pela pista da praia, precedendo um comboio de cinco carros em direção ao centro da cidade. "Filho da puta", ele ouviu alguém gritar. O presidente do Brasil estava de pé, acenando através do teto aberto da limusine. As bandeiras nacionais tremulavam nas laterais do para-choque dianteiro e alguns pedestres retribuíam o aceno. Outros sacudiam os punhos cerrados e gritavam impropérios.

"E o filho dele está do lado", desabafou o garçom do lado de fora do Maxim's, na Atlântica. "Ele nunca está satisfeito, está sempre querendo mais. Há anos que o vejo bebendo o *Scotch* dos outros até mal conseguir ficar de pé. Sempre tem alguém que paga a conta quando ele decide ir embora, inclusive neste restaurante aqui".

Luke foi andando até o Forte de Copacabana. Ficou feliz de que a maioria das pessoas usava máscara enquanto passeava ou corria pelo calçadão. Mas muitas vezes seus cachorros não acatavam a distância social.

Passou do Posto 3. Os cariocas geralmente têm os postos de salva-vidas como referência para se localizarem na vasta praia de Copacabana. Chegando ao posto 4, Luke olhou para a rua perpendicular que terminava no Morro dos Cabritos. Quando jovem executivo tinha morado lá por algum tempo e suas festas no sobrado eram muito badaladas. Isso era passado. Agora, observando seu reflexo na vitrine de uma loja, ele concluía que havia mais fios brancos que castanhos em seu cabelo ralo.

O relógio da praia mostrava 12h55. Era hora de encontrar o famoso escritor para o almoço e Luke foi voltando. Havia uma leve neblina, que assim como tempo nublado e chuva, era coisa de que os cariocas não gostavam. Geralmente ficavam em casa até a volta do sol. Tomara que seu convidado apareça.

Assim que ele chegou ao Maxim's, o sol atravessou as nuvens. Agora já eram 13h05. Luke sentou-se na área mais ao fundo da calçada de mosaico coberta por uma lona encerada que farfalhava com a brisa. Graças ao WhatsApp, o amigo de um amigo o apresentara a Bruno. Embora fosse de São Paulo, o escritor estava no Rio para promover seu livro mais recente, que abordava as milícias paramilitares que tomavam conta de vários bairros da cidade, especialmente na Zona Norte.

Um homem magro de cabelos grisalhos e oleosos, usando óculos de aro preto, passava os olhos atentos pelo interior da lona. Luke se levantou e chamou: "Oi, Bruno! Tudo bem?". Eles deram um leve abraço e foram para a mesa do canto, iniciando a conversa com generalidades. Pediram ao garçom suco de laranja espremido na hora e linguado grelhado, acompanhado por uma deliciosa mistura de arroz com brócolis refogado ao alho e azeite de oliva.

Luke ficou sabendo que Bruno fizera um doutorado na Universidade de São Paulo, pesquisando o crime organizado em sua cidade. Como estudante, era fascinado por grupos que justificavam o uso da violência para livrar a sociedade de elementos antissociais e então restaurar a ordem. Ele lembrou Luke de que os esquadrões da morte estavam em ação no Rio e em São Paulo desde a década de 1980 com o propósito de remover os "maus elementos" da sociedade. Com o tráfico de drogas proporcionando mais dinheiro e poder, esses esquadrões haviam expandido os horizontes. Tornaram-se mais sofisticados e fizeram alianças com a polícia militar, com políticos e até com os poderosos de Brasília.

"Os simpatizantes da polícia e do exército adoravam o som de 'lei e ordem'", disse Bruno, "e se uniram em torno da candidatura do atual presidente. A ironia é que muitos desses grupos desrespeitam a lei para assegurar mais territórios e empreitadas para ganhar dinheiro. Em muitas comunidades, fazem tratos com os líderes comunitários e até com pastores evangélicos e assim consolidam seu poder. Sempre que precisam de força, chamam os policiais de folga para impor sua versão de ordem. Os moradores aprendem a andar na linha. Atualmente, essas milícias tomam conta de várias comunidades da Zona Norte e até de municípios bem frequentados, como Búzios e Angra dos Reis".

"Esses grupos têm conexões internacionais?", indagou Luke. "No aeroporto, reconheci um sujeito que traficava drogas entre a Colômbia e a Amazônia brasileira anos atrás".

Bruno baixou a voz. "Sim, têm. A maior organização criminosa, o Primeiro Comando da Capital, ou PCC, baseada em São Paulo, tem representantes no Paraguai, na Bolívia, na Colômbia e na Venezuela. Ouvi dizer que estão para montar uma cabeça de ponte na Itália para ter melhor acesso aos mercados europeus.

"O PCC teve início anos atrás nos presídios de São Paulo, provocando rebeliões entre os detentos a mando de líderes do lado de fora. Ele controla os presídios paulistas e escolhe detentos para serem seus soldados. Também mantém muitos contadores, advogados e políticos em sua folha de pagamento. Continuam sendo o grupo criminoso mais poderoso do Brasil. Fazem negócios em qualquer campo – legal ou não – que lhes deem rendimento financeiro. Pode ser madeira de lei furtada, ouro ou soja. Mais recentemente, eles vêm comprando hospitais, hotéis e fazendas para lavar os ganhos ilícitos. Não toleram bobos nem oposição de qualquer parte.

"As milícias do Rio e uma organização menor, o Comando Vermelho, empalidecem em comparação. Já escrevi a respeito do PCC e sobre como está se expandindo no Brasil e no exterior. Não é uma boa ideia cruzar com eles. Os caras eliminam qualquer um que se atravesse em seu caminho. Não estão nem aí para a publicidade negativa. Só se importam com o tamanho de suas contas bancárias e o som dos dólares americanos sendo verificados pelas máquinas de contagem."

O iPhone de Bruno tocou e ele atendeu, repetindo "sim" três vezes. "Foi um prazer, Professor Shannon. Está na hora de começar minha apresentação para os *bloggers* e repórteres. Como sou de São Paulo, espero que os cariocas não se importem de eu falar sobre as milícias do Rio, que estão em expansão."

Luke relembrou da rivalidade histórica entre as duas maiores cidades do Brasil.

O escritor fez uma pausa e o advertiu: "Tome muito cuidado durante sua missão e evite qualquer aliado do PCC".

Eles se despediram com um leve abraço e Luke o viu entrar num Volvo preto que aguardava em frente ao restaurante. O carro fez uma volta em U no canteiro da Avenida Atlântica e rumou para o centro da cidade.

O sol sumiu atrás das nuvens e Luke sentou-se novamente à mesa. O garçom perguntou se ele gostaria de mais alguma coisa.

Depois de respirar fundo, Luke decidiu pedir uma caipirinha, a única coisa em que pôde pensar para acalmar os nervos.

CAPÍTULO 5

Paraisópolis, São Paulo
Meio-dia de terça-feira, 10 de agosto

Vera mal alcançava 1,50m de altura e os cabelos crespos e pretos lhe emolduravam o rosto redondo, tenso de medo. Um traficante da localidade acabara de agarrá-la pelo braço e empurrá-la para dentro do barraco de pau a pique no meio da maior comunidade de São Paulo, cuja população era de 180.000 habitantes. "O chefe quer ter uma palavrinha contigo."

A mulher não retrucou, olhando pela janela para a miscelânea de casinhas improvisadas de madeira, tijolos e latão que se encarapitavam morro acima em direção ao bairro fino do Morumbi. Ela ouvia a água do esgoto a céu aberto jorrando nas sarjetas e fechou os olhos para se concentrar e rezar.

"Ouviu o que eu disse?", perguntou o homem de 1,95m com uma corrente de ouro com a estrela de Davi pendurada no pescoço grosso. Apesar de também ser negro, seus olhos não emitiam luz e não vacilavam. Ele olhava fixamente para Vera e puxou do cós da calça uma pistola calibre .45. Um corpo jazia imóvel na entrada da porta dos fundos. Parecia que o chefe o acusara de ser alcaguete e o baleara ali mesmo. Vera abriu os olhos e estremeceu, temendo que o rapaz estivesse morto. Viu um urubu circulando acima e desejou ter asas para sair voando.

"Senhor, eu sou assistente social e faço o que posso para proteger as crianças e as mulheres da violência. Elas confiam em mim e por isso eu consigo providenciar auxílio médico para traumas ou ferimentos. Sirvo de elo entre as famílias e os serviços comunitários. Se eu virar informante por que alguém continuaria acreditando em mim? Como é que eu poderia cumprir meu dever como assistente social e realizar meu destino de servir nosso povo?"

"Pode ir parando com esse papo de assistência social! Que merda! Esse troço pode acabar hoje mesmo se você não me disser o que eu quero saber. Quem mais você viu naquela casa que abrigava esse dedo-duro pra PM? Não tenho tempo pra perder com isso." Ele gesticulou com a pistola na frente da cara dela.

Vera engoliu em seco. "Senhor, eu não sou nenhuma dedo--duro, mas sim uma assistente social e dependo da confiança das pessoas. Eu deixo que o sistema judiciário siga seu rumo e não interfiro. Minha responsabilidade é proporcionar serviços de saúde para mulheres, crianças e famílias em situação precária para que consigam sobreviver nestes tempos difíceis. Não posso me envolver com a morte de ninguém."

"Mas você não teria que entrar em ação. Isso fica por conta da minha rapaziada aqui", retrucou o chefe, roçando a face suada da moça com o cano frio do revólver.

Ela se contraiu. Segundos depois, murmurou, "Senhor, se eu lhe dissesse qualquer nome, seria cúmplice de um assassinato e seria mais culpada do que a pessoa que puxasse o gatilho. Não posso fazer isso. Pode me matar, se quiser, mas não posso denunciar ninguém que confie em mim. Se for pra morrer agora, estou em paz com Deus".

O chefe franziu o cenho e se virou devagar. Se ao menos conseguisse encontrar milicianos corajosos como essa assistente social miúda, ele matutou. Pulando sobre o cadáver, saiu do barraco e gritou para trás: "Fique de olho nela".

Os dois cupinchas se olharam atônitos, sem saber o que fazer com aquela mulher atarracada que ainda tremia diante deles.

Passaram-se horas. Finalmente, o mais baixo dos dois homens recebeu uma mensagem e pegou Vera pelo braço. Saíram do barraco e foram andando por um caminho de terra batida, passando por moradores que desviavam o olhar. A vizinhança ficou silenciosa enquanto os três desciam a comunidade até a rua pavimentada cem metros abaixo.

Colocando-a num ônibus lotado, o sujeito mais baixo ordenou, "Não volte", e deu um tapinha no revólver sob a camisa solta. Ficou por ali até o ônibus arrancar em meio ao tráfego de fim de tarde subindo em direção ao exótico mundo do Morumbi.

Pela janela, Vera via as mansões cercadas de muros altos, árvores exuberantes e guardas vigilantes. Como seria morar num desses condomínios em vez de sua quitinete? Seria bom ter uma trégua por algum tempo, mas depois de uns dias, sem seu trabalho em favor das mulheres invisíveis de São Paulo, que propósito teria na vida? Ela seguia os passos de seus pais servindo às pessoas de sua comunidade. Assim como a maioria de seus irmãos vivos.

Seu velho Samsung soou, indicando a chegada de uma nova mensagem por WhatsApp. O professor americano havia chegado ao Rio com seus alunos e queria se encontrar com ela. Eles haviam conversado sobre uma visita às suas iniciativas ecológicas na favela. Ela tinha concordado e sugerido que entrevistassem algumas mães e crianças sofridas que haviam mudado suas vidas em Paraisópolis. Mas depois do confronto de hoje será que se atreveria a levá-los lá?

O motorista do ônibus reduziu a marcha para evitar uma colisão entre uma camionete e uma motocicleta de entrega da Rodeio, uma churrascaria conhecida. Um assistente da emergência estava aplicando um torniquete na perna do jovem motociclista. O sangue esguichava no pavimento molhado. Vera falou em voz alta: "Graças a Deus que ele está vivo", e outros passageiros fizeram um sinal positivo com o polegar. Passando pelo acidente, o ônibus continuou seu trajeto pelos subúrbios operários e Vera caiu no sono.

Acordou bem a tempo de descer em sua parada de Guarulhos e foi andando devagar para casa ao cair da noite. Acima, os aviões se preparavam para aterrissar no aeroporto internacional de São Paulo. Sem saber o que fazer, Vera só precisava de um abraço. Sendo uma profissional totalmente dedicada ao trabalho, ela evitara laços matrimoniais. Sua família, sua comunidade e sua fé a impulsionavam adiante. Em momentos como esse, ela tentava não questionar se o seu comprometimento com mulheres e crianças sofridas valia o sacrifício. Agora, a única coisa que queria era abraçar outro ser humano e ser consolada.

Uma senhora mais velha, que fazia parte do projeto e usava uma máscara caseira, lhe deu um rápido "boa noite", mas afastou-se antes que Vera pudesse lhe tocar o ombro. Sobrecarregada pelos acontecimentos do dia, ela sentiu a solidão se infiltrando por fendas ocultas. No escuro, apoiou-se no corrimão para subir os vários degraus até seu apartamento no terceiro andar. A luz do corredor ainda estava apagada, mas ela não viu ninguém de tocaia nas sombras.

A assistente social respirou fundo várias vezes e abriu a porta rangente. Procurando pelo interruptor da luz, tropeçou numa lajota solta. Ao entrar no pequeno apartamento descorado, sentiu uma coisa felpuda se esfregar em sua perna, lembrando-a do quanto ansiava por um toque humano.

Ela realmente precisava de um abraço.

CAPÍTULO 6

Copacabana, Rio de Janeiro, rumo aos subúrbios a noroeste
Manhã de quarta-feira, 11 de agosto

A minivan que Luke havia contratado chegou com meia hora de atraso. O motorista pegou o caminho panorâmico que passava pelo Pão de Açúcar na Baía de Botafogo, pelo centro do Rio e depois pela avenida Presidente Vargas rumo aos subúrbios operários da Zona Norte. Devido à partida atrasada, o tráfego se movia com lentidão na saída da cidade. O motorista desviou para a BR 101, a estrada que ia para a Zona Oeste do Rio, onde as milícias controlavam vastas parcelas daquele subúrbio de mais de trezentos mil habitantes.

Ao saírem de Campo Grande, eles passaram por um posto de controle com uma dupla de policiais militares segurando armas semiautomáticas. O motorista conhecia os PMs, que acenaram para o carro passar, e entrou na cervejaria Brahma-Antártica, o primeiro destino deles. Na entrada da companhia, outro guarda armado levantou a cancela e apontou para o estacionamento sob os eucaliptos. Luke encontrou o RP da empresa, cuja barba branca e barriga proeminente o lembraram de Papai Noel.

Eles visitaram a fábrica e ouviram o papo do Papai Noel sobre os métodos ecológicos em uso, a reciclagem de água e o cultivo do lúpulo com fertilizantes orgânicos. Ele também mostrou a mata de eucaliptos e sorriu com orgulho para sua audiência – especialmente para Tatiana.

O ponto alto da visita foi tomar umas cervejas no bar da empresa, o que melhorou o ânimo de todos.

O RP não respondeu diretamente à pergunta de Luke sobre os postos de controle da polícia e das milícias locais. Evasivamente, disse apenas: "Segurança nunca é demais".

Luke agradeceu e dirigiu-se à minivan, cujo motorista batia um papo com o guarda. Retornando pela BR 101, eles atravessaram o túnel do Corcovado e chegaram de volta à glamourosa Zona Sul.

Chegando ao segundo destino, Luke pediu que o motorista voltasse em duas horas. Ele e Tatiana entraram pelo portão principal do Jardim Botânico do Rio, guiando a turma pelos 57 hectares, abertos à visitação, que abrigam uma coleção viva com cerca de dez mil exemplares da flora de ecossistemas brasileiros e de outros países. Eles ficaram sabendo que o parque foi fundado em 1808 por Dom João VI, no mesmo ano em que a família real portuguesa, que fugia de Napoleão, chegou ao Brasil. Primeiramente, ali foi instalada uma fábrica de pólvora e um jardim para aclimatação de espécies vegetais originárias e de outras partes do mundo. Em 1820, sua direção foi confiada a um frei católico que desempenhou papel fundamental para o desenvolvimento do departamento de pesquisa. A área veio a tornar-se um jardim público para os habitantes do Rio em 1822, o mesmo ano em que o Brasil declarou sua independência de Portugal.

O grupo olhou para cima, onde o braço do Cristo Redentor aparecia no alto do Corcovado entre as nuvens. Luke se sentiu mais tranquilo. Ele guiou a turma pela aleia central, ladeada por centenas de palmeiras reais. Depois de quinhentos metros, eles avistaram o chafariz de ferro central, que esguichava água para suas duas bacias. Uma placa dizia que a Unesco havia designado os jardins como reserva de biosfera em 1992 e o Brasil identificara esse Jardim Botânico como um extraordinário patrimônio nacional.

Aproximaram-se do Chafariz das Musas, cujas quatro figuras representam a música, a arte, a poesia e a ciência. Em sua lateral, a distância, Luke localizou um homem que andava de um lado para o outro. De estatura média, ele tinha cabelos pretos e uma barba preta aparada que contrastava com o elegante cavanhaque grisalho. Escondido atrás de óculos escuros, o homem tinha ares de produtor hollywoodiano e não de um policial federal. Ele traía sua função olhando toda hora para trás e com as mãos de prontidão aguardava seu contato embaixo de um feixe de bambus.

"Alexandre?", indagou Luke.

O homem assentiu. "Professor Shannon, como vai?", respondeu com um leve sorriso.

"Tudo bem. Obrigado por reservar seu tempo para este encontro, apesar das restrições que lhe são impostas. Depois da nossa conversa pelo WhatsApp, é um prazer conhecê-lo pessoalmente!", exclamou Luke.

Eles apertaram as mãos e deram um leve abraço.

"Só um instante, vou falar com minha turma e depois podemos dar uma volta pelo jardim", disse Luke, e retornou ao chafariz. Pediu à Tatiana que continuasse a visita pelo parque com os colegas e marcou de se encontrarem ali em uma hora. Ele já havia mencionado que tinha um encontro marcado com um informante confidencial sobre as forças em jogo na Amazônia. Tatiana foi conduzindo a turma em direção aos morros e sorriu para o interlocutor do professor antes de seguir em frente.

Luke deixou que seu informante o levasse da aleia arborizada para a trilha no bosque. Um amigo da agência Thomson Reuters havia feito o contato entre ele e Alexandre, o ex-diretor da Polícia Federal de Manaus. Luke estava ciente de que a PF era bem-vista e bem paga, considerada *la crème de la crème* das forças policiais brasileiras. Seus membros eram muitas vezes comparados ao FBI americano por sua diligência e integridade.

Os dois andaram em silêncio por vários minutos, ouvindo o canto dos sabiás. Luke amava aquele ar, perfumado pelas orquídeas selvagens e bromélias exóticas. Numa encruzilhada, seu guia dirigiu-se a uma estufa discreta, observando com atenção as cercanias.

"Pode me chamar de Lucas", disse Luke. "Sua história me despertou interesse na época em que foi responsável pela maior apreensão de madeira ilegal na Amazônia. O que fez as autoridades desaprovarem suas medidas, se você estava simplesmente aplicando a lei em vigor? Eu e minha turma estamos tentando entender a influência do agronegócio no desmatamento no Brasil. Gostaria muito de conhecer o seu ponto de vista."

"Esse foi um ano bem difícil para nós da polícia, Lucas. Brasília fecha os olhos para madeireiros, garimpeiros ilegais e invasores, os chamados grileiros, de terras federais e indígenas. Como você sabe, um ex-ministro foi denunciado pelo adido da agricultura da embaixada norte-americana de fazer tráfico ilegal de madeira. Como é possível aplicar os regulamentos federais se os ministros descumprem a lei? Eu tirei satisfações e o ministro da justiça me realocou para uma cidade do interior do Estado do Rio. Houve quem considerasse minha situação uma forma política de prisão domiciliar. Eles estão me deixando terminar o doutorado em justiça criminal para me manter quieto. Permitiram que eu viesse ao Rio hoje porque um colega pediu que eu examinasse um caso envolvendo pirataria de madeira nobre."

Eles andaram em volta de um laguinho com enormes vitórias-régias à sombra de árvores de pau-brasil bem altas, nativas da Mata Atlântica. Algumas pessoas observavam os peixes saltando e os urubus famintos voando acima.

"Alexandre, ouvi dizer que você e um amigo compuseram 'SOS Amazônia', uma canção sobre a madeira pirateada da floresta amazônica. É verdade que será apresentada na COP26 em Glasgow, na Escócia? Parabéns pela composição e por se manifestar em favor das florestas tropicais. Os poderes dominantes não parecem ter sido eficientes para mantê-lo quieto."

O policial sorriu. "A gente faz o que pode, meu novo amigo, e sim, 'SOS Amazônia' será apresentada na conferência do meio ambiente, mas duvido que o presidente e seus acompanhantes cantem junto. Vou lhe mostrar alguns versos:

Queimadas ilegais. Sinônimo de ignorância.
Destroem toda natureza. Acabem com essa violência!
O mundo inteiro acompanha de perto essa ignorância.
Que transforma áreas verdes em desertos inúteis."

"Uau, Alexandre. Você é um verdadeiro renascentista. Já pensou em fazer um documentário sobre sua história e sua música? Com certeza faria sucesso, embora o ministro da Justiça possa não gostar da letra.

"O que mais pode me dizer sobre a situação atual na Amazônia? Lemos relatórios do Instituto Nacional de Pesquisas Espaciais que com tantas árvores derrubadas Brasil afora, este ano está sendo recorde em desmatamento."

"Já ouviu falar da bancada do boi, Lucas? É um lobby poderoso de fazendeiros e latifundiários que criam gado, plantam soja e adquirem terras em qualquer lugar possível. Durante meu comando no Amazonas, eles derrubaram vários hectares de árvores antigas para transformar em pasto e, mais recentemente, para o plantio de extensas lavouras. Vários deles fecharam negócio com o PCC para o comércio de madeira de lei, falsificando os certificados e exportando para compradores europeus e americanos. Infelizmente, não é possível rastrear o DNA da madeira.

"Aquele ministro estava envolvido nesse comércio, mas foi pego. Graças às críticas de governos e ONGs, ele teve que renunciar. A imprensa livre brasileira também expôs sua prevaricação. Mas o ministro da Justiça fez o mesmo trabalho sujo de seu equivalente e me demitiu do posto em Manaus. Servi na região amazônica por muitos anos.

"Contudo, grupos itinerantes e a bancada do boi continuam avançando rumo ao norte e à bacia do Amazonas, especialmente no Estado do Pará. Eles costumam subornar os posseiros, que mantêm aquelas terras há anos e sobrevivem da agricultura de subsistência. A operação consiste em derrubar madeira de lei e vendê-la aos agenciadores ilegais que arrumam a documentação e a enviam para o exterior. Depois, queimam o que restou de floresta e a transformam em pasto para o gado e campos de soja.

"A máquina de relações públicas deste governo declara que as plantações de soja geram empregos. Não admitem a destruição das florestas tropicais e da subsistência dos pequenos agricultores e catadores de castanhas. Com frequência, os grandões falsificam documentos para ocupar terras federais e indígenas e com isso criar propriedades maiores. A lei não conseguirá detê-los enquanto seus camaradas políticos lhes derem cobertura.

"Pelo menos, essas espécies tropicais de fauna e flora estão a salvo nos jardins botânicos do Rio", concluiu Alexandre, ainda sondando o bosque.

Um tucano os observava com seu grande bico laranja e macacos-pregos assobiavam uns para os outros nos galhos do imponente jacarandá.

Luke o seguiu por outra trilha que levava de volta ao chafariz. Eles passaram por um enxame de libélulas rosadas, hipnotizados pelo som de suas asas vibrantes. O modo como esse ex-delegado da PF de Manaus conhecia os caminhos desse parque imenso o deixou maravilhado. Talvez fosse seu local favorito para encontros clandestinos.

Em meio aos galhos de uma castanheira do Pará, o Chafariz das Musas ficou à vista, o que fez Alexandre parar.

Tatiana havia reunido os estudantes do outro lado do chafariz e dois PMs circulavam lentamente por ali na companhia de um homem mais velho e robusto à paisana. O sujeito examinava os passantes.

"Muito obrigado por me ouvir, Lucas. Tenho que ir agora. Ficamos em contato pelo WhatsApp."

Alexandre lhe deu um leve abraço, deu a volta e apressou o passo. Luke o ouviu murmurando sua canção de protesto enquanto desaparecia dentro de uma estufa de teto baixo encoberta por coqueiros.

Ao se virar, Luke viu o homem à paisana entrar na mesma trilha em que estava. O professor diminuiu o passo, mas não conseguiu evitar de se deparar com o sujeito corpulento cuja principal característica era o nariz bulboso. Uma pergunta estava se formando nos lábios do tira.

O que Luke iria fazer?

CAPÍTULO 7

Jardim Botânico do Rio de Janeiro
Tarde de quarta-feira, 11 de agosto

Eles ficaram se olhando por alguns segundos. Luke enxugou as mãos nas calças Levi's. Como não sabia o que estava acontecendo, manteve a calma e ficou quieto.

"Tudo bem, meu amigo? Dando um passeio pelo bosque?", indagou o sujeito à paisana.

"Sim, o Jardim Botânico é lindo e estou com meus alunos apreciando todo esse silêncio e paz", respondeu Luke, acenando para Tatiana que olhava para ele.

O homem se virou e a viu se aproximando com os estudantes. Alguns turistas estavam por ali tirando fotos do Chafariz das Musas. Ele continuou, "Por acaso o senhor viu um homem de terno durante seu passeio? Achei que o tinha visto nesta trilha há pouco".

"Havia umas pessoas em volta do lago das vitórias-régias. Talvez ele estivesse junto", disse Luke, aliviado de ver Tatiana se aproximando.

"Tudo bem, professor?" ela perguntou, olhando intrigada para Luke e o outro homem.

"Certo, então o senhor é professor", interveio o homem corpulento, conferindo Tatiana e os estudantes ao seu redor.

"Sim, senhor. Somos da Universidade de Seattle e estamos numa missão de estudos. Posso lhe ajudar em algo mais?" perguntou Luke, na esperança de se ver livre.

"Posso dar uma olhada em seu passaporte, professor? É apenas uma formalidade."

Luke lhe deu o passaporte sem dizer nada. Os dois PMs haviam se reunido a eles, com a mão pousada no coldre.

O homem à paisana o devolveu, dizendo: "Isso é tudo. Passe bem".

Tatiana enfiou o braço no de Luke e passou pelos dois PMs, que a olharam com cobiça. Seguidos pela turma, eles foram em direção à entrada do parque. Luke não olhou para trás e continuou respirando fundo.

A questão da segurança dos estudantes e de sua missão no Brasil era inquietante.

***

À noite, Luke recebeu um convite de um amigo que conhecera no Rio anos atrás. Tipo empreendedor, John tinha fundado uma faculdade de administração em São Paulo e supervisionava cursos virtuais para os países de língua portuguesa na África. O americano expatriado era casado com uma carioca encantadora, que morava num apartamento requintado da Barra da Tijuca. John passava quatro dias em São Paulo administrando sua faculdade e toda quinta-feira à tarde pegava a ponte aérea para passar o fim de semana no Rio. O convite era para se encontrarem no Clube Paissandu, John com três alunos, Luke e sua turma. "Tenho uma surpresa. É bem possível que um amigo nosso também vá", ele disse com ar de mistério.

O Paissandu Atlético Clube fica atrás de Leblon e Ipanema, próximo à reluzente Lagoa Rodrigo de Freitas. Ao chegar, Luke e os estudantes ficaram maravilhados com a vista do Cristo Redentor, realçado pela lua crescente.

John estava na entrada do clube e o cumprimentou efusivamente com um abraço apertado. O convidado misterioso era o amigo que ajudara Luke a garantir seu estágio no BankBoston anos atrás. "Professor Cláudio, como vai? Como está conseguindo equilibrar o magistério em São Paulo e as responsabilidades oficiais no Rio?"

"Não é nada fácil", Cláudio respondeu, dando um abraço caloroso no amigo americano. Acabando de chegar de seu escritório no centro, ele tirou a gravata para a ocasião festiva. Embora ocupasse um cargo público agora, mantinha o olhar inquisitivo de sua formação pedagógica. Sendo paulista, sua agenda era oposta a de John e ele ficava de sexta a segunda de manhã em São Paulo, onde lecionava na faculdade de administração da prestigiosa Fundação Getulio Vargas. Tinha a fama de ser amigo de seus alunos. Usuários frequentes da ponte aérea Rio-São Paulo--Rio, Cláudio e John às vezes se cruzavam.

John usava óculos de aro preto, uma camisa solta estilo *guayabera* e com seu cabelo crespo, meio rebelde, irradiava um ar jovial. Ele conduziu Luke, Cláudio e os estudantes pelo pátio cercado de palmeiras e pela passarela sobre a piscina sinuosa.

"Espero que jantar uma feijoada seja uma boa pra vocês", disse John a Luke. "Eles fazem feijoada todas as quartas e sábados para o almoço, mas guardaram uma parte só para nós hoje à noite. Vai ter bastante para seus alunos. Eles montaram um bufê no terraço. Que tal?"

"Parece ótimo", Luke afirmou entusiasmado. Eles só haviam almoçado uns sanduíches para acompanhar as cervejas na fábrica e com o aroma de feijão preto, porco e alho pairando no ar, os estudantes olharam vorazmente na direção do bufê. O estômago de Luke roncou de expectativa.

O grupo subiu os degraus de arenito até o terraço do clube ao som dos grilos estrilando nos jardins. John apresentou seus três alunos e Luke pediu aos seus que trocassem uma ideia com eles. Todos pediram caipirinhas, o que animou a conversa. Claudio, Luke e John falaram dos altos e baixos em suas vidas, assim como dos desafios da sala de aula.

Enquanto isso, Tatiana explicava aos seus colegas de Seattle as origens da feijoada.

Quando a segunda rodada de caipirinhas chegou, o tom da conversa se elevou. Atraídos pelo aroma da feijoada, os estudantes se inquietaram nos assentos. Em uníssono, todos levantaram e foram se servir do abundante bufê de arroz, feijão com todas as partes do porco, couve, farofa e laranja cortada. Muitos retornaram para encher mais um ou dois pratos. Satisfeitos, começaram a conversar sobre o futuro, seus planos e sonhos.

Luke notou que um dos alunos de John parecia triste, não estava participando do bate-papo. Quando ele se levantou para buscar uma sobremesa, Luke se aproximou dele na fila. "Tudo bem, Mauro?"

"Mais ou menos, professor", ele murmurou, sem fitá-lo nos olhos.

"Será que eu posso ajudar em alguma coisa?" perguntou Luke, tentando entender a dor do rapaz.

"Eu estava ouvindo seus alunos falando de suas perspectivas de trabalho nos Estados Unidos. Depois de me formar, o que vou fazer no Brasil? A taxa de desemprego está alta, assim como a corrupção. Sou de uma família da Zona Norte e não nasci em berço de ouro". Depois de uma pausa, ele murmurou: "Professor, desculpa por ofuscar seu ânimo numa ocasião como esta, mas é como eu me sinto. Se o senhor encontrasse uma oportunidade de trabalho para mim nos Estados Unidos, me daria esperança. Aqui só sinto essa melancolia".

Mauro deixou o doce na mesa, desculpou-se com todos e saiu pela porta dos fundos do clube.

Com o coração na boca, Luke se perguntou o que poderia fazer por aquele rapaz atormentado. Ele também sentia fortes emoções fervilhando sob a fachada tropical do Brasil.

CAPÍTULO 8

Belém, rumo a Santarém
Tarde de quinta-feira, 12 de agosto

Lúcio aceitou a carona do capitão da barca, que partia do Terminal Marítimo de Belém. Seu amigo lhe reservara uma cabine na primeira classe do quarto deque. Quando era mais jovem, Lúcio não se importava de pendurar a rede nos deques inferiores, mas nesta viagem queria ficar longe da agitação dos turistas, aventureiros e espiões.

Esperava que seus detratores não o perseguissem a bordo. Lúcio simplesmente queria desaparecer. Desde a partida de suas filhas para o Rio em visita a amigos, ele estava sozinho em casa. Apesar de batalhar contra as oligarquias há anos, essa luta o estava desgastando. Depois da perseguição que sofrera em Belém por homens desconhecidos, uns dias às margens do Amazonas deviam lhe dar uma trégua. Não via a hora de se acomodar na pousada de um amigo perto de Santarém para ter descanso e paz de espírito.

Até agora, ele ainda não tinha cruzado com a sombra que o seguira até o shopping na segunda-feira.

***

Quando aquele cara foi andando em sua direção no Boulevard Café, Lúcio decidiu continuar sentado, esperando para ver no que dava. Sentia-se relativamente seguro naquele lugar público e conhecia o gerente de plantão. Notou que o homem não estava se aproximando com cautela, como um policial. Ao contrário, andava com um gingado bem solto. Usava uma camiseta com os dizeres "I ♥ New York", tinha fones nos ouvidos e balançava a cabeça ao ritmo de um RAP. Lúcio imaginou que tivesse uns 25 anos e não o viu como um profissional de qualquer tipo. Mesmo assim, qualquer amador poderia muito bem prejudicá-lo.

Seu perseguidor deu uma rápida olhada para Lúcio e entrou para pedir um cafezinho. Voltando do balcão com a xicrinha, sentou-se a duas mesas de distância. Depois de se servir de açúcar e mexer o café, ele olhou para Lúcio, que o encarou. O sujeito desviou os olhos e começou a entoar de boca fechada a canção que saía pelos fones. Um minuto depois, ele olhou para Lúcio novamente de modo inquiridor e balbuciou, "Você está incomodando pessoas importantes".

"Está falando comigo, rapaz?" Lúcio perguntou.

"Ah, estou sim. Você é o velho repórter, não é?" Um instante de dúvida passou pelo seu rosto magro.

"Sou velho sim e repórter é minha profissão. Você é estudante de jornalismo e veio me entrevistar?"

O rapaz caiu na risada e deu um tapa no joelho.

Bem naquele instante, o celular de Lúcio tocou, indicando a chegada de uma mensagem por WhatsApp. Ele viu que era daquele professor americano insistente e teve uma ideia.

"Só um minuto, rapaz."

Fingindo que falava ao telefone, Lúcio inventou uma conversa com o professor da Universidade de Seattle, dizendo, "tudo bem" diversas vezes. E continuou, "Quer uma foto de onde estou sentado agora? Sem problema. Vou tirar uma do meu novo amigo aqui, que me seguiu até o Boulevard Shopping Mall". Lúcio virou seu iPhone abruptamente, tirou algumas fotos do perseguidor e continuou a falar consigo mesmo. "Já recebeu a foto, professor? Maravilha! Sim, vou perguntar o nome dele." Lúcio se preparou para questionar o rapaz alto, que se levantou depressa, bateu na mesa e derrubou a xícara de café no chão.

O sujeito parecia confuso e bravo.

"Tome cuidado, velhote. Está deixando muita gente chateada aqui na cidade", ele soltou.

Os clientes do café espiavam a cena e um homem de meia-idade se levantou da cadeira.

O perseguidor de Lúcio se virou e foi indo embora sem olhar para trás.

O recado estava dado.

***

Sentindo-se relativamente seguro enquanto aguardava a partida da barca, Lúcio ajeitou o Panamá sobre a testa e depois os óculos escuros. De pé, no fundo do longo terminal marítimo, até que a maioria dos passageiros tivesse embarcado no *Amazonas*, ele não queria cruzar com nenhum veterano nem com informantes da polícia que pudessem reconhecê-lo.

Mostrou sua passagem de primeira classe ao encarregado, que acenou para o segundo convés, em meio ao ruído dos carros e caminhões que embarcavam. Turistas tentavam pendurar suas redes ao ar livre, no setor da terceira classe, enquanto espantavam os mosquitos irritantes. Alguns trabalhadores locais davam risada à custa dos gringos. Lúcio teve vontade de intervir, mas hoje não dava. Queria se manter incógnito, então foi depressa para o terceiro deque, passando pelos passageiros locais do setor da segunda classe. Estes penduraram suas redes com destreza e foram tomar um cafezinho. Embora aquele deque fosse protegido por janelas fechadas, o ar-condicionado somente exalava um ar morno.

Subindo para o quarto deque, Lúcio viu um casal de meia idade que reconheceu vagamente. Entrou de imediato em sua cabine para evitar o encontro e uma conversa. Satisfeito de ter um vaso sanitário com descarga e uma escotilha, ele deitou na cama, fechou os olhos e tirou seu cochilo vespertino.

O repórter acordou com o convés em movimento e uma luz fraca. Lavou o rosto e pôs sua maleta no pequeno armário. Usando o chapéu, ele saiu para o corredor vazio e subiu a escada de mão para o convés ao ar livre. Sentindo a barca virar para atracar, Lúcio notou a ilha de Marajó, já pouco visível, a estibordo. Ali, o Rio Pará se misturava com córregos e tributários do Amazonas, criando o Estreito de Breves. Tomara que o capitão tivesse seguido a tradição local e jogado uma oferenda para os espíritos do rio, garantindo assim uma passagem segura.

Lúcio decidiu ficar no convés até a barca fazer sua primeira parada, na comunidade de Macapá. Dois pescadores contavam histórias de suas presas recentes. Todos eles olhavam para o crepúsculo no estreito.

"Meu filho pegou esse pirarucu enorme, que pesava mais de 200 quilos e tentou carregá-lo nos ombros. Mesmo com a ajuda de outro pescador, eles mal conseguiram arrastar o monstro até a praia. O bicho lhe rendeu muito dinheiro, além de garantir o jantar em casa. Ele media dois metros, mas já vi uns maiores, chegando a mais de três metros.

"O pirarucu é um dos maiores peixes do mundo. Difícil de fisgar e ainda mais de puxar para a terra. Meu filho usou uma linha de fluorocarbono cem por cento puro e uma isca enorme para atraí-lo. Ele já pegou menores, de um metro e pouco, buscando cardumes na superfície. Para o grandão, teve que sair de Monte Alegre, subir o rio e lançar o anzol nas piscinas fora do percurso. Ainda bem que esses garimpeiros ilegais ainda não tinham poluído a água", ele concluiu em tom confidencial.

"Mais pra cima do Amazonas dá pra ver alguns desses peixões virem à tona. Eles precisam puxar o ar a cada vinte minutos mais ou menos. Eu devia ter trazido a vara de aço do meu filho."

Lúcio relembrou que o pirarucu, ou *Arapaima gigas*, pertence a um grupo de peixes pré-históricos de respiração aérea. Esse gigante tritura sua presa com uma língua enorme cravejada de papilas afiadas. Procura águas pobres em oxigênio para se alimentar de pequenos peixes, que ficam entorpecidos e lentos. Durante a estação seca, o pirarucu cria grandes reservas de gordura, necessárias para as tarefas parentais por vir. Devido às suas escamas vermelhas, as tribos indígenas o denominaram "pirarucu", que significa "peixe vermelho". Ele tem um perfil peculiar, com a parte frontal do corpo longa e estreita e a traseira achatada, com uma cauda arredondada.

Ele havia participado de muitos churrascos de pirarucu com os ribeirinhos do Amazonas. Em ocasiões especiais, essas comunidades oferecem pratos saborosos com destaque para esse peixe tradicional. Ele já participara de festivais em celebração do aniversário do lugarejo ou do santo do dia. Em outras ocasiões, eles comemoravam a chegada da estação seca e o fim das cheias. "Por que não?", Lúcio pensou. Uma festa para elevar o ânimo dos ribeirinhos sempre é bem-vinda.

Certa vez ele observou os cozinheiros nativos usarem a língua afiada do pirarucu para ralar raiz de chicória e temperar um ensopado. Umedecendo os lábios, quase sentiu o aroma do peixe cozinhando numa grande panela com batata doce, leite de coco e óleo de dendê. Um toque de limão, coentro e pimenta malagueta davam ao prato um sabor extraordinário.

O pescador continuou elogiando o pirarucu, salientando seu valor proteico na alimentação da família. No lusco-fusco, eles localizaram um garimpeiro revolvendo uma bateia na água em busca de algum tipo de minério. O mais alto questionou: "O que vai acontecer com os nossos peixes se as autoridades continuarem fechando os olhos? Além de tudo, esses garimpeiros ainda depositam mercúrio nos córregos. O que será dos pescados grandes, que nos sustentam há gerações? Temos que proteger esses companheiros do Rio Amazonas. Eles precisam da nossa ajuda. Vai chegar uma hora em que a gente vai ter de combater esses garimpeiros invasores".

Lúcio inclinou a cabeça e estava quase participando da conversa dos pescadores, mas de súbito avistou um homem corpulento saindo de um acesso de emergência para o convés superior. Já o vira antes numa delegacia da polícia civil de Belém. Dois anos antes, ele e um colega haviam interrogado esse investigador sobre suas ligações com fazendeiros que estavam tomando as terras de posseiros. Eles suspeitavam que alguns policiais expulsaram os posseiros para que os figurões plantassem soja em suas terras. Esse policial também fora acusado de orquestrar o assassinato de líderes indígenas que combatiam os invasores. As fontes de Lúcio contaram que o investigador havia recentemente construído uma mansão de mil metros quadrados num bairro nobre. Fontes da polícia o chamavam de "maçã podre". Outro jornalista da BBC afirmou: "Ele é pau-mandado dos poderosos. Tenha cuidado".

Contudo, ali estava ele, sondando os viajantes no convés.

Lúcio puxou o chapéu mais para baixo, mesmo que a luz estivesse diminuindo e andou com determinação em direção ao postigo que levava ao setor da primeira classe. Nunca mais queria cruzar com esse policial sujo.

De repente, o homem se virou e rumou para a mesma saída, olhando para um lado e outro.

Lúcio apressou o passo. O objetivo dessa viagem era ter uma folga de tiras e bisbilhoteiros; ele estava cansado daquele jogo de gato e rato. Era preciso alcançar a segurança de sua cabine ou então estaria ferrado.

Uma voz atrás dele indagou: "Eu não o conheço de Belém?".

CAPÍTULO 9

Jockey Club, Rio de Janeiro
Tarde de sexta-feira, 13 de agosto

Os dois homens se encararam e, cautelosos, entraram na sala de jantar exclusiva, com vista para a pista de corridas. Os dois tinham quase dois metros de altura. O mais velho usava um terno de lã fria, gravata de seda listrada sobre uma camisa branca com abotoaduras da bandeira colombiana. Seus cabelos pretos estavam ficando grisalhos e o tom da pele sugeria raízes mediterrâneas.

O mais jovem, de blazer azul marinho sobre uma camisa polo Tommy Hilfiger, parecia inquieto. Seu rosto rosado brilhava, sinal do dia passado no campo do Gávea Golf Club. Olhando-se no reflexo de um espelho, ele viu que tinha engordado. Achando que teria de assumir o comando daquela reunião, Fausto pigarreou.

Na hora certa, foi salvo por uma batida na porta de mogno. Era o amigo da família, que havia arranjado aquele encontro. "E aí, Braga, tudo bem? Há quanto tempo. Que bom que você conseguiu nos reunir aqui hoje. Por favor, faça as apresentações", disse Fausto, dando um forte abraço em seu assistente.

Fausto conhecia Braga havia décadas. Era seu operador e servia fielmente à família de muitas maneiras. Desde o inquérito do congresso sobre as "rachadinhas", Braga havia entrado e saído da prisão. Provou ser um amigo leal e dificultou o trabalho dos investigadores. Fausto pedira a amigos que fizessem pressão para tirá-lo da cadeia.

"Seu Fausto, é um prazer apresentá-lo ao amigo de um amigo, Dom Luis, que também é sócio do Jockey Club. Na verdade, um de seus cavalos vai correr hoje. Obrigado por patrocinar nosso encontro", disse Braga, aproximando-se com hesitação do colombiano antes de lhe dar um leve abraço.

"O prazer é meu, senhores", respondeu o homem, aproximando-se de Fausto para lhe apertar a mão e dar um leve abraço. Um primo de Luis havia conhecido Braga anos antes quando as milícias tentavam embarcar ouro e madeira de lei através da Amazônia para portos europeus. O operador tinha laços com as milícias do Rio e com a família criminosa do Norte, agora extinta. Certa vez, havia arranjado com o primo de Luis, Otoniel, documentos falsos para embarcar contrabando da Zona Franca de Manaus.

Entretanto, a ganância e o temperamento esquentado de Otoniel irritaram os inspetores alfandegários, que deram o serviço para a Polícia Federal. A PF prendeu Otoniel e levou os louros. Como cabeça do Clã do Golfo colombiano, conhecido pela violência e o tráfico de drogas para a Europa, Otoniel representava um prêmio cobiçado. Ao ser preso, os ministros da Justiça do Brasil e da Colômbia deram-se um tapinha nas costas e se gabaram do sucesso obtido na guerra ao crime. Agora o tal primo estava mofando numa cadeia brasileira, aguardando extradição. Seu destino era o lugar onde nenhum colombiano queria pôr o pé, um tribunal federal dos Estados Unidos.

"Vamos pedir o almoço antes do início das corridas?", sugeriu Luis, levando-os a uma mesa para três diante da vista. A louça trazia o emblema do clube e os copos eram de cristal. Pendurado acima havia um lustre refinado. Eles se sentaram em cadeiras forradas de vermelho e ficaram observando os treinadores acompanharem a caminhada dos cavalos ao redor da pista. Luis apertou um botão embaixo da mesa e um garçom de paletó branco engomado entrou por uma porta lateral, onde havia dois guarda-costas do lado de fora.

Fausto pediu um Johnny Walker duplo com gelo e Braga o mesmo. Luis pediu um Campari com tônica e casquinha de limão. A conversa girou em torno do tempo e do futebol. Quando as bebidas chegaram, eles brindaram, "tin-tin".

O garçom tomou os pedidos, com Fausto e Braga optando pelo Chateaubriand malpassado "com bastante sangue" e Luis um filé de badejo com alcaparras ao molho de manteiga.

Quando os pratos chegaram, todos os três evitaram o assunto que os trazia ali. Fausto e seu assessor também pediram um vinho grenache espanhol, comeram e beberam com gosto.

No vácuo da conversa, o anfitrião falou sobre sua paixão por cavalos. "Quando garoto, eu era responsável por alimentar e cuidar desses nobres animais. Foi amor à primeira vista. Nós nos entendíamos sem necessidade de palavras. Os cavalos eram meu porto seguro nas épocas de tumulto na família ou no país. Quando adolescente, eu montava em pelo e saía galopando pelas planícies da Colômbia. Como o ex-presidente do Brasil, João Batista Figueiredo, muitas vezes prefiro a companhia dos cavalos a dos homens. Com eles, sabemos nos localizar. No caso do *homo sapiens*, nunca é fácil ler suas mentes. Concordam?"

Braga fez um bico e olhou para seu chefe.

Um instante depois, Fausto respondeu: "Sim. As mentes dos políticos com quem eu lido estão em constante movimento. É como descascar as várias camadas de uma cebola para descobrir o que há no centro. Uma vez descobrindo o que o sujeito deseja

– prestígio, poder ou dinheiro – tento fazer as acomodações. Mas sempre fico de olhos e ouvidos bem abertos. Seus pontos de vista podem mudar sem qualquer aviso. Para sobreviver, é preciso cultivar informantes dentro e fora do governo e ficar a par do que está à espreita sob os pronunciamentos dos políticos".

"Bem dito, *señor* Fausto."

Eles esperaram o garçom tirar a mesa e pediram manjar de coco. Quando a sobremesa chegou, Luis perguntou, "Diga, *señor* Braga, em que posso ajudá-lo?"

"Dom Luis, primeiramente gostaria de agradecer por este convite. Desejo sorte ao seu cavalo esta tarde." Braga forçou um sorriso. Em meio ao silêncio, continuou: "Como o senhor sabe, nossos laços com a família do Norte foram atingidos ano passado. Achávamos que a transferência do diretor da Polícia Federal de Manaus fosse nos deixar mais à vontade no que compete à exportação de madeira de lei. Mas os nossos rivais de São Paulo estão abusando do poder. Atualmente está difícil fazer remessas a partir da bacia amazônica. O senhor conhece bem aquela região. Poderia nos ajudar com algumas ideias?".

"Entendo. Mas o que vocês têm em mente para os meus associados? E o que eles podem esperar por esse arranjo?", retrucou Luis, olhando fixamente para os dois homens.

Fausto se ajeitou na cadeira, acenando para seu comparsa responder.

Braga manuseava o guardanapo. "Dom Luis, temos uns lenhadores patriotas que precisam de transporte das áreas remotas onde colhem a madeira. Mesmo com a presença da PF reduzida, o PCC paulistano está preenchendo esse vácuo. Precisamos de ajuda com a logística e sabemos que o senhor tem acesso a uma frota de Cessnas. Estamos dispostos a dividir os lucros com vocês. Neste investimento, o esperado é duplicar ou triplicar o retorno.

Podemos também oferecer cobertura política. Tenho amigos na polícia civil do Pará. Que tal?"

O celular de Fausto e o alto-falante do clube anunciando a aproximação dos cavalos do *starting gate* interromperam o silêncio. Fausto pediu licença e foi para um canto.

Luis avistou os jóqueis montando nos cavalos e se levantou para ver a largada. Após uns dois minutos, as portas se abriram e oito cavalos saíram galopando em volta dos dois quilômetros de pista. Luis gritava "Ándale", erguendo o punho cerrado, torcendo, conforme sua égua, Belleza, avançava e chegava em segundo lugar. Contente, Luis deu um sorriso largo e um tapinha nas costas de Braga.

Fausto retornou. "Obrigado, Dom Luis. Depois de falar com seus associados, por favor, avise Braga a respeito dos arranjos que seu grupo pode fazer. Infelizmente, Brasília está chamando e preciso cuidar dos assuntos do povo.

"Foi um prazer. Se chegarmos a um acordo, tomaremos um cafezinho em outra oportunidade, está bem?"

"Muito bem, senhores. Vou acompanhá-los até a saída para que não se percam pelos corredores", disse Luis. Naquele instante, o sistema de som do clube tocou a canção de Tom Jobim, *Matita Perê*, fazendo o colombiano aguçar o ouvido. Ele os levou até a entrada principal. Após se despedirem com um aperto de mãos e um leve abraço, os dois brasileiros se dirigiram ao canteiro circular e entraram num Volvo preto, que os levou embora.

Seguido por seus guarda-costas, Luis Carlos avistou a estátua de bronze de Linneo de Paula Machado, o padrinho do turfe brasileiro. Linneo, como Luis, tinha paixão por cavalos puro-sangue. Fora isso que o motivara a se associar ao tradicional Jockey Club do Rio e a socializar em seus salões VIP. Aquela era sua zona de conforto na Cidade Maravilhosa.

Ele voltou a passo lento enquanto os turfistas saíam das corridas vespertinas. Queria cumprimentar o jóquei e o treinador, assim como acariciar Belleza, pelos desempenhos empolgantes.

Antes de entrar, Luis notou um homem de sua idade aproximando-se da estátua de Linneo. Ele estava à frente de um grupo de jovens e apontava para a escultura de bronze. Apreciando o entusiasmo do sujeito, Luis deu outra olhada. Ele parecia americano e, embora mais velho agora, tinha o jeito de alguém que Luis conhecera anos atrás. Nunca esquecia uma fisionomia e tinha quase certeza de ter sido com ele que havia cruzado naquele bar do Rio Jari. Na época, com seus vinte e poucos anos, estava começando a aprender as manhas do negócio com seu primo mais velho. Luis passeou pelas lembranças agradáveis, especialmente da sedutora dançarina nativa, que balançava ao som da bossa nova de Jobim. Talvez fosse o mesmo cara.

Nesse caso, o que estaria fazendo no Jockey Club, e quem seria aquela mulher deslumbrante ao seu lado?

CAPÍTULO 10

Rio de Janeiro, rumo a São Paulo
Tarde de sábado, 14 de agosto

Ainda bem que Tatiana conhecia os caminhos do terminal rodoviário Novo Rio com suas dezenas de linhas de ônibus com destinos para todo o Brasil. Ela havia negociado com a agência de viagens ao lado do hotel em Copacabana um desconto especial para dez assentos tipo leito no ônibus 1230 da Expresso do Sul. Cento e trinta reais por cada passagem não estava nada mau para a viagem de 430 km até a capital industrial do país.

Luke gostou de ver os passageiros de máscara e concluiu que o sistema público de saúde do Brasil merecia muito crédito. Apesar do negacionismo inicial partindo do Palácio do Planalto sobre a necessidade de vacinação, os brasileiros procuraram as vacinas da covid-19 onde quer que estivessem disponíveis. Inicialmente, havia apenas a sinovac no mercado e o governo paulista tomou a iniciativa de adquiri-la e, em parceria com o Instituto Butantan, disponibilizou a primeira vacina para os brasileiros. Mais tarde, pressionado pelo público, o governo federal importou as vacinas da pfizer e da AstraZeneca.

Amigos lhe contaram que a pfizer havia oferecido 40 milhões de doses ao Brasil em 2020, mas se recusara a pagar uma gorjeta para cada dose a certa entidade *offshore*. Houve a tentativa de comprar a vacina da Índia nesses mesmos termos, mas o governo federal foi pressionado e obrigado a desistir da negociação deletéria aos cofres públicos. Como ainda havia mais demanda que suprimento de qualquer vacina, os brasileiros mais abastados viajavam para Miami para umas férias "médicas", que incluíam compras e a vida noturna em South Beach.

Liderados por Tatiana, andando em meio à multidão, eles chegaram ao box 34 do ônibus da Expresso do Sul que sairia para São Paulo. O motorista abriu a porta reluzente do Mercedes e começou a verificar as passagens. Do outro lado da plataforma havia outro ônibus, que já tivera melhores dias. Estava embarcando um público mais diversificado, que carregava gaiolas de pássaros e embrulhos enormes, tendo como destino o Maranhão. Contente, Luke entrou no ônibus leito deles, cujo ar-condicionado já estava ligado para a viagem de seis horas. Tatiana lhe arrumara um assento na frente, afastado dos estudantes mais atrás. O professor apreciou sua consideração, pois ela conhecia seu hábito de tirar uma soneca.

Uma mulher de meia-idade sentou-se ao lado dele e cumprimentou com um "boa tarde", que Luke retribuiu. Ao atender seu celular, ela começou a dar instruções de como alimentar seu poodle enquanto ela estivesse em São Paulo. O professor se desligou da conversa assim que o expresso saiu do terminal.

Luke notou alguns rebocadores e diversos navios petroleiros da Petrobras atracados na Baía da Guanabara. Depois, eles passaram pelos subúrbios operários da Zona Norte e prosseguiram pela Baixada Fluminense, que se constituía de uma miscelânea de estruturas improvisadas, para onde os operários migravam e construíam moradias compatíveis com suas posses. Atualmente, esses subúrbios, assim como Duque de Caxias e Nova Iguaçu, tinham se tornado extensas cidades, com governos municipais e milícias em disputa pelo poder. A movimentada população interurbana contava com mais de dois milhões de almas ansiosas.

Ele sorriu diante das cenas cotidianas de crianças jogando bola em terrenos baldios e vendedores negociando utilidades domésticas, pássaros, frutas, hortaliças e carne nas feiras livres. Cavalos puxavam suas carroças por ruelas de paralelepípedo e urubus planavam nas correntes acima. A vida diária seguia seu curso.

Acelerando, o Expresso do Sul entrou na Via Dutra. Batizada em homenagem ao Presidente Eurico Dutra e inaugurada em 1951, essa rodovia foi a primeira via expressa do Brasil. Ela liga os dois principais centros do país, Rio e São Paulo, e serviu de estímulo para o crescimento econômico ao longo daquele percurso. Continua sendo a principal via para caminhões, ônibus e automóveis entre as duas metrópoles.

O movimento do ônibus e a conversa da mulher ao lado levaram Luke a dormir. Ele começou a sonhar com Tatiana e o colombiano. Ela o ensinava a dançar o samba e ria de suas parcas tentativas. O ritmo mudou para a bossa nova e os fez dançar de rosto colado. Luke assistia à cena de uma jaula de vidro suspensa no ar. Detectando um olhar malicioso na fisionomia do colombiano, ele começou a bater na vidraça para avisar sua aluna. Sem olhar para cima, Tatiana continuou dançando, despreocupada. As imagens deles apareciam distorcidas, como num espelho mágico de parque de diversão. Luke bateu mais forte na vidraça, mas não adiantou. Uma tela de fumaça desceu e encobriu o casal abaixo. Agora ele só conseguia ver o próprio reflexo no vidro.

Ele acordou com um sobressalto, a cabeça encostada no vidro da janela. O ônibus passava por colinas e campos verdes encobertos por uma neblina rasteira. O colombiano penetrava em seus sonhos outra vez, ele pensou com desagrado.

O encontro inesperado na frente do Jockey Club tinha sido a maior surpresa dessa viagem até agora. Ele ficou sabendo que Luis Carlos possuía cavalos puro-sangue e era apreciador do turfe, mas seria realmente essa sua jogada em 2021? Usando um terno elegante e acompanhado de seguranças, com certeza o colombiano havia subido na vida. Luke lembrou vagamente de sua figura naquele bar tosco do Jari e da moça do Xingu dançando ao som de Tom Jobim. Ele tirou o cartão do bolso e observou que havia dois endereços: um em Belém do Pará e outro em Letícia, na Colômbia. Acima, juntamente ao emblema da cabeça de um cavalo, lia-se, em inglês, *"Thoroughbred"*, ou seja, puro-sangue.

Tatiana pareceu bem impressionada com ele. Também aceitou seu cartão e na despedida lhe deu dois beijinhos. O professor ficou meio abalado pelo fato de Tatiana ter penetrado em seu sonho com aquele cara. Virando-se para trás, viu sua estimada aluna sob uma coberta. Os colegas também cochilavam, assim como a mulher ao seu lado.

O ônibus diminuiu a velocidade à vista da placa para Aparecida, já no estado de São Paulo. Luke viu o sinuoso Rio Paraíba do Sul e relembrou a história dos três pescadores em 1717. O líder da cidade os havia enviado ao rio para buscar a refeição comunitária em homenagem ao governador que estava de visita. Os homens estavam lançando a rede havia mais de uma hora, mas nada vinha além de peixinhos insignificantes. Um dos pescadores invocou o nome de Nossa Senhora da Imaculada Concepção, rezando para que lhes concedesse uma boa pesca.

Jogando as redes novamente, um deles puxou uma estátua sem cabeça. Outro resgatou uma cabeça escurecida e a colocou de lado. Lançando a rede uma última vez, ele puxou uma grande porção de peixes. Juntos, eles louvaram a Virgem por sua benevolência. Limparam a estátua, a cabeça e reuniram as peças. Ficaram chocados ao ver que era uma versão preta de Nossa Senhora da Imaculada Conceição. Algo especial acabara de acontecer.

Por anos, em seguida à descoberta, admiradores e peregrinos, especialmente os afro-brasileiros, vinham de todas as partes para oferecer suas preces à Madona negra. A veneração à Nossa Senhora Aparecida ganhou mais seguidores à medida que muitos milagres lhe foram atribuídos. No século XVIII, uma família importante construiu uma capela para abrigar a estátua, que mais tarde foi consagrada na basílica local. A cidade recebeu o nome de Aparecida em 1928 em homenagem à padroeira do Brasil.

Luke ficou impressionado com o tamanho da basílica, capaz de receber até 45 mil pessoas, que foi projetada por um arquiteto famoso em forma de crucifixo grego. A única maior é a Basílica de São Pedro, no Vaticano.

Quando as igrejas evangélicas pentecostais tiveram um rápido crescimento nas décadas de 1970 e 1980, a imagem da Madona negra tornou-se fonte de conflito entre católicos e evangélicos. Um fanático da seita protestante removeu a imagem de seu santuário e correu com ela para fora da basílica. Perseguido por funcionários da instituição, o homem deixou a estátua cair e se quebrar em pedaços. Os artesãos locais restauraram a peça meticulosamente e a devolveram ao altar. A imagem da Virgem Aparecida desde então se tornou uma causa célebre entre os católicos, protegendo sua fé tradicional, e o crescente movimento evangélico.

Como essa parada estava fora da programação, Luke cogitou se o motorista havia decidido exibir a famosa catedral para os turistas a bordo. Quando o ônibus se aproximou da entrada do santuário e de seu enorme estacionamento, o guarda mandou parar. Depois de trocarem algumas palavras pela janela, o motorista abriu a porta e deixou que um homem magro, de meia-idade, entrasse. O motorista não pareceu estranhar e conversou brevemente com o novo passageiro. Os dois olharam para o fundo do ônibus em busca de alguma coisa.

Tatiana se levantou do assento e veio até a frente, sorrindo para o professor ao passar.

Afinal, o que estava acontecendo?

CAPÍTULO 11

De Aparecida a São Paulo
Noite de sábado, 14 de agosto

Tatiana virou para a janela quando a claridade ficou mais forte. O ônibus tinha acabado de passar por São José dos Campos, sede da agência de pesquisa espacial. Depois, virou-se novamente e ficou absorta na conversa com o passageiro misterioso embarcado em Aparecida. Ela havia conseguido seu número de WhatsApp com um parente em seu estado de origem, o Maranhão, e entrou em contato com ele ao embarcar no ônibus.

O homem era representante do Conselho Missionário Indigenista, uma organização de apoio aos povos indígenas e um de seus objetivos é ajudá-los a sobreviver às transgressões de invasores em toda a bacia amazônica. Como as tribos já trabalham com esse grupo católico, conhecido como CIMI, há mais de 50 anos, a parceria era de confiança e respeito. Apesar do orçamento apertado, o CIMI e as tribos combatem garimpeiros ilegais, madeireiros e fazendeiros, encorajados pela atual administração. A imprensa é sua amiga estratégica.

O missionário estava visitando um padre em Aparecida quando Tatiana se comunicou com ele pelo *zap*. Graças ao simpático motorista católico e ao prestativo funcionário do estacionamento, o homem conseguiu pegar uma carona no ônibus que se dirigia à capital. Como ele trabalhava com 13 mil membros da nação Guajajara, foi providencial encontrar Tatiana, que tinha as mesmas raízes tribais.

Ela o crivou de perguntas sobre seus parentes e o modo como seu povo estava lidando com o ataque dos forasteiros, muitas vezes armados. Ficou de olhos marejados ao ouvir as notícias de mortes e infelicidade nas aldeias. Quando ele relatou os acontecimentos que levaram ao assassinato de Paulino Guajajara por mandantes dos madeireiros dois anos antes, Tatiana virou o rosto. Paulino era seu primo distante e um renomado guardião da floresta.

Mesmo que seus colegas não entendessem português, os dois falavam em voz baixa. Outros passageiros do ônibus podiam ter ligações com os latifundiários, que não queriam o CIMI perto de suas fazendas. Esse pessoal não tinha nenhum apreço pelas atividades dos missionários, que protestavam publicamente contra os abusos aos indígenas e aos direitos trabalhistas. A estratégia deles era adquirir terras quando ninguém estivesse observando, limpá-la e plantar soja o mais silenciosamente possível. Não queriam nenhum benfeitor fazendo tumulto nem atraindo a imprensa barulhenta. O missionário deixou seu cartão com Tatiana.

A placa para o Aeroporto Internacional de Guarulhos passou como um raio. O missionário lhe disse que iria ficar com um amigo nesse subúrbio operário da grande São Paulo. O motorista simpático concordara em deixá-lo nas imediações.

Tatiana pressionou o botão de parada e o ônibus diminuiu a marcha, parando em seguida sob uma passarela de pedestres. O visitante e Tatiana se levantaram, despediram-se com dois beijos e deram um adeus caloroso. O homem agradeceu o motorista e desapareceu em meio à bruma de São Paulo. Enquanto isso, os motores dos jatos rugiam acima, preparando-se para aterrissar no principal aeroporto dessa metrópole.

As luzes aumentavam de intensidade à medida que o Expresso do Sul avançava pelos bairros operários e comunidades improvisadas, aproximando-se da Zona Norte da cidade. Vencendo o tráfego do início da noite, o motorista chegou ao Terminal Tietê, que se esparramava por várias quadras. O Tietê é o segundo maior terminal do mundo, ficando atrás apenas do Port Authority, em Nova York. As milhares de pessoas circulando naquela estação enorme fizeram Tatiana puxar o fôlego.

Sua última visita à maior cidade da América do Sul acontecera cinco anos atrás, quando uma prima distante se casava com um paulistano de classe média. A recepção havia sido no refinado Clube Pinheiros na Zona Sul com muita empolgação e música ao vivo. Sua prima parecia feliz, mas Tatiana não conseguiu se encaixar. Não conhecia quase ninguém e os convidados endinheirados a esnobaram. Havia poucas pessoas de cor na festa.

Na época, Tatiana também ficou atônita como o mar interminável de veículos e luzes nessa megalópole de 22 milhões de habitantes. As ruas estavam sempre congestionadas por todas as marcas de carros, caminhões, ônibus, motocicletas e vespas em movimento constante. Ela testemunhara acidentes, geralmente envolvendo motociclistas, que deixavam o trânsito lento por quilômetros sem fim. Embora os motoristas se enfurecessem, isso era São Paulo. Ficar preso no engarrafamento era comum, especialmente quando chovia.

Após cinco dias na cidade grande, o nível dos decibéis estressou Tatiana a ponto de promover uma partida precoce para sua cidade adotada no noroeste do Pacífico. Aos 13 anos, sair de uma aldeia no Brasil e ir para Seattle tinha sido um grande passo. Mas São Paulo era três vezes maior que todo o estado de Washington e muito, muito mais barulhenta.

Agora Tatiana teve um estremecimento com a ideia de retornar à "cidade que nunca dorme" e tentou reunir coragem para o que a aguardava.

***

Sua mãe a chamava de "negociadora", pois tinha sido a primeira das gêmeas a sair do ventre materno e com boa saúde. Quando criança, ela conseguia garantir a alimentação da família com seu olhar persistente para os aldeões mais prósperos. Tatiana tinha que negociar para sobreviver. Pouco depois de completar oito anos, Tati, como era chamada na aldeia, perdeu a mãe para um câncer de mama não diagnosticado. Ela suportou aquela dor silenciosamente, mas seus irmãos não paravam de chorar dia e noite. Felizmente, Tati havia cativado uma vizinha, que a tomou como filha de criação.

O irmão de Tati e sua irmã gêmea foram mandados para outra localidade da nação Guajajara. Seu irmão mais velho desapareceu no Norte anos mais tarde num esquema de enriquecer rapidamente. Depois, sua irmã morreu devido à água envenenada de um riacho, provocada pelos detritos do garimpo ilegal. Graças à mãe adotiva de Tati, a menina frequentou uma escola dos missionários do CIMI. Aprendeu a ler e escrever na sala de aula com teto de sapê. Geralmente ficava quieta, mas quando falava, todos os alunos prestavam atenção. A professora a considerava a aluna mais inteligente da comunidade.

Contudo, Tatiana era perseguida pela fatalidade. Durante uma tempestade, uma cheia repentina do rio arrastou sua mãe adotiva juntamente com a cabana onde moravam. Aos 11 anos, Tati perdia a segunda mãe de sua jovem vida. Mais uma vez, sofreu em silêncio aquela dor. Apesar da solidariedade dos vizinhos, ela sabia que deveria se defender por conta própria.

Preso no lugarejo durante aquela tempestade tropical, um missionário americano ficou comovido ao saber do apuro em que Tati se encontrava. Ele já a conhecia da sala de aula e tinha admirado sua vitalidade. Procurou o líder da aldeia e se ofereceu para levá-la para os Estados Unidos. Após vários dias de discussão, o líder concordou e o advogado do CIMI se ofereceu para conduzir a burocracia junto ao ministério da Justiça. Um bispo interveio e seguiu-se um ano de negociações. No final, o CIMI conseguiu o selo oficial de aprovação do ministério para a saída de Tati do Brasil.

Passaram-se outros oito meses de negociações com os oficiais da imigração dos EUA em Brasília, que, relutantemente, lhe concederam um visto de turista válido por dez anos. A irmã do missionário, uma professora do ensino médio em Issaquah, um subúrbio a leste de Seattle, concordou em ser a responsável oficial por Tati. Aos 13 anos, ela fez sua primeira viagem de avião, cinco fusos horários a oeste. Trêmula, aterrissou no aeroporto num dia chuvoso de março.

Em seu novo país, Tatiana ficou perplexa diante do passo acelerado da vida, com a quantidade de carros nas ruas pavimentadas e a abundância de produtos nos supermercados. Era a primeira vez que fazia compras numa loja grande. Sua mãe americana lhe ensinou inglês e aprendeu um pouco de português *on-line* para conseguir se comunicar. Elogiou Tatiana por aprender rapidamente e a matriculou num curso de idiomas e artes. Na escola, Tati aprendeu inglês com facilidade. Acompanhava os outros alunos em excursões, inclusive uma ida à Cordilheira das Cascatas. Foi a primeira vez que viu neve, o que a deixou empolgada, gritando de alegria com os flocos derretendo na palma da mão.

No entanto, o passatempo favorito de Tatiana era sentar na margem do Riacho Issaquah e ouvir o murmúrio da água, o farfalhar dos salgueiros e o canto do tordo-americano. Ela aprendeu que na língua indígena, "Issaquah" significa "som dos pássaros" e sentiu uma ligação especial.

Na Issaquah High School, ela jogava futebol, participava das discussões em sala de aula e desabrochou. Formou-se com distinção. Em seu aniversário de 18 anos, tornou-se cidadã americana, graças aos esforços de uma deputada local. Incentivada pela mãe americana, Tatiana se inscreveu na Universidade de Seattle. Sua história comovente e espírito apaixonado lhe proporcionaram uma bolsa de estudos de quatro anos na universidade jesuíta. Lá, ela continuou jogando futebol e distinguiu-se academicamente.

Nas férias de verão, Tatiana pediu para participar da missão de estudos do Prof. Shannon no Brasil e foi aceita. Ouvia atentamente cada estudante e ficou conhecendo-os como indivíduos. Seus colegas a elogiavam pela seriedade e atitude proativa, sem mencionar sua beleza deslumbrante e exótica. Eles também admiravam seu espírito ardente e a elegeram líder do grupo.

Aos 23 anos, ela retornava à maior cidade da América do Sul, mas não sem trepidação.

***

Antes de chegar ao Terminal Tietê, Tatiana usou seu aplicativo do Uber e garantiu uma minivan para os nove estudantes e o prof. Shannon. Conduziu-os em meio ao agito da multidão e todos embarcaram na van sem incidentes. Uma hora mais tarde, chegaram ao Hotel Estanplaza Paulista, no bairro dos Jardins, conhecido por seus hotéis refinados, condomínios elegantes e restaurantes chiques. Depois de fazerem o *check-in*, ficou combinado de se encontrarem no saguão às 21h para ir jantar. Dois estudantes estavam com problemas intestinais e outros dois decidiram ficar no hotel para passar algum tempo a sós.

Tatiana e sua companheira de quarto, a filipina Grace, desceram para o saguão, onde encontraram o prof. Shannon e dois outros estudantes falando sobre futebol, enquanto uma terceira parecia entediada. Luke havia feito uma reserva no Ráscal, uma *trattoria* popular com bufê livre, que ficava a apenas três quadras de distância. Tatiana apreciou a caminhada ao ar livre, mas foi bem agasalhada para se proteger da notória névoa da cidade no inverno. A caminho do restaurante, eles passaram por vários arranha-céus pomposos protegidos por portões de aço e guardas em movimento. Algumas galerias de arte e consultórios médicos instalados em mansões imponentes, representantes de uma era passada, salpicavam entre as torres.

"Vejam, um Starbucks", Grace exclamou, apontando para uns jovens que tomavam chocolate quente no pátio de uma antiga residência colonial.

O grupo chegou ao Ráscal e aguardou na fila do lado de fora. Luke entrou e falou com a recepcionista, que confirmou sua reserva, mas pediu que esperassem. Vinte minutos depois, eles entraram no restaurante enorme e bem iluminado, contendo centenas de comensais sob um teto de vidro duplo engastado numa grade de ferro fundido a dez metros de altura. O *maître* os colocou numa mesa coberta por uma toalha branca e não muito longe do bufê com cinquenta pratos quentes e frios.

Luke pediu um malbec argentino para celebrar a chegada. Todos brindaram com "tin-tin" a uma estada bem-sucedida em São Paulo.

Tatiana e os outros estudantes famintos se levantaram ao mesmo tempo para ir ao bufê de frios. Encheram os pratos de palmitos, presunto serrano, salame italiano e diferentes tipos de saladas brasileiras. Tatiana contou à turma que os imigrantes japoneses haviam trazido suas habilidades de horticultores para o

Brasil após a Primeira Guerra Mundial, plantando vegetais folhosos e crucíferos. Bok choy, brócolis e rúcula passaram a fazer parte da alimentação dos brasileiros, assim incrementando sua saúde. Os pais japoneses fizeram os filhos estudar com afinco para subir na escala social. Os nisseis brasileiros ocupavam diversas posições executivas em corporações, escolas e no governo, chegando a quase dois milhões na São Paulo metropolitana.

Na sequência, eles migraram para o bufê de pratos quentes, onde *chefs* italianos de jalecos brancos e os característicos chapéus altos refogavam canelones, capeletti, raviólis, penne e depois os cobriam com diferentes molhos saborosos. A fragrância de alho e azeite de oliva atraía todos a se servirem de mais porções. O banquete terminou no balcão de sobremesas com doces tentadores, como pudim de coco da Bahia, abacate batido com licor de café e brigadeiro. Sem dúvida, um festival de colesterol.

Luke pagou a conta, sendo calorosamente agradecido por Tatiana e os outros estudantes. Todos protelaram o ato de se levantar da mesa e com relutância deixaram o aconchego da lareira acesa ali perto. Saíram do Ráscal para a noite enevoada quando o relógio marcava 23h45. A fila do restaurante tinha aumentado, dobrando a esquina para os comensais que jantariam de madrugada.

Como Tatiana estava meio alta, um dos rapazes lhe deu o braço enquanto passavam pelo Starbucks e o Hotel InterContinental. Apesar do efeito do vinho, o radar interno de Tatiana continuava sondando as cercanias e ela não gostou do que viu uns vinte metros à frente. Um grupo de cinco adolescentes havia cruzado a Alameda Santos e vinha em direção a eles. Tatiana avistou uma ruazinha de paralelepípedos que descia atrás do hotel e gritou: "Ei pessoal, dobrem aqui agora".

Todo mundo finalmente captou o que estava ocorrendo e viram a gangue se aproximando. Então seguiram Tatiana, apressando-se ladeira abaixo, esperançosos de que seu hotel estava no fundo daquele beco.

Ouviram o som de passos cada vez mais próximo e começaram a correr pela rua escorregadia, envoltos pela névoa de São Paulo.

CAPÍTULO 12

Estanplaza Paulista
Manhã de domingo, 15 de agosto

"Tudo bem, professor?" Tatiana cumprimentou. Ela estava sentada no restaurante do hotel, onde havia um café da manhã "da fazenda" para os hóspedes. O pátio era cercado por um jardim tropical, onde dois sabiás-laranjeira pulavam de galho em galho em busca de comida.

Recordando a fuga da noite anterior, Luke não tinha bem certeza do que responder.

Passava da meia-noite quando eles conseguiram chegar à entrada do hotel. Felizmente, o guarda tinha acabado de abrir a porta automática para fumar um cigarro do lado de fora, mas foi quase atropelado pelos gringos entrando às pressas. Automaticamente, com a mão a postos como se fosse sacar uma pistola, o guarda ficou olhando para o bando de garotos que agora virava a esquina da alameda Jaú, desaparecendo na névoa da madrugada.

Luke e os estudantes tinham chegado sem fôlego e deram uma volta pelo saguão para se restabelecer, mas não sem antes agradecer ao guarda por ter aparecido bem na hora e a Tatiana por ter avisado. Todos olharam pela porta de vidro, garantindo que o bando tinha realmente ido embora. Dois dos estudantes, que haviam cogitado a possibilidade de sair para a noite na cidade, pensaram melhor e decidiram acompanhar os outros rumo aos quartos para se recolher.

Luke levou mais de uma hora para se acalmar e tentar dormir. Passou as primeiras horas da madrugada se virando de um lado para outro na cama, se debatendo com sonhos aflitivos.

"Mais ou menos, Tatiana", ele finalmente respondeu, com a fisionomia preocupada. Deu um não de cabeça involuntário, sentou-se com ela e Grace e pediu um chá de camomila para acomodar o estômago. Não sabia o que mais dizer e não queria lembrar a ameaça da noite anterior. Então, convidou-as a se servirem do *brunch* espalhado por três balcões. Em vez de bacon e ovos, ele preferiu o mamão brasileiro com aveia, mas acabou beliscando apenas. Tatiana se fartou de goiabas, abacaxi e fruta-do-conde, frutas fresca vindas do Norte do Brasil.

Preenchendo o silêncio, Luke anunciou: "Estou pensando em ir à missa das 11 horas na Igreja São Luis Gonzaga, na Avenida Paulista. Acho que um pouco de oração vai me fazer bem. Se quiserem ir junto, pegaremos um táxi até lá. Depois, podemos visitar a feira de artesanato que fica ao longo dessa avenida, fechada ao tráfego todos os domingos para que as famílias paulistanas passeiem com calma. É um local seguro e a polícia está sempre presente", ele acrescentou, tentando parecer confiante.

Naquele instante, o sol irrompeu entre as nuvens. Seus raios iluminaram o jardim, fazendo os sabiás gorjearem mais alto. Todos sorriram diante daquilo e Tatiana contou à colega que o sabiá-laranjeira era o pássaro nacional. Reanimadas, as duas estudantes católicas concordaram em ir com Luke à missa das 11h. Quando iam saindo do salão, dois estudantes chegaram com cara de sono. Desculparam-se por não acompanhá-los e foram tomar *espressos* duplos.

Eles pegaram um táxi e chegaram à igreja neoclássica minutos antes do horário. Luke contou que São Luis Gonzaga era italiano e sua história era especialmente ligada à assistência aos jovens sofridos. No final do século XVI ele foi voluntário na luta contra a epidemia de tifo que assolou as crianças de Roma e suas famílias. Aquele comprometimento de ajudar os enfermos, apesar do risco, resultou em sua morte aos 23 anos, contaminado pela doença. A Igreja Católica reconheceu sua dedicação e sacrifício, nomeando-o santo patrono da juventude e dos estudantes.

Usando máscaras, como o resto da congregação, eles entraram e se sentaram no fundo da igreja retangular. Olhando para a estátua do santo, no topo da capela-mor de mármore, Luke refletiu sobre a vida de Luis Gonzaga. A igreja estava quase cheia de senhoras idosas e famílias com seus filhos. Alguns turistas tiravam fotos do altar de mármore sob a cúpula azul celeste. Um mosaico representando Jesus e a Virgem Maria decorava as paredes laterais à escultura de corpo inteiro de São Luis Gonzaga. Atrás da estátua, uma luz dourada transmitia uma sensação etérea.

Os coroinhas iniciaram a procissão, segurando o crucifixo e os candelabros com as velas altas. Logo atrás vinha o diácono, balançando o incensário pelo corredor principal e depois no altar. O padre entrou por último, abençoando os fiéis.

Luke e Grace fizeram o melhor possível para participar da missa em português, mas rezaram o Pai Nosso e o Credo silenciosamente em inglês. Tatiana rezou em português e às vezes sorria diante das tentativas de Luke.

Ele se sentiu em paz. Onde quer que fosse pelas cidades do Brasil, sempre apreciava a quietude do interior de uma igreja. A pompa da missa solene de hoje tinha lhe ajudado a clarear as ideias. Ele pediu ao Senhor que lhe perdoasse o orgulho e os guiasse em segurança nessa missão de estudos.

Após receber a comunhão e a benção do padre, a congregação seguiu a procissão até a porta de saída. Luke percebeu uma mulher atraente, de meia-idade, que achou ter conhecido anos atrás. Tinha sido durante seu estágio no BankBoston e ela trabalhava numa agência em São Paulo. Ele até lembrava seu nome. "Teresa, é você mesmo?", ele perguntou, tirando a máscara.

De terninho azul escuro, a mulher olhou para o lado e sorriu. "Luke Shannon, o que está fazendo na minha cidade sem nenhum aviso? Que bom revê-lo. Ainda o reconheço, o que significa que você manteve a forma", ela respondeu, aproximando-se dele para lhe dar um beijo em cada face.

"Teresa, deixe-me apresentá-la a duas alunas da Universidade de Seattle, Tatiana e Grace. Estamos no Brasil numa missão de estudos. Senhoritas, Teresa e eu nos conhecemos da época em que trabalhávamos num banco, alguns anos atrás", ele declarou com um sorriso largo.

Tatiana se aproximou e lhe deu dois beijinhos. Grace lhe estendeu a mão, que Teresa apertou, mas em seguida lhe deu dois beijos também.

"É realmente um prazer, Luke, Tatiana e Grace. O que vocês vão fazer agora? Se estiverem livres, posso convidá-los para um chá na Livraria Cultura que fica aqui perto? Tem um café muito agradável no andar de cima e a gente poderia pôr o papo em dia depois de todo esse tempo. Eu gostaria de saber mais sobre essa sua missão."

Como só tinham que encontrar o resto da turma às seis da tarde, Luke e as moças concordaram.

Eles atravessaram a avenida de seis faixas livre de veículos. Embora tivesse meros três quilômetros, a Avenida Paulista era ladeada de arranha-céus, bancos, museus e até um enorme McDonald's. Era o ponto de encontro para manifestações e celebrações, que atraía moradores e turistas de todos os tipos e origens. Os paulistanos estavam aproveitando seu passeio dominical sob o sol e com a serenidade incomum. Mesmo assim, ainda era preciso ter cuidado com os ciclistas, que nem sempre se mantinham nas ciclovias. A maioria das pessoas usava máscaras, menos os ciclistas e skatistas.

Quando chegaram ao Conjunto Nacional, na esquina com a rua Augusta, Teresa explicou que aquele tinha sido o primeiro centro comercial num arranha-céu de São Paulo, inaugurado em 1958. Subindo as escadas circulares em seu interior, eles passaram por boutiques, restaurantes, barbearias e um grande complexo de cinemas. Escritórios e apartamentos residenciais ficavam nos andares superiores e uma placa de neon da Ford enfeitava seu telhado à noite. Ela os levou à livraria de vários níveis que deixaria a Barnes & Noble de Seattle humilhada. Sentaram-se a uma mesa de canto no mezanino, que dava para fileiras de livros e revistas de todas as partes do mundo. Luke e as garotas pediram um espresso e Teresa um chá verde antes de começarem a conversar.

Depois de tomarem suas bebidas, Luke e Teresa pediram licença para colocarem seu papo pessoal em dia. Tatiana e Grace foram andar pela livraria, que incluía uma seção de CDs com famosos músicos brasileiros.

Teresa havia se casado com o CEO de um banco importante e estava passando pela experiência do ninho vazio. Formados em prestigiadas universidades locais, seus filhos tinham vida própria. Agora, ela dedicava boa parte do tempo protegendo o Pantanal. Os recentes incêndios que destruíram mangues e mataram muitos animais tinham partido seu coração. "O aquecimento global atingiu o Brasil", ela lamentou. "Já não é uma coisa de gringo."

"Estamos atados àqueles mafiosos de Brasília por mais um ano. Eles negam que haja um problema de desmatamento. Espero que os defensores do meio ambiente consigam sobreviver. Esse governo não está nem aí para o dano causado às árvores e aos animais, sem contar às pessoas que dependem da floresta, das savanas e dos rios limpos. Se não nos livrarmos dessa gangue nas próximas eleições, as florestas tropicais e instituições brasileiras estarão em grande perigo".

"E você, Luke? Não estou vendo nenhuma aliança no seu dedo. ¿*Qué pasa?*"

Luke olhou para as mãos e depois para sua redescoberta amiga. Ela usava um penteado elegante e seu cabelo preto luzidio tinha mechas brancas cintilantes. Um diamante grande brilhava na mão esquerda. "De fato, Teresa. Sofro do que os psicólogos talvez chamem de 'regressão' devido às minhas idas e vindas durante muito tempo. Ano passado voltei a Cuba para procurar o amor da minha vida, que conheci em Washington, DC. Mas Ana Maria tinha morrido num acidente de carro um mês antes da minha chegada. Uma tragédia. A única coisa que pude fazer foi colocar flores em seu túmulo. Que ela descanse em paz", ele disse enquanto Teresa tocava-lhe o braço.

"No entanto, descobri que ela havia nos dado um filho, nascido daquela paixão trinta anos atrás. Ele se chama Lucas e mora comigo em Seattle. É pintor e deu continuidade ao seu trabalho nos Estados Unidos. Aos poucos está se adaptando ao nosso ritmo de vida mais veloz. Mas os primeiros seis meses foram muito difíceis. Lucas se criou num vilarejo da zona rural e estava acostumado à vida pacata de Cuba. Seattle foi um choque. Ele ainda sai para longas caminhadas pelos lagos e rios sempre que fica estressado.

"Recentemente eu me associei ao Rotary e conheci uma mulher encantadora da minha idade. Ela perdeu o marido para um câncer há vários anos, mas parece disposta a tentar outra vez.

Temos nos encontrado e gostamos da companhia um do outro. Não é fácil me abrir depois de ter vivido só por tantos anos. Pensar ou agir como casal é um desafio constante para mim. Algumas palavras de sabedoria?", perguntou Luke, encorajado pelo olhar empático de Teresa.

"Simplesmente respire fundo, Luke, e controle seu temperamento irlandês. Não se esqueça das datas importantes, como o aniversário dela ou o de namoro de vocês. Lembre-se de lhe dar flores. Nós sempre gostamos de flores", ela aconselhou, tocando novamente seu braço.

"Você ainda nada?", perguntou Teresa. "Lembro de vê-lo indo além da rebentação lá no Guarujá, nos deixando preocupados. Eu ainda nado três vezes por semana na piscina olímpica do clube para manter corpo e mente em forma."

"Ainda temos isso em comum, Teresa. Durante a pandemia, comecei a nadar o ano todo em nossos lagos. Às vezes até ganho aplausos e assobios dos visitantes e pescadores", ele confessou.

As duas estudantes retornaram, com Tatiana mostrando um calendário de Marília Mendonça, cujas canções emotivas lhe tocavam fundo. Grace comprou um CD clássico de Jobim.

Teresa e Luke se levantaram e os quatro saíram da livraria, retornando à Avenida Paulista, onde o sol ainda brilhava. Luke e Tatiana contaram à Teresa sobre a missão que tinham de descobrir o quanto o agronegócio afetava a diminuição das florestas, especialmente com o aumento das plantações de soja no cerrado e avançando sobre a região amazônica.

"Sim, em Cuiabá, onde minha família mantém um cinturão verde e um refúgio animal, estamos cercados por imensas plantações de soja. Se vocês quiserem conhecer, poderão ver o interessante contraste entre os pântanos naturais e os campos invasores de soja. Iriam gostar também de uma reserva para onças pintadas e papagaios que apoiamos. Chama-se Onçafari."

Eles chegaram à feira de artesanato, que exibia dezenas de pinturas, esculturas e bijuterias ao longo das duas quadras do Parque Trianon. Ombro a ombro com os turistas, eles verificaram os trabalhos expostos nas calçadas e Tatiana experimentou colares de água-marinha. Luke lembrou que o Brasil era renomado por sua variedade de pedras semipreciosas.

Teresa atendeu um telefonema e logo se reuniu ao grupo. "Luke, fique com o meu cartão, que tem meu número de WhatsApp, além do telefone do nosso refúgio em Cuiabá. Se vocês quiserem conhecer, são meus convidados. Daqui a pouco, minha família vem me pegar logo abaixo do MASP.

"Tatiana e Grace, foi um grande prazer conhecê-las. Espero que tenham uma estada produtiva e segura no Brasil. Luke, cuide bem delas, meu amigo. Não deixe de me ligar antes de ir embora de São Paulo", ela pediu, dando-lhe um abraço e dois beijos. Depois, beijou as moças e se foi com um aceno. Desviando-se de ciclistas e skatistas, chegou ao prédio do museu, construído sobre pilotis, do outro lado.

Na calçada ao lado do grande vão do museu, dois grupos se reuniam levantando a voz. Alguns jovens seguravam cartazes e gritavam palavras de ordem contra o presidente: "Fora, fora!". Do outro lado, alguns tipos que se assemelhavam a soldados davam "vivas" ao presidente e pareciam prontos para uma briga.

Perambulando por ali, Luke observou o líder da gangue da noite anterior com outros adolescentes. Temeu que estivessem procurando por outras vítimas. "Senhoritas, tentem não olhar para o outro lado da rua. Não queremos atrair a atenção deles. É melhor ir embora", disse Luke. Ele segurou o braço de cada uma, andando em meio às bancas dos artesãos e uma de comida baiana. Inspirou o aroma apetitoso de acarajé frito e viu a mulher vestida de branco rechear o bolinho de feijão fradinho com vatapá. Resistiu à vontade de parar e se foi com as alunas para o Parque Trianon.

Torcendo para que os galhos das árvores da antiga Mata Atlântica os escondessem dos ladrões, ele ouviu a gritaria das caturritas verdes e observou alguns homens perambulando por ali em busca de ação.

A única coisa que queria era chegar a salvo do outro lado.

CAPÍTULO 13

De Monte Alegre a Santarém, via barca
Tarde de segunda-feira, 16 de agosto

Lúcio teria gostado de visitar aquela comunidade pitoresca de casas de adobe com uma animada colônia de artistas. Mas de modo algum queria cruzar novamente com o tal tira naquele lugar isolado sem possibilidade de escape. Era um porto incomum de se parar, mas talvez o policial estivesse traficando ou recebendo propina do delegado local. Como saber?

Felizmente, Lúcio tinha conseguido escapar, descendo do convés pela escada de mão para sua cabine e trancado a porta. Ele ouviu os passos no corredor. Retendo o fôlego, não respondeu à batida na porta e viu a maçaneta girar. Mas o ferrolho fez seu serviço. Lúcio relaxou um pouco ao ouvir o tira batendo em outras portas ao longo do corredor. Depois que uma mulher gritou, "O que você quer comigo?" ele não ouviu mais nada, exceto a porta se fechando no final do corredor.

Depois, Lúcio enviou uma mensagem de texto para seu amigo capitão, que foi vê-lo na cabine. Aliviado ao saber que o tira estava instalado em outro deque, decidiu não sair mais. Gentilmente, o capitão mandou o garçom lhe levar as refeições da cafeteria e lhe ofereceu uma garrafa de cachaça para afogar qualquer lamento. O que Lúcio queria era andar pelo convés e contemplar a vida vibrante ao longo do Rio Amazonas. Deixaria para outra oportunidade.

No momento, ficaria lendo o livro que havia trazido sobre a vida num kibutz israelense. Ele tinha fantasiado de criar um na Amazônia para estudantes de ecologia e chegou a procurar ONGs que patrocinassem seu projeto. Ninguém levou a ideia a sério; até mesmo os israelenses tiraram o corpo fora. Se ao menos seus compatriotas tivessem mais ordem nas veias, ele matutou.

Vendo a bandeira verde-amarela do lado de fora de sua escotilha, Lúcio questionou o lema inscrito no globo azul em seu centro, "Ordem e Progresso". Nossa! Aquilo expressava as aspirações de seus compatriotas, muito a propósito na presente situação de agitação nacional.

Como prometido à sua aluna Gabriela, Lúcio tinha quase terminado de escrever a matéria sobre a invasão dos garimpeiros na aldeia Munduruku. A imprensa internacional monitorava seus blogs com frequência, podendo assim transmitir as notícias da Amazônia para o público estrangeiro. O plano era postar o artigo em Santarém.

Ele também havia telefonado para o policial honesto da Polícia Federal para relatar a incursão, mas ainda não obtivera resposta. Provavelmente, o policial estava na selva perseguindo criminosos rio acima. Na melhor das hipóteses, o serviço de telefonia celular era incerto ao longo do rio e inexistente dentro da floresta.

Quando os motores diminuíram a marcha, ele olhou pela escotilha e viu Monte Alegre, a última parada antes de Santarém. O investigador sombrio estava desembarcando e um homem corpulento o esperava no cais. "O que estarão aprontando?", pensou Lúcio, mas não se atreveu a mostrar o rosto. Em vez disso, deitou-se na cama e tirou uma soneca.

Lúcio despertou sacudido pelos motores da barca dando marcha à ré e reverberando nos deques. A embarcação bateu no cais e parou lentamente. Olhando para fora, ele viu vários barcos navegando pelo rio. Acabou de fechar sua sacola e jogou uma água no rosto. Detectando mais rugas e mechas de cabelos brancos, concluiu que um corte de cabelo lhe faria bem.

Toc, toc, toc.

Espiando pelo olho mágico, Lúcio viu o capitão novamente. Embora tivesse apenas 1,60m, Pedro parecia esguio, além de astuto. Tendo passado toda a vida viajando pelo Amazonas, conhecia cada canto do Rio Amazonas e muitas vezes era contratado pelos ricos e famosos para conduzir excursões em seus iates. Sua pele bronzeada e faces proeminentes sugeriam raízes nativas e seus olhos diziam "não mexam comigo". Lúcio se sentia afortunado por chamá-lo de amigo.

"Como vai, Pedro?", ele perguntou, entusiasmado, abrindo a porta e dando um forte abraço no capitão.

"Tudo bem, Lúcio. A barra está limpa. O policial desembarcou em Monte Alegre e ninguém suspeito entrou a bordo. A maioria dos passageiros já se foi e os carros e caminhões estão desembarcando agora mesmo. Os colegas estão limpando o barco e vão continuar a bordo. Que tal uma caipirinha para celebrar o sucesso da viagem? Não colidimos com nenhuma tora, jacaré nem pirarucu. E ninguém caiu da barca. Então, podemos considerar que foi uma viagem bem sucedida", concluiu o capitão.

"Muita gentileza da sua parte, Pedro. Vou ver se meu amigo chegou. Combinamos de nos encontrar no cais e depois ele vai me levar até Alter do Chão, onde mora. Já foi lá? Mas antes, é claro que gostaria de tomar um drinque com você."

"Ótimos planos, Lúcio. Mas como sabe, o rio Tapajós tem sofrido com os dejetos deixados pelo garimpo ilegal, tendo suas águas puras contaminadas. Vamos torcer para que a comunidade do seu amigo não tenha sido afetada", disse ele, os olhos brilhando. Em seguida, eles desceram para o deque inferior, de onde os últimos veículos partiam.

O cais estava cheio de vendedores de frutas, legumes e lembranças turísticas, assim como de pescadores, que exibiam uma variedade de pescados capturados naquele dia. Um explicava como havia carregado seu troféu, um pirarucu, nas costas e levado até a praia. Sua audiência de turistas prestava atenção, de boca aberta diante do peixe de dois metros de comprimento pendurado ao lado do homem que não passava de 1,70m.

"Salve, meu amigo!", saudou um homem de bigode. "Bem-vindo a Santarém. O que a nossa estrela do jornalismo diz da nossa cidade movimentada?" Seu cabelo crespo e grisalho se abrigava num boné branco com o emblema do Corinthians, uma âncora com remos cruzados em vermelho e preto. Ele sorria com os olhos e deu um forte abraço em Lúcio.

"Com certeza a orla está mais movimentada agora do que na minha última visita. Estou vendo também mais cargueiros atracados para embarcar soja", resmungou Lúcio, apontando para os elevadores de grãos do outro lado da baía, que carregavam um navio de bandeira chinesa. Um rebocador estava parado a cem metros da costa para guiá-lo até o fluxo do rio, rumo ao leste.

"Sim, muita coisa mudou desde a sua última vinda. A bancada do boi está fazendo valer o seu peso, exigindo mais elevadores de grãos e ancoradouros para navios maiores", o homem retrucou, contrariado. Sorrindo, estendeu a mão para o acompanhante de Lúcio. "E quem é o seu amigo? Eu sou Caetano, a seu serviço."

"Eu me chamo Pedro e sou o capitão do *Amazonas*. Acabamos de desembarcar e gostaríamos de comemorar nossa chegada, sãos e salvos, com uma branquinha. Gostaria de nos acompanhar?", convidou o capitão, apertando a mão do homem e dando-lhe um tapinha nas costas.

Caetano aceitou o convite e os levou pela orla do Tapajós até um prédio baixo de tijolos pintados de vermelho com uma placa preta acima, onde se lia "Botequim" em grandes letras douradas. A grade estava aberta e o bar ficava encaixado entre uma casa em construção e uma loja de estuque branco chamada "Lindo Céu".

Lá dentro, alguns pescadores tomavam cachaça pura, arrematada por cerveja. Eles saudaram com um "boa tarde" os visitantes, que responderam o mesmo.

Caetano pediu uma garrafa de uma versão destilada localmente, feita de açaí. A aguardente tinha um sabor de terra, uma cruza de amora com chocolate amargo. De pé, diante de uma mesa alta de canto, os três homens tomaram doses duplas com casquinha de limão enquanto um ventilador de teto fazia o ar úmido e os mosquitos circularem.

O atendente sugeriu ovos rotos para acompanhar a bebida. O aroma sutil de coentro fresco e orégano fez seus estômagos roncarem. A batata doce frita com pimentão picado e chouriço, cobertos pelos ovos batidos, deram o toque final. Eles terminaram a garrafa, limparam o prato e já estavam para pedir outra rodada quando o celular de Caetano tocou.

Ele escutou e respondeu: "Estarei aí em uma hora". Caetano desligou e expirou longamente. "Amigos, a polícia civil esteve novamente na comunidade e perguntou por mim. Preciso voltar para mantê-los afastados. Alguns policiais recebem propina dos plantadores de soja e incorporadoras e me consideram uma pedra no sapato deles. Como não posso pagar em reais, tenho que pagar com gentileza e estando presente. Lúcio, você quer ficar ou me acompanha até Alter do Chão?"

"Capitão, queira me desculpar, mas não vou acompanhá-lo em outra rodada", disse o repórter, deixando uma nota de vinte reais na mesa.

"Claro, Lúcio, sem problema. Vou pôr o papo em dia com os pescadores e me inteirar das últimas notícias do rio. Vão com Deus, meus amigos."

Eles se abraçaram e Lúcio seguiu seu guia porta afora.

Os dois homens andaram por umas duas quadras e entraram no pequeno Fiat de Caetano, que parecia já ter visto dias melhores. Dando a partida, ele saiu do centro da cidade e virou na estrada asfaltada. Conforme acelerava, chegando aos cem quilômetros por hora, o carrinho começou a vibrar. Caetano deu um sorriso divertido e seguiu em frente, passando pela savana com suas árvores esguias e capim amarelado até alcançar uma área marrom descarnada. Alguns quilômetros adiante, eles passaram por um mar verde de soja e um trator arava outro campo.

"Foi aqui que houve aquele baita incêndio dois anos atrás. Uns maus elementos da polícia civil acusaram os brigadistas voluntários e a mim de provocá-lo. Dá pra imaginar uma coisa dessas? A vida aqui no Norte ainda está difícil para nós ecologistas. Mesmo assim, a gente faz o que pode pra proteger a floresta e manter os grileiros fora daqui", Caetano resmungou.

"Este agosto está especialmente seco ao longo do Amazonas", continuou. "Com vários hectares de árvores queimadas, os meteorologistas preveem que a nossa região vai colher o que plantou — temperaturas mais elevadas e incêndios frequentes. Os aliados dos sojicultores, mineradores e madeireiros dizem que o aquecimento global é coisa de estrangeiro. Mas o fato é que nós estamos sofrendo em Santarém e no resto do Brasil. Vamos torcer pra que ninguém jogue um cigarro nesse palheiro."

Eles cruzaram uma entrada com um cartaz onde se lia "Força Comunitária" sob um aglomerado de coqueiros e castanheiras. O centro comunitário ficava cerca de um quilômetro adiante e logo deu para avistar dois carros da polícia civil estacionados. Uma quantidade de pessoas inflamadas os cercavam, falando alto. Todos se viraram para ver Caetano chegando em seu Fiat empoeirado.

Dois homens de camiseta amarela, estampada com um triângulo vermelho e outro invertido, gesticulavam.

"De novo não", Caetano murmurou. Estacionou o carro e foi andando com determinação até o policial de azul. "Senhores, como posso ajudá-los?"

"Os novos donos das terras aqui ao lado deram queixa contra estes homens. Viemos aqui interrogá-los, mas esperamos o senhor chegar. Eles invadiram o terreno do novo dono ontem à noite, quando o pessoal estava limpando a vegetação rasteira. Como sabemos que vocês trabalham juntos, será que o senhor pode elucidar o que eles estavam pretendendo fazer?" perguntou o policial mais alto.

"Senhores, quando é que essa terra foi vendida? É propriedade do estado do Pará há décadas. Quanto a estes homens, eles são brigadistas voluntários, que dão tudo de si para nos proteger dos incêndios, especialmente durante a estação seca. Acabei de passar dois dias em Santarém, estou voltando agora. Não sabia desse novo dono e nem dessa limpeza da savana. No mínimo, ele deveria ter nos avisado e aos brigadistas para que o processo pudesse ser monitorado. Com certeza, ninguém quer que os incêndios de 2019 se repitam, não é? Estes homens agiram acertadamente quando detectaram as chamas. Os senhores poderiam me apresentar ao novo dono para que a gente possa resolver esta situação?" Caetano manteve a voz calma.

"Hmm, não sei se vai dar. O novo dono é de Cuiabá. Como o senhor nos ajudou a garantir as vacinas para nossas famílias, vamos esclarecer com nossos superiores que foi um mal-entendido. Vou ver quem é o capataz pra que vocês possam se encontrar e elaborar os procedimentos de queimada rasteira. Tudo bem?".

Caetano concordou, apertou a mão do policial e ficou observando enquanto os dois retornavam ao sedan VW azul e branco. Outro policial e sua parceira no segundo veículo seguiram atrás, cruzando os portões da comunidade.

"Meus amigos, vou apresentar a vocês um grande amigo de Belém que faz reportagens sobre questões ambientais. Ele vai ficar conosco por alguns dias. Lúcio, este é o nosso pessoal, os pilares da comunidade, e dois brigadistas corajosos!", exclamou Caetano.

Lúcio e Caetano passaram a hora seguinte conversando com os moradores da vila, que sorriam, contavam piadas e histórias, dando abraços apertados no visitante. Apareceu uma garrafa de cachaça, que aumentou a animação. Depois de secarem a última gota, os moradores se despediram com um aceno e voltaram alegre às suas cabanas.

Lúcio seguiu seu anfitrião até um chalé com teto de sapê e vista para o Rio Tapajós. Olhando pela janela em direção à entrada, eles detectaram um fiapo de poeira ou fumaça pairando no horizonte. Caetano fez outra ligação para garantir que não era um novo incêndio. Depois, na hora que o sol caía sobre a floresta, mostrou ao repórter seu quarto com vista para o rio. Lúcio agradeceu, mas dispensou o jantar.

O que ele realmente queria era paz e descanso.

***

Os olhos de Lúcio ardiam e um cheiro forte penetrava em suas narinas. Ele tossiu novamente. Depois ouviu um estouro e estremeceu com o choque. Olhando pela janela, viu o amado Fiat da mulher de seu anfitrião em chamas. Caetano dirigia os vizinhos, que formavam uma corrente humana para passar baldes de água vinda do poço. De mãos em mãos, eles transferiam uma variedade de recipientes que aos poucos foram extinguindo o fogo. Ainda bem que o tanque do carro estava praticamente vazio, se não a explosão teria sido muito pior.

Lúcio se reuniu à brigada lá fora, mas o carrinho da mulher de Caetano não teve salvação. Que maneira estranha de começar suas férias na vila, que a TripAdvisor anunciava como o "Caribe da Amazônia".

O que estava ocorrendo nessa terra tropical conhecida pela vida serena?

CAPÍTULO 14

Parque Ibirapuera, São Paulo
Meio-dia de terça-feira, 17 de agosto

Ao meio-dia, Luke e os estudantes chegaram ao parque de 158 hectares, considerado pelos 22 milhões de habitantes o cinturão verde e os pulmões de São Paulo. Localizado na Zona Sul, o Ibirapuera fica em pé de igualdade com o Chapultepec da Cidade do México e com o Central Park de Nova York em termos de tamanho e espaço. Ele conduziu a turma pela entrada principal. Muita gente sentada nos bancos fazia seu lanche enquanto admirava os corredores, ciclistas e skatistas exibindo suas manobras. Seu destino era a Praça da Paz para encontrar Vera, a assistente social de Paraisópolis.

Na noite anterior, ela enviara uma mensagem a Luke dizendo que sua visita com a classe à clínica da comunidade não seria segura. Recentemente, o chefe do tráfico no morro tinha complicado as coisas para o seu lado e feito ameaça de morte. Ela sentia não poder lhes mostrar a nova horta urbana das mulheres, mas prometia levar fotos. Vera sugeriu que se encontrassem no primeiro parque metropolitano de São Paulo para darem um tempo do agito urbano. E confessou que ela mesma precisava de uma folga.

Luke parou no pipoqueiro, admirando sua agilidade na tarefa. Por apenas dez reais, comprou pipoca para todos e depois os levou até os lagos interligados onde se podiam ver cisnes majestosos deslizando em perfeita harmonia e patos se apressando para pegar os pedacinhos de pão jogados pelos transeuntes. Luke parou para admirar os casais de mãos dadas nas margens em declive e outro que se abraçava sob um ipê rosa todo florido. Tatiana também olhava para o casal aos beijos, hipnotizada pela atmosfera romântica.

Eles entraram numa vasta clareira com a placa "Praça da Paz". Luke estava esperando outro tipo de praça, mas começou a procurar por uma grande figueira, o ponto de encontro marcado por Vera. Tatiana apontou para uma árvore imensa, de cujos galhos desciam dezenas de raízes. "Deve ser lá", Luke concluiu olhando ao redor. Num canteiro próximo, um bando de beija-flores sugava o néctar de um arbusto de velas, um dos nomes dessa bela planta brasileira.

Em meio a outro arvoredo de ipês floridos, Luke ouviu vozes que subiam e desciam de volume. Do outro lado, surgiu um pequeno grupo, conduzido por um dínamo de 1,50m, que gesticulava para uma mulher de cor mais alta. Um repórter, com um microfone da TV Bandeirantes, entrevistava a mulher mais alta, que usava um terninho rosa e chamava a atenção. Um *cameraman* gravava a conversa e um grupo menor e mais jovem acompanhava a cena, segurando cartazes do Greenpeace.

A mulher mais baixa captou o olhar de Luke e gritou: "Luke, é você? Até que enfim nos conhecemos pessoalmente". Deixando o séquito, ela quase correu até eles, que aguardavam sob a figueira. Ela tinha um sorriso largo e sua pele marrom brilhava sob o sol de inverno. Luke já havia falado com Vera duas vezes por WhatsApp, impressionando-se com sua energia esfuziante. Eles se abraçaram, deram dois beijos nas faces e por uns instantes ficaram se medindo de alto a baixo.

"Vera, que maravilha encontrar você nesse parque lindo", Luke disse em português e logo mudou para inglês. "Turma, esta é Vera, a mulher de quem falei. Infelizmente, não poderemos conhecer o centro comunitário que ela dividiu com estudantes de medicina para ajudar os pobres durante a pandemia. Ela teve que lidar com ameaças de gangues e a indiferença das autoridades. Mas Vera prevaleceu. É uma guerreira pelo bem comum! Queiram se apresentar e tentem usar as palavras de português que aprenderam."

Cada estudante citou o próprio nome e curso, geralmente finalizando a pequena fala com "tudo bem?".

Última a falar, Tatiana se apresentou em português, logicamente. Ela contou que pertencia à nação Guajajara do Nordeste, que tinha sido adotada pela irmã de um missionário do CIMI e agora morava em Seattle. Depois, explicou o intuito da missão que os trazia ao Brasil. "Vera, além disso, estou buscando justiça para o meu povo", ela acrescentou, chamando a atenção da mulher longilínea, que acabava de se aproximar deles em volta da árvore, seguida pelo *cameraman*.

"Luke, estudantes da Universidade de Seattle, tenho a honra de lhes apresentar a nossa querida Marta, a principal ativista socioambiental brasileira." E, dirigindo-se à Marta, continuou: "Tatiana pertence à nação Guajajara do Maranhão e faz parte de uma missão de estudos promovida pela Universidade de Seattle. Ela está em busca de justiça para seu povo e para as florestas que o abrigam. Acho que vocês duas têm muito em comum. Talvez possam unir forças. O que acha?", perguntou Vera, cheia de empolgação.

Luke relembrou a história de Marta, nascida numa família de seringueiros no remoto estado do Acre. Órfã de mãe aos 15 anos, ela contraiu hepatite e foi tratar da doença na capital do estado, onde foi acolhida num convento de freiras. Depois, trabalhou como empregada doméstica para se sustentar e, aos 16 anos, foi a primeira de sua família a aprender a ler e escrever. Tendo completado o primeiro e o segundo graus, aos 26 anos cursou história na Universidade Federal do Acre.

Em 1994, ela foi a primeira pessoa oriunda do seringal a se eleger senadora. Membro do Partido dos Trabalhadores desde 1985, foi escolhida ministra do Meio Ambiente pelo governo de Lula. Durante seu mandato, Marta diminuiu o desmatamento nas florestas e incentivou o desenvolvimento sustentável nas regiões de savana. Apresentou-se frequentemente nos fóruns mundiais sobre questões ambientais. Como Vera em sua comunidade, Marta também é conhecida por seu ativismo em prol dos direitos femininos.

Dando um passo à frente, Marta deu dois beijos em Tatiana e um abraço apertado. "Irmã, vamos nos conhecer. Se não se importa, eu gostaria que falasse ao repórter sobre o que acabou de nos dizer. Quero que ele e o povo brasileiro entendam que nossa campanha não trata de uma questão menor. Proteger nossas florestas e os povos vulneráveis, além de buscar justiça social, são nossas causas comuns mundo afora."

O repórter e o *cameraman* voltaram o foco para Tatiana, que contou o que havia acontecido com ela e sua família na aldeia anos atrás. Ninguém conseguiu ficar de olhos secos. Ela os lembrou de como seu primo distante, Paulino, havia pago um preço máximo como guardião da floresta para o povo Guajajara em 2019. "Ainda não pegaram os assassinos do protetor de nossas árvores e do nosso povo. Só dão desculpas esfarrapadas e não cumprem suas promessas. Graças ao professor Shannon, nossa missão de estudos pretende ir à Brasília para um encontro com os congressistas. Pretendo levantar essa questão com eles e com qualquer um que me ouça. Esperamos por tempo demasiado", ela declarou com lágrimas correndo pelas faces bronzeadas.

"Exigimos justiça. Por favor, nos ajudem", acrescentou Tatiana, olhando diretamente para as lentes da câmera. Com sua angústia, ela implorava ao povo brasileiro.

Luke foi para o lado dela e lhe deu um forte abraço, dizendo de modo desafiador: "Nós vamos completar esta missão, seja como for".

Os técnicos de vídeo e áudio registraram tudo.

Mais tarde, Luke ficou sabendo que o repórter tinha conseguido convencer o editor a colocar a entrevista no noticiário da noite, veiculado em rede nacional.

As consequências da reportagem se desenrolariam de maneira inesperada.

CAPÍTULO 15

Setor de mansões, Brasília
Manhã de quarta-feira, 18 de agosto

Fausto andava de um lado para outro em seu vasto escritório. Estava se aclimatando à nova mansão, adquirida numa negociata favorável com um corretor amigo. A imprensa questionou como ele poderia comprar uma residência tão cara com sua renda incompatível, parecendo ignorar que políticos eleitos, como ele, jogam com regras diferentes, tendo acesso a financiamentos especiais, indisponíveis para a maioria dos brasileiros. Eram os bônus do cargo público.

Ele havia agendado um encontro com seu assessor de imprensa local, que o alertara para duas reportagens irritantes. Uma dizia respeito àquele jornalista encrenqueiro de Belém; a outra era sobre uns recém-chegados dos Estados Unidos. Fausto chegara a receber uma ligação da embaixada sobre a missão de estudos da universidade americana.

A primeira reportagem mostrava aquele repórter de cabelos brancos quase gritando na TV Globo depois que o carro do amigo dele foi bombardeado na sede da ONG em Alter do Chão. O tal Lúcio afirmava que as autoridades haviam assediado os moradores e feito vista grossa para os madeireiros ilegais e queimadas em terras federais. A imprensa estrangeira também se meteu, pois considera o sujeito um aliado. O jornalista declarava que o governo atual tinha provocado estragos na Amazônia por não aplicar a lei federal e por prejudicar os indígenas.

A segunda reportagem foi ao ar pela TV Bandeirantes, que muitas vezes favorece a visão da administração no que se refere ao agronegócio. Vinha de São Paulo, onde estavam entrevistando aquela ex-ministra do Meio Ambiente. De repente viraram a câmera para uma estudante brasileira, radicada nos Estados Unidos, que está aqui de visita. Parece que ela tem laços com uma aldeia do Maranhão e exigiu justiça para o assassinato de seu primo, Paulino Guajajara, ocorrido há dois anos. Ela e seu agressivo professor gringo têm planos de vir a Brasília para desafiar o Congresso e o ministério da Justiça a tomar providências. Ontem à noite, sua história comovente tinha chateado até a mulher de Fausto, que também ficou insistindo com ele sobre o assunto.

Por que ele tinha que se envolver com esses probleminhas? Entretanto, a administração tinha lhe pedido para tomar conta do assunto, visto que o presidente estava travando outras batalhas políticas no momento. Então, Fausto mesmo cuidaria daquilo. Isso o lembrou de que não sabia de Braga desde o encontro da semana passada com o colombiano. Será que eles tinham dado um jeito de transportar a madeira pelo Amazonas e exportá-la legalmente para os compradores estrangeiros? Em caso afirmativo, isso geraria uma boa comissão e daria à família mais uma renda.

Ele ouviu uma batida na porta, seguida pela voz do mordomo: "Seu Fausto, o assessor de imprensa chegou".

"Tudo bem", ele suspirou. Em seguida fechou as persianas automáticas, que o protegiam de repórteres com instrumentos de escuta. O agente imobiliário lhe dissera que as esquadrias de alumínio anodizado ofereciam mais proteção contra os bisbilhoteiros, assim como do calor tropical. Ele foi para trás da escrivaninha de mogno, providenciada por um amigo fabricante de móveis na Zona Franca de Manaus. Sentando-se na cadeira giratória de couro preto e rebobinando as fitas de vídeo, Fausto exclamou: "Entre!".

Um homem magro, pálido, de uns quarenta anos, entrou com passos hesitantes, os óculos meia-taça no meio do nariz comprido. Lembrava Fausto de uma doninha de óculos. Este, pelo menos, seguia as ordens, ao contrário do garotão no Rio. Uma das assessorias de imprensa tinha perguntado se ele era o contador, visto que sua aparência sugeria a de um guarda-livros antiquado. Mas a tarefa do assessor não era de aparecer para a imprensa: este era o feudo de Fausto. Desde que o sujeito acertasse os fatos e as histórias, Fausto pouco se importava com sua aparência.

"Então, Pedro, o que você sugere que se faça sobre essas duas reportagens? Estamos com uma imagem ruim na imprensa internacional e local. São tantos os amantes de índios hoje em dia que precisamos encontrar uma maneira de desviar essas críticas. Estão lançando até a palavra 'genocida' para descrever algumas políticas da administração. Ele não gosta disso."

Em pé, diante da enorme escrivaninha, o assessor segurava uma pasta cheia de recortes de jornais *online* do país inteiro. "Hmm, poderíamos convidar aquela estudante brasileira e o professor americano para uma reunião com o senhor ou um de seus aliados no Congresso", sugeriu Pedro com voz monocórdia. "Quanto ao velho Lúcio, ninguém conseguiu dar um jeito de calar a boca dele. As autoridades locais nunca conseguiram controlá-lo. Até parece que quer morrer, sempre confrontando seus aliados lá do Norte. No entanto, a imprensa estrangeira o adora".

Os olhos de Fausto brilharam de cólera. Aquele repórter de Belém – o que Braga estava fazendo a respeito? Estava com vontade de bater em alguém. Mas conteve seu instinto, pois sabia que precisava exercitar o autocontrole. Havia muitos olhos e ouvidos em volta, inclusive espiões. Em quem poderia confiar, além da família? Embora fosse competente, o jeito amorfo de seu assessor também deixava Fausto irritado. Ele era tão enfadonho que os olhos de Fausto ficavam fora de foco e a mente dispersa.

"Certo, arranje alguns políticos do Centrão para se encontrarem com ela e aquele professor quando chegarem à Brasília. Convide-os pra jantar, sirva vinho e descubra qual é sua agenda no Brasil. Ela pareceu bem sexy na TV e talvez reaja bem a um tratamento especial. Mas não convide os parentes dela para a reunião ou teremos uma bomba nas mãos. Ligue para o repórter da Band e descubra quando eles estão vindo. Obtenha a ficha dessa dupla de encrenqueiros.

"Quanto àquele repórter ultrapassado, tive outra ideia, que não envolve jantar nem vinho. Para isso, preciso que você localize o Braga o mais rápido possível. Sabe onde ele anda?"

"Vou descobrir, Seu Fausto. Braga é um tipo difícil de localizar e ainda há um mandado de prisão contra ele. Vou indagar. Ele geralmente responde a mensagens de texto, mas tudo ao seu tempo", disse Pedro com voz arrastada. Percebeu os olhos de Fausto brilharem outra vez e achou por bem retirar-se antes que outro acesso de raiva o atingisse. "Vou deixar esses recortes de jornal aqui. O senhor deseja mais alguma coisa?"

Fausto agarrou a bolinha de tênis e apertou com força para ajudar a se acalmar. Enfim, respondeu: "Não, é tudo. Mas ache o Braga".

Depois da saída do assessor, Fausto deu vários telefonemas, prometendo isso ou aquilo para seus aliados do Centrão. Esses políticos só pensavam numa coisa: forrar seus cofres. Se os contribuintes ficassem com algo no processo, ótimo, contanto que eles garantissem sua parcela. Era assim que funcionava nos corredores do Congresso e Fausto sabia muito bem como manejar esse jogo.

Um dos recortes da pasta era o histórico do assassinato de Paulino Guajajara em 1º de novembro de 2019. Incluía uma cópia do obituário feito pelo Greenpeace, juntamente com aquela foto apavorante dele como guardião da floresta. Mostrava um homem atarracado de pele marrom avermelhada com pintura preta de guerra no rosto, nos ombros e no peito nu. Seus olhos negros eram fendas de ódio, o direito ligeiramente maior que o esquerdo. Havia um amuleto laranja pendurado no pescoço e os lábios carnudos viravam para baixo nos cantos. Fausto jamais gostaria de encará-lo.

Felizmente, cinco madeireiros haviam garantido isso. Contratados por aliados do Norte, eles invadiram as terras Guajajara tarde da noite, caçando Paulino para ganhar sua recompensa. Aquele guardião demonstrara aversão a acordos. Tudo indica que os madeireiros ouviram algum movimento e se embrenharam na mata. Ficaram de tocaia e quando viram dois homens chegando à clareira, atiraram e atingiram Paulino e seu parceiro, Laércio, a curta distância. Crivado de balas, Paulino caiu morto aos 26 anos de idade. Laércio conseguiu escapar, sangrando, com ferimentos no braço e nas costas. Mal conseguiu sobreviver.

Ainda no posto de primeiros socorros, os membros da aldeia deram o alarme, informando a imprensa internacional, que transmitiu a notícia sobre esse assassinato ao mundo todo. Paulino tinha sido o quadragésimo segundo membro da aldeia a ser assassinado nos últimos anos. O Conselho Indigenista Missionário divulgou mais de 160 incursões em terras indígenas no ano da morte de Paulino, denunciando o desrespeito às leis.

Fausto não gostava do CIMI, mas lembrava-se vagamente do incidente ocorrido dois anos antes. Como a pandemia tinha dominado as manchetes esse ano, o interesse pelas mortes dos indígenas começava a arrefecer. Agora, a imprensa estava levantando outras questões, como o desmatamento, que afligia os parceiros comerciais do Brasil na Europa e na América do Norte. Com a chegada de uma indígena brasileira radicada nos Estados Unidos e um professor gringo denunciando a derrubada de árvores, a história teria consequências.

A estudante brasileira disse que queria ressuscitar a imagem de seu primo martirizado. Ela exigia justiça. Aquele professor queria descobrir as ligações entre o agronegócio e o desmatamento. Juntos, eles poderiam acender uma chama sob cada caso.

Fausto faria o que fosse preciso para evitar que isso acontecesse. Teria que lidar cuidadosamente com esses visitantes. O presidente não queria ser pego de surpresa outra vez por incidentes relativos a "genocídio" de povos originários. Fausto tinha pavor de passar vergonha no círculo familiar. E se aquele jornalista de Belém unisse forças com esses dois bons samaritanos, seria um inferno.

Naquele instante, Fausto recebeu uma mensagem de seu assessor. Braga tinha sido visto por último lá no Norte e estava pronto para cumprir ordens.

CAPÍTULO 16

De São Paulo a Brasília
Tarde de quarta-feira, 18 de agosto

Luke pastoreava seu rebanho pelo movimentado aeroporto municipal de Congonhas, nomeado em homenagem ao visconde que serviu como presidente da província após a proclamação da independência do Brasil em 1822. Era o local predileto dos passageiros que iam para o Rio, Belo Horizonte e Brasília, localizado na zona sul da cidade.

Ele aproveitou para admirar a arquitetura de seu saguão circular, cercado por colunas de mármore e cenas em mosaico, coisas que os outros passageiros pouco percebiam ao andar de um lado para outro pelo piso xadrez. Os estudantes pegaram carrinhos para suas bagagens e o seguiram até o balcão da GOL, onde se acotovelaram com tipos bem-vestidos, provavelmente políticos, que puxavam suas maletas e negociavam para embarcar.

Luke recebera uma ligação do repórter da Band, perguntando se ele tinha visto a reportagem. Sim, ele tinha, e o agradeceu por levar ao ar a entrevista, informando-o o número de seu voo e a hora da chegada a Brasília.

Todos mostraram seus cartões de vacinação e passaportes no balcão de *check-in* e depois foram para o portão de embarque no segundo andar. O avião decolou minutos após as 16h e, ao inclinar para o Nordeste, proporcionou-lhes uma vista panorâmica. Luke e sua turma se maravilharam com o mar de prédios altos que se perdia no horizonte, mas fizeram cara feia para o tráfego engarrafado nas ruas e pontes sobre o Rio Tietê.

Como tinham conseguido assentos lado a lado, os estudantes puderam comparar suas anotações da reunião no almoço sob os auspícios dos prestigiados advogados.

***

Lá, ficaram sabendo que o Brasil tem as leis ambientais mais estritas do mundo, que em sua maioria tinham sido postas de lado pela administração atual. O sócio majoritário da firma, Werner, afirmou que o escritório fazia trabalhos gratuitos para ONGs que combatiam o desmatamento, mas precisava de apoio moral do estrangeiro.

O advogado salientou a ação de outros grupos particulares, que compram ou ganham terras através da dedução de impostos para criar projetos de desenvolvimento sustentável. A lei brasileira exige que vinte por cento de qualquer pedaço de terra usada para agricultura seja reservada ao habitat natural, permitindo que oitenta por cento seja plantada com lavouras rentáveis, como a soja. Na Amazônia, entretanto, essas leis não estavam sendo cumpridas desde o avanço da Bancada do Boi nas savanas e florestas.

Depois de sua apresentação, Werner convidou os estudantes a subirem para o salão da firma. Como várias outras empresas, o escritório havia fechado seu refeitório durante a pandemia, mas os recebeu para uma refeição privada especial. Luke e sua turma desfrutaram de um almoço saboroso: badejo, acompanhado de arroz pilaf e aspargos frescos cultivados no interior de São Paulo.

Ficaram sabendo que a oferta de badejo estava diminuindo devido ao aquecimento do Oceano Atlântico. Luke se solidarizou com os anfitriões, pois o salmão-vermelho também enfrentava temperaturas mais elevadas no Oceano Pacífico, provocando escassez desse alimento básico em sua cidade. Ele presenteou Werner com uma caixa de salmão defumado do Alaska, que muito o agradou.

Junto ao saboroso pudim de sobremesa, Werner apresentou dois amigos para falarem de seus empreendimentos. O primeiro foi Plínio, que admitiu seu idealismo juvenil de salvar as florestas brasileiras. Em 2008, ele uniu forças com dr. Cláudio, um respeitável professor de agronomia, e fundou a Biofílica. Eles incentivam a doação de terras por brasileiros com a mesma mentalidade, inclusive empresas como a Natura S.A. e seus executivos.

Além dos lucros obtidos com o uso de técnicas agrícolas sustentáveis, a empresa também coleta créditos de carbono, gerando mais oxigênio e menos CO_2 pelo plantio de mais árvores. Existe um mercado ativo no Brasil para tais créditos, pois as corporações buscam diminuir suas emissões. A Biofílica tornou-se um propulsor nessa fatia crescente de mercado e recebe visitantes de todo o mundo.

Através de doações e parcerias com fazendeiros, CEOs e ONGs, a Biofílica já criou projetos em milhões de hectares de savanas e florestas. Seu foco no desenvolvimento sustentável chamou a atenção da imprensa, assim como de empresas de capital aberto. O Carrefour francês, com uma grande rede de supermercados no Brasil, anunciou recentemente que também criaria uma entidade de reflorestamento. Até mesmo o presidente da república falou bem dessas iniciativas privadas, visto que isso gerava notícias positivas de sua administração.

O segundo apresentador foi Sérgio, o atual CEO do Grupo Jari, produtor de celulose e embalagens. Um homem simpático,

ele tinha fala mansa, mas era objetivo: "O que sobrou do projeto de Daniel Ludwig tinha definhado pelas décadas de abandono.
Estava à beira da falência, apesar dos milhões investidos nos anos
de 1970. Procuramos nossos líderes comunitários, que nos deram
apoio. Respirando fundo, nosso grupo administrativo adquiriu o
projeto da concordata no ano 2000. Começamos com o replantio
de eucalipto e incentivamos os moradores a plantar mandioca, feijão e hortaliças e a coletar castanhas e frutos nativos, como o açaí.

"Pouco a pouco, recomeçamos a crescer. Graças à contribuição dos operários, recuperamos a fábrica de celulose e a coloca-
mos em operação. Recentemente, descobrimos um nicho especial
na fabricação de embalagens para hambúrguer e cachorro-quente. Antes de partir para esse negócio, ouvimos os operários da
fábrica. Agora operamos como empreendimento comunitário,
cada um tomando conta dos outros. Os jovens já não saem dali,
permanecem morando ao longo do Rio Jari, onde têm oportunidade de crescer e criar suas famílias na terra natal.

"Batalhamos por vinte anos, mas insistimos no uso de métodos sustentáveis de plantio em todas as culturas. Como na
empresa de Plínio, estamos plantando mais árvores, gerando
mais oxigênio e créditos de carbono. Ao vender esses créditos
para as corporações, geramos renda e os lembramos de diminuir sua pegada ambiental. Acreditamos que nossa comunidade
do Jari deu a volta por cima e é lucrativa, tanto no sentido financeiro quanto humano.

"O que vocês acham?", perguntou ele dirigindo-se aos estudantes.

Eles reagiram com entusiasmo enquanto Sérgio distribuía as
novas embalagens para cachorro-quente. E prometeram contar as
histórias de Sérgio e Plínio para o mundo.

***

Agora, no avião, Luke encarregou os alunos de investigar se outras empresas e ONGs, como The Nature Conservancy, estavam entrando nesse campo promissor de gestão sustentável de terras. "Essa pode se comprovar uma alternativa viável para a prática atual de derrubada e queimadas exercida pela bancada ruralista", ele afirmou.

"Em Brasília, vamos descobrir se algum representante eleito está apoiando tais iniciativas. Em caso afirmativo, podemos salientar os esforços dessas empresas no relatório do nosso estudo e nas conversas com a imprensa".

O Boeing 737 inclinou lentamente para o norte e sacudiu com um vento cruzado que subia do cerrado. Além de sentir a turbulência, Luke observou redemoinhos de pó no horizonte. Todos se lembraram da tempestade elétrica sobre a Amazônia e retornaram aos seus assentos, afivelando os cintos. Quando o sol se punha, o avião iniciou a descida. A estibordo, duas aeronaves acendiam as luzes, voltadas para a pista em frente e o aeroporto internacional se aproximava todo iluminado.

O Juscelino Kubitschek recebeu o nome do presidente visionário que fundou Brasília em 1960. O ato de mudar a capital federal do Rio para o interior foi ferozmente criticado como um sonho impossível, além de provocar grande inflação na época. Hoje, o ex-presidente ficaria satisfeito com o desenvolvimento da capital que abriga quase cinco milhões de habitantes.

Luke apontou para duas torres paralelas iluminadas, ladeadas por uma concha virada para cima à direita e outra menor, virada para baixo, à esquerda. "Essa é a obra prima de Oscar Niemeyer, o mais famoso arquiteto brasileiro. Os prédios do Congresso Nacional refletem a arquitetura moderna e simbolizam a maioridade brasileira. Niemeyer participou da equipe que projetou o edifício da ONU, composta pelos maiores arquitetos da época. Durante nossa estada vamos conhecer a Câmara dos Deputados e o Senado".

De repente, o 737 quicou na pista, o vento cruzado ainda batendo na lateral. Depois de frear, virou lentamente em direção ao aeroporto, com seus dois terminais enxutos ligados por uma longa passarela de pedestres. Quando o avião se aproximava do portão, Luke avistou um *cameraman* aguardando junto com dois homens de terno.

"Preparem-se para o inesperado", Luke aconselhou seus alunos. "E bem-vindos a Brasília".

Na saída do avião, um repórter da Band aproximou-se de Luke. "Professor Shannon?"

Durante sua época no BankBoston, Luke tinha conhecido o dono da rede de rádio e TV, Johnny, então achou que isso poderia ser sua maneira de lhes dar as boas-vindas na capital do Brasil.

Os repórteres locais haviam recebido um aviso de seus colegas paulistas e queriam uma breve entrevista para o último noticiário da noite. Luke e Tatiana responderam perguntas sobre a missão. Ele enfatizou seu interesse em falar com os deputados sobre ações de proteção às florestas tropicais e aos povos indígenas. Dez minutos depois, os repórteres agradeceram e foram embora.

Os dois homens de terno, um alto e magro e seu companheiro baixo e robusto, avançaram em direção a Luke e Tatiana. Lembravam uma versão moderna de Dom Quixote e Sancho Pança.

O magro alto, que usava óculos meia-taça, apresentou-se como Pedro, o assessor de imprensa de um senador não nominado. Seu colega baixinho disse chamar-se João, mas para Luke, ficou sendo "Sancho". O assessor perguntou onde eles estariam hospedados e convidou-os para jantar. Luke respondeu que ficariam no Mercure Líder Hotel, na zona comercial da Asa Norte e agradeceu o convite atencioso.

"Turma, esses cavalheiros são do gabinete de um senador e estão nos convidando para jantar hoje à noite. O que acham?", perguntou Luke.

Os estudantes aceitaram empolgados e os rapazes perguntaram: "Vai dar pra comer churrasco?".

O homem mais alto respondeu "Claro", mas não sorriu.

O entusiasmo dos estudantes no que se referia a comer continuava deixando o professor admirado. Como instruídos por Tatiana, eles sinalizaram sua aprovação com o polegar para cima, pois o sinal americano de OK tinha uma conotação sexual na América do Sul.

Agradecido, Luke combinou de encontrá-los às 20h30 na entrada principal do Brasília Shopping Center, que ficava a uns cinco minutos de caminhada do hotel. Eles apertaram as mãos e deram um tapinha nas costas. Os outros estudantes levantaram os polegares novamente e se encaminharam para a área de retirada de bagagem.

Tatiana pegou o iPhone para se certificar de que a van do uber estaria aguardando lá fora.

Eles encontraram a esteira do voo da GOL e pegaram as malas, empilhando-as nos carrinhos. Sem extravio de bagagem, saíram e passaram por taxistas despreocupados procurando passageiros. Embora não tão movimentado quanto o aeroporto de São Paulo, havia muitos táxis, limos e vans aguardando passageiros do voo lotado. Confiante, Tatiana conduziu o grupo até a Kombi branca do uber e pediu ao motorista que os levasse para o hotel na Asa Norte.

Luke explicou que Brasília foi planejada para parecer um avião, com asas estendidas para o Norte e o Sul a partir da fuselagem, o eixo central, que abriga a maioria dos prédios governamentais. Lembrou-os que iriam conhecer as torres da Câmara dos Deputados e do Senado, assim como o palácio presidencial.

Assumindo um tom professoral, ele continuou a aula: "Tenham em mente que Brasília foi projetada numa época em que a aviação ganhava popularidade. As asas contêm áreas comerciais e residenciais divididas por quadras e blocos numerados; nosso hotel fica no começo da zona comercial da Asa Norte. Oscar Niemeyer e sua equipe queriam criar um novo conceito urbano em Brasília. Sua configuração como um avião simboliza o Brasil como um país decolando.

"A mudança da capital do Rio de Janeiro foi duramente criticada na época. Mesmo assim, o presidente Kubitschek almejava o desenvolvimento do interior do país e sua abertura para fazendeiros e aventureiros em busca de meios de vida além do litoral lotado. Décadas mais tarde, milhões de hectares de savana foram irrigados, arados e plantados com soja e pasto. Esses latifundiários ficaram extremamente ricos e poderosos. Criaram a bancada do boi e a bancada ruralista, formando *lobbies* com políticos em Brasília e nas legislaturas estaduais por todo o país.

"Atualmente, o Brasil rivaliza com os Estados Unidos como principal exportador de soja e é o maior exportador mundial de carne bovina. Nossa tarefa é descobrir maneiras de conduzir uma agropecuária sustentável e preservar as florestas tropicais. As abordagens de Plínio e Sérgio podem ser uma alternativa, mas veremos o que os políticos têm a dizer."

Eles chegaram ao hotel da cadeia francesa em meia hora, maravilhados com os poucos semáforos detendo o tráfego. As sinaleiras traseiras dos automóveis serviam ao propósito de fazer parar e seguir ao longo da avenida principal. Depois de tomarem banho, eles retornaram ao saguão. Foram andando até o shopping center, cercados por hotéis altos, mas por menos árvores que no bairro dos Jardins em São Paulo.

A delegação de Luke chegou ao Brasília Shopping às 20h30 e encontrou Pedro e João, com ar cansado, usando os mesmos ternos. "Boa noite, senhores. Agradeço mais uma vez pelo convite. Vocês falam inglês? Somente Tatiana e eu falamos português."

Pedro respondeu com um inglês capenga: *"How are you, my friends?"*, mas João apenas fez que não. Conduzindo-os até o andar superior, onde ficava a praça de alimentação, o assessor parou diante da Companhia do Churrasco e anunciou: "Aqui está o seu churrasco, estilo brasileiro". Os rapazes reagiram com satisfação e disseram que comeriam picanha. Luke, Tatiana e Grace olharam para o restaurante ao lado, Divino Fogão, e escolheram um prato típico de arroz amarelo, feijão, coentro e cortes de porco. O assessor hesitou, mas acabou escolhendo uma canja de galinha, para ajudar na digestão. Sancho chegou todo contente com três Big Macs e batatas fritas. Todos pediram caipirinhas, menos o assessor, que preferiu chá de camomila.

Luke e Tatiana sentaram-se junto aos dois assessores e explicaram sua missão de estudos. Luke reiterou que eles queriam entender a ligação entre o agronegócio e o crescente desmatamento.

Pedro franziu o cenho à menção da bancada do boi. "Esse grupo tem muitos amigos em Brasília e está ligado a interesses poderosos. Pode ser que não vejam sua missão de modo favorável, portanto, tomem cuidado."

Sancho somente concordava com a cabeça e continuava devorando seus hambúrgueres.

O celular de Pedro tocou e ele se desculpou levantando da mesa. Voltou cinco minutos depois dizendo que teria que ir embora mais cedo para falar com seu chefe. "Obrigado por virem a esse encontro, professor Shannon e Tatiana. Entraremos em contato."

Eles se levantaram e apertaram as mãos. O assessor acenou para os outros estudantes, que responderam levantando o polegar. Relutante, o colega deixou a mesa e o seguiu em direção às escadas rolantes, com um olhar comprido para a loja da Cacau Show, que exibia trufas, barras de chocolate e bolos.

Luke coçou a cabeça e olhou para Tatiana, que também tinha um ar intrigado. "O que será que aqueles dois têm em mente para nós amanhã?", ele questionou. "Devíamos procurar nossos contatos. Sua parente guajajara ocupa posição de destaque aqui e lá fora. Chegou a hora de ligar para ela.

"Chegou a hora de rolar os dados".

O FINAL DA JORNADA

Matita Perê

No jardim das rosas
De sonho e medo
No clarão das águas
No deserto negro
Lá, quero ver você
Lerê, lará
Você me pegar

— Tom Jobim (1973)

CAPÍTULO 17

Rumo à Articulação dos Povos Indígenas, Brasília
Manhã de quinta-feira, 19 de agosto

Tatiana nem precisou telefonar.

Era cedo quando recebeu a ligação do assistente da presidência da APIB com um convite para visitar a sede da organização naquela mesma manhã. Eles tinham visto a entrevista de Tatiana em São Paulo e a reportagem no noticiário local no dia anterior. Impressionados com seu apelo apaixonado por justiça, queriam cooperar na missão de estudos. O fato de Tatiana pertencer à mesma aldeia da líder da associação deu mais importância e urgência à reunião.

Ficou combinado de se encontrarem às 11h30 no escritório da APIB na Asa Norte, próximo à Universidade de Brasília. Tatiana teve arrepios de entusiasmo. Finalmente encontraria alguém de sua nação guajajara, uma pessoa que luta publicamente pelos direitos indígenas, uma voz que alcança o mundo todo. Num impulso exaltado ela saiu rodopiando pelo quarto.

Em seguida, foi atrás do prof. Shannon, que tinha acabado de sair da piscina. Encontrou-o no corredor, ainda pingando, com a toalha sobre os ombros. Para um homem de meia idade, até que não estava mal. "Professor Shannon, acabaram de me ligar da APIB para conhecer a presidente. Não é o máximo? Viram a entrevista na TV sobre a missão e querem unir forças ao nosso trabalho para evidenciar a questão indígena", contou ela e salpicou um beijo espontâneo na face molhada de Luke.

"Que maravilha, Tatiana. Parabéns. Creio que a divina providência interveio a seu favor. Por falar nisso, eu também recebi uma ligação daquele assessor do senado que jantou conosco. Ele quer se encontrar comigo novamente hoje à tarde num local isolado. Isso está ficando meio esquisito, não acha?"

"Muito estranho, professor. Eu gostaria de saber para qual senador ele trabalha. A maioria dos políticos quer seus nomes amplamente divulgados. E o que o resto da turma vai fazer?"

"Pretendo levar seus colegas para conhecer as torres do Congresso, que vimos do avião ontem à noite. É uma pena que o assessor não tenha nos convidado para ir ao gabinete do chefe. É bem provável que a gente almoce por lá. Não deve ser tão elegante quanto o lugar aonde você vai. Nos encontramos no final do dia e comparamos as anotações. Prepare-se para mais aventuras", disse Luke, dando-lhe um beijo molhado.

Toda empolgada com as perspectivas do dia, Tatiana voltou para o quarto, balançando ao som de uma bossa nova que ouvira no rádio. Imagine, ela pensou, Jobim e Vinícius estavam compondo essas canções muito antes de eu sequer ter nascido. Mesmo assim *Matita Perê* lhe tocou fundo e ela baixou o álbum inteiro em seu iPhone.

O telefone do hotel começou a tocar assim que ela entrou no quarto e correu para atender. "Alô... sim, é Tatiana... Ah, bom dia, dona Sonia. Que prazer... Sim, mal posso esperar para encontrá-la... Obrigada, mas não quero lhe causar nenhum inconveniente. A senhora é tão ocupada... Tem certeza de que não se importa?... Sim, estarei pronta até as dez e meia... Maravilha. Obrigada e até logo".

Por mais que estivesse emocionada, Tatiana desligou o telefone com toda a calma. Essa estudante órfã acabara de ser convidada pela pessoa mais renomada da nação guajajara para dar uma volta e ter uma conversa particular. Imagine, a indígena mais famosa do Brasil passaria para buscá-la em uma hora.

Fazendo uma coreografia num ritmo que só ela sabia, Tatiana rodopiava como se estivesse dançando com a pessoa misteriosa descrita na canção de Jobim. As lágrimas corriam por seu rosto ao exclamar: "Obrigada, meu Senhor! Obrigada, guajajara!", agradecendo pelo momento precioso.

Naquele instante, um raio de sol brilhou na sacada e um sabiá-laranjeira pousou no galho de uma figueira. Ela diminuiu o ritmo da dança e foi indo para a porta aberta, deixando a blusa e a canga caírem no chão, ainda entoando a bossa nova. O sabiá virou a cabeça, mas não voou. Eles ficaram se olhando por alguns segundos, uma eternidade para Tatiana. Então, a jovem indígena se virou e foi para o chuveiro.

Deleitando-se sob a ducha que escorria pelo corpo jovem, Tatiana se transportou para a cachoeira de sua aldeia natal. Sua vida toda, desde o início, na aldeia, até Seattle e agora em Brasília, lhe passou velozmente pela cabeça. Seria este o dia em que ela abraçaria seu destino?

Tatiana vestiu uma blusa branca debruada em dourado e colocou no pescoço um pequeno totem da aldeia quileute, de Washington. A saia midi era cor de palha e ela calçou sandálias de couro nos pés pequenos. Olhando-se no espelho, decidiu não usar maquiagem. Ficava melhor sem. Olhou para a figueira e não viu mais o pássaro, mas ouviu seu canto. Puxando os cabelos pretos para um lado, respirou fundo e saiu do quarto.

Desceu os três lances de escadas e cruzou com Grace no saguão, aproveitando então para contar a grande notícia.

"Bate aqui!", exclamou Grace levantando as mãos espalmadas. "Você está linda, Tati. Esse totem de La Push lhe caiu muito bem. Aproveite bem com sua líder indígena e à noite nos conte tudo. Nossa programação não vai ser tão empolgante. O plano é visitar o Congresso Nacional e a Catedral". Grace deu um abraço apertado e dois beijinhos em Tati. Vendo um Volvo preto chegar à entrada do hotel, Grace ergueu uma sobrancelha e desejou boa sorte à amiga.

A porta do banco de trás se abriu e um braço bronzeado acenou para que Tatiana entrasse.

Ela entrou de máscara e encontrou Sonia, uma mulher robusta da sua cor. A líder da APIB usava na cabeça uma tiara branca bordada de contas vermelhas e debruada de preto e em volta do pescoço um amuleto vermelho. Uma pitada de malícia temperava o brilho de seus olhos e uma máscara caseira lhe cobria nariz e boca. Sonia pediu ao motorista que fosse para as torres do Congresso.

"Irmã, bem-vinda a Brasília. Que maravilha conhecer uma mulher da mesma etnia que mora nos Estados Unidos. Imagino que sua história seja tão fascinante quanto dolorosa, como a da maioria dos guajajaras. Esta é sua primeira vez na capital, não é? Vamos dar uma rápida rodada pelo Eixo Monumental, para você entender o *layout* da cidade. Depois, iremos ao Memorial dos Povos Indígenas, onde a história e os artefatos das aldeias estão expostos. Milhares de pessoas do mundo todo o visitam. É uma pena que nossas histórias não estejam sendo atualizadas sob o governo atual e nem mencionam o sofrimento do nosso povo", disse Sonia com os olhos negros inflamados.

Enquanto passavam pelo Palácio do Planalto, Tatiana contou como tinha perdido duas mães quando menina. Salientou a generosidade de um missionário do CIMI, cuja irmã a adotara e abrigara em sua casa no Noroeste do Pacífico. Relembrando sua chegada aos Estados Unidos, Tatiana concluiu: "Eles têm tantas coisas; eu fiquei pasma. Todo mundo sempre parece estar apressado. Mas aquele país me deu a oportunidade de estudar e ampliar meus horizontes".

Sonia ouvia atentamente e consolava Tatiana com palavras e toques. Porém, as constantes interrupções provocadas por mensagens de texto, que a presidente da APIB recebia e enviava em meio à sua história, deixaram Tati meio chateada. Sonia se desculpou dizendo que ela faria parte da delegação que iria a Glasgow em novembro para a conferência do clima. "Como geralmente temos mais caciques que indígenas em grandes confabulações como essa, eu tenho que massagear muitos egos. É importante ouvi-los e deixar todos felizes."

Ela fora convidada a se apresentar na COP26 para falar sobre as circunstâncias e sofrimentos impostos aos povos originários pelo governo que não assegurava o cumprimento da lei. "Eles soltaram os pistoleiros pra cima da gente lá no Norte. Garimpeiros e madeireiros ilegais, grileiros de terras, eles vêm e vão como bem entendem. Lembre-se que a bancada do boi e a bancada ruralista são nossas inimigas", Sonia vociferou, os olhos tornando-se duas fendas de obsidiana.

Seguindo para Oeste, elas passaram pela Praça Buriti e pelo Memorial JK, o local de descanso do vigésimo primeiro presidente do Brasil. O conjunto de museu, mausoléu e centro cultural também foi projetado por Niemeyer para homenagear o fundador de Brasília. Na frente, o monumento a JK compõe-se de um pedestal de concreto armado de 28 metros de altura e no topo, protegida por uma onda curva, fica a estátua de 4,5m de Juscelino acenando.

Sonia apontou para o Memorial dos Povos Indígenas do outro lado da avenida, onde o motorista estacionou o carro em sua vaga reservada. Desembarcando, mesmo que apreciassem a brisa, elas tiveram que segurar as saias. Tatiana sentiu o coração acelerar conforme se aproximava da entrada do prédio em forma de espiral. Estava finalmente voltando ao santuário de sua linhagem e passado indígena.

Seguindo as curvas da longa rampa vermelha, elas entraram no museu circular. Sonia avisara de sua visita e um guarda as fez passar pela catraca antes de um grupo de estudantes de São Paulo. Passando pela versão de bronze de um guerreiro que usava braçadeiras, cocar e segurava uma lança, Tatiana viajou no tempo e relembrou o chefe de sua aldeia. Embora não fosse tão forte quanto o indígena ali representado, o cacique usava um cocar semelhante. O que ela mais guardava na memória era sua cabeça sempre erguida. A fortaleza da comunidade, ele era respeitado por sua sabedoria.

Tatiana ouviu sua acompanhante identificando os artefatos de várias aldeias, inclusive as vestimentas de palha de um pajé, as cestas tramadas com desenhos geométricos, a cerâmica e os adornos de penas. Havia uma exposição dos guajajaras com um cocar em formato circular de penas azuis e terracota, com toques de branco nas extremidades. "Essas cores representam o céu e a terra da nossa nação", disse Sonia. "O branco na ponta das penas indica a espuma das corredeiras, antes dos garimpeiros invadirem nossas terras e poluírem nossos rios." Alguns estudantes paulistas escutavam, muitos lamentando.

Então, Tatiana se virou e viu o pátio interno. Ficou perplexa diante do conjunto de cepos de árvore de diversos tamanhos e comprimentos arrumados em círculo. De um modo inexplicável, a simples lembrança de árvores cortadas lhe provocou novas lágrimas. Ela imaginou aqueles cepos como mãos voltadas para cima, buscando libertar-se da opressão.

Sonia se aproximou e compartilhou o silêncio, deixando que a escultura indígena entalhada em madeira falasse a seu modo para cada uma delas. "Esse é um lugar especial, Tatiana. Eu o escolhi como cenário para outra entrevista com a imprensa mais tarde. Achei que seria o local e o momento de exigir justiça para nossos parentes assassinados. Novembro vai marcar o segundo aniversário da morte de Paulino. Não podemos deixar que seu sacrifício passe despercebido.

"Agora, vamos sair para almoçar. Poderemos resolver o que vamos dizer para causar o máximo de impacto diante das câmeras. Lembrando de que há muitas organizações aqui e no exterior, inclusive nos Estados Unidos, sensíveis à questão indígena. Nosso objetivo é alcançar nossos aliados e estimular apoio. Não podemos deixar que a morte de Paulino tenha sido em vão. Ele era o guardião da nossa floresta, morto por homens pérfidos. Já não podemos ficar caladas. Pronta para dar um grito de guerra como os guajajaras do passado?"

"Acho que sim, dona Sonia. As tais forças de segurança estão varrendo sua memória em vez de procurar pelos assassinos. Que injustiça! Se um crime desses fosse cometido contra um membro da bancada do boi, a resposta teria sido rápida e dura. Mas, no caso do meu primo, as autoridades continuam dando desculpas, esperando que a gente esqueça. Eu não esquecerei. Sim, vamos enfrentar esses opressores", concordou Tatiana, cerrando os punhos e querendo gritar a plenos pulmões.

"Falou", disse a presidente da APIB. "Minha irmã de luta. Você é a guerreira de quem nosso povo precisa." Sonia ergueu o punho cerrado e soltou um grito, assustando o sabiá lá fora e os turistas no museu. "Em frente!", ela exclamou, passando pelos guardas surpresos e conduzindo Tatiana para fora de modo determinado, com os estudantes abrindo passagem.

A dupla indígena saiu do memorial e foi abraçada pelo sol ofuscante. A brisa da savana soprou no rosto de Tatiana, radiante de expectativa.

CAPÍTULO 18

Gabinete do Senado, Brasília
Manhã de sexta-feira, 20 de agosto

Muito agitado, Fausto tentava desopilar a fúria. Seu assessor qui-xotesco dera todas as desculpas possíveis por não ter conseguido manter as duas índias separadas. Levou todos os estudantes para jantar, conversou à parte com o professor beligerante, mas de que adiantou? Onde é que ele encontraria pessoas competentes para defender sua família de tais acusações?

Brasília era um ninho de víboras e Fausto mal via a hora de pegar o avião para o Rio ainda hoje. O planalto central era um lugar deprimente. Ele não conseguia entender por que JK teve a visão de mudar a capital da Cidade Maravilhosa para cá.

Contudo, era ali que estavam os corredores do poder onde de-via trabalhar. Fausto não se importava de afagar os egos dos políti-cos do Centrão contanto que prevalecesse a vontade da família. Um bando de egoístas, mas esta era a natureza da besta. Como iria lidar com essa última tempestade? E seus aliados, será que sairiam desli-zando como lesmas na chuva? Frustrado, Fausto esmagou o bone-co com a cabeça de Lula. O maçante do seu assessor lhe dera aqui-lo, mostrando alguma coragem e senso de humor. Ou talvez fosse um presente de autoproteção, para evitar as explosões do chefe.

Ele esmagou a cabeça do boneco de novo e enfiou outro alfinete em suas costas, na esperança de que o adversário sentisse a dor. Confidencialmente, o assessor revelou que um amigo de um terreiro tinha feito um trabalho naquele fantoche. Tomara que a ira de Fausto penetrasse no ex-presidente e o fizesse tropeçar nas próximas eleições. Era preciso sair vitorioso e mostrar aos seus inimigos de Brasília, de São Paulo e da imprensa quem mandava.

Mas como lidar com essa última alegação, cujas reportagens estavam empilhadas na pasta de imprensa? Ele também tinha visto fragmentos das entrevistas das duas guajajaras no *Bom dia, Brasil* e no noticiário da TV Record essa manhã. Até mesmo esta emissora, daquele pastor evangélico, estava levantando a questão do assassinato não resolvido. Por que se importava com um idiota qualquer autodenominado "guardião da floresta"? Será que o tal bispo estava plantando igrejas entre os índios na tentativa de lhes arrancar alguns trocados? Com certeza, o sujeito sempre privilegiava um fluxo de caixa, mas sua rede de TV havia apoiado a candidatura do presidente nas últimas eleições. Tomara que fizesse o mesmo nas próximas.

O problema é que o pior cenário estava esboçado. Essa guajajara vinda dos Estados Unidos se juntou àquela cacique chata da APIB e ficou denunciando o governo de "genocídio". Elas se queixaram que os agentes da Polícia Federal e do Instituto Socioambiental estão sendo tolhidos por decretos de Brasília e que as leis federais são desconsideradas por garimpeiros, madeireiros e pecuaristas invasores. Esses empreendedores só estão tentando ganhar a vida, *pelamordedeus*. Mais uma vez Fausto apertou a cabeça do boneco para se acalmar.

Olhando pela janela do gabinete no alto do prédio do Senado, Fausto detectou um temporal se formando no horizonte. Não queria ficar preso em alguma tempestade maluca. Com a seca recente e o clima instável castigando o Brasil esse ano, não podia se arriscar. Como o presidente estava fora da capital, ele não se sentia na obrigação de responder a essas alegações dos indígenas em Brasília. Faria isso do Rio, onde a vista era mais auspiciosa do que nesse deserto árido.

Fausto chamou a secretária e lhe pediu para colocá-lo no próximo voo. Como não queria ser cercado pelos repórteres, sairia pela garagem do subsolo. "Diga ao Pedro que me encontre lá embaixo em meia hora e que traga uns sanduíches. Quero chegar ao Rio antes do anoitecer, não vou ter tempo de almoçar. Me veja o número de WhatsApp do repórter de política da TV Record. Avise ao assistente dele que quero lhe conceder uma entrevista exclusiva ainda hoje, quando eu chegar... Sim, é sobre as alegações feitas por aquela dupla da APIB. Isso é tudo por agora. Obrigado."

O relógio de pêndulo marcava 12h15. Com sorte, ele conseguiria pegar o voo das 14h para o Rio. Se necessário, daria uma carteirada para garantir a reserva. Fausto não queria ficar em pé de guerra com aquelas duas indígenas. Isso seria um prato cheio para os jornalistas, sempre cobiçando discórdia e divergência.

Pegou sua mala de bordo e enfiou lá dentro os recortes de jornal junto com o fantoche de Lula. Não queria comunicar sua arma secreta a ninguém.

Sem olhar para trás, Fausto saiu de seu pomposo gabinete. A secretária imprimiu a passagem da GOL e lhe desejou um bom fim de semana. Ele retribuiu e acenou para os funcionários. Um deles já tinha chamado o elevador particular, reservado aos parlamentares. Ele adorava os privilégios de ser senador da República.

Cumprimentou o jovem ascensorista, fechou os olhos e pensou no que diria ao repórter da TV mais tarde.

***

Hoje seria o último jantar de Luke com todos os alunos. Amanhã à noite, eles voltariam para Seattle, exceto ele próprio, Tatiana e, talvez, Grace. Ele pretendia fazer uma viagem paralela ao Pantanal para conhecer o refúgio de Teresa para a vida selvagem, além de visitar um padre que trabalhava com indígenas. Depois, rumaria para o Norte, onde se encontraria com o jornalista esquivo que lhe enviara uma mensagem de Santarém mais cedo.

A entrevista de Tatiana havia criado um furor na imprensa, forçando Luke a lidar com as consequências. Como Tatiana era brasileira, os críticos não reclamaram de interferência dos gringos nos assuntos nacionais. A chefe da APIB era apreciada pelos jornalistas, que não ligavam para suas explosões ocasionais. No entanto, um repórter local maliciosamente perguntou a Tatiana sobre o propósito da tal missão de estudos e o que os estudantes de Seattle queriam realizar.

"Estamos ligando os pontos entre o agronegócio e o desmatamento", ela respondeu, "e buscando um jeito de proteger as matas e meu povo dos invasores de terra".

Depois disso, o repórter não perguntou mais nada.

A TV Bandeirantes tinha acabado sua entrevista com Luke, que ecoou as palavras de seus alunos. Acrescentou que estava trabalhando com um professor da Universidade de Brasília para unir forças.

Então, Luke recebeu outra ligação perniciosa. Em termos bem precisos, o assessor de imprensa disse que seu chefe tinha ficado decepcionado e perturbado com o "tom agressivo" do professor. A bancada do boi estava descontente e não tinha o costume de ficar quieta diante das críticas. "Atenção, tome cuidado", avisou novamente o magrela.

Para espairecer, Luke decidiu dar uma nadada. Subiu as escadas dos fundos para a piscina do terraço e avistou o sol entrando atrás das nuvens no horizonte. Ouviu o tagarelar dos periquitos vindo de uma grande figueira. Sobre o que estariam conversando? Olhando os arranha-céus em volta do hotel, ele pensou em como seria morar em Brasília. Sob o governo do primeiro Bush, Luke tinha passado três anos em Washington, DC, como diretor da TV Worldnet e apreciava a agitação da capital. No entanto, acabou se cansando da pressão exercida pelos lobistas, sempre procurando uma vantagem. Sentiu que Brasília seria semelhante.

Ele mergulhou na piscina de 20 metros e fez nado peito submerso até o outro lado. Virando-se, completou várias braçadas de costas e depois nadou *crawl*. Terminou com um floreio de nado borboleta e quase saltou para fora da piscina. Refrescado, enxugou-se e deu adeus aos periquitos enquanto o horizonte se iluminava de laranja e vermelho.

Descendo para o quarto, ele sentiu a vibração do celular. Graças à insistência de um amigo, ano passado ele havia trocado seu velho telefone flip-top por um Galaxy Android. Luke admitia ser apegado às coisas antigas, que lhe davam certo conforto num mundo tão desordenado. Ainda usava sua camiseta da Universidade de Seattle, que tinha vinte anos, com os buracos e tudo.

Contudo, ele descobriu que os brasileiros raramente respondem a e-mails, mas sim a mensagens de WhatsApp. Então, olhou a contragosto para a mensagem no *smartphone*, esperando que não fosse outro repórter.

A mensagem era de sua amiga Vera, de Paraisópolis, que acabara de chegar para uma conferência direcionada a organizadores comunitários. Ela queria encontrá-lo à noite e perguntou se poderia levar uma amiga da ONG Instituto Onça-Pintada, que trabalha contra a extinção desses animais. Em São Paulo, Teresa havia mencionado o grande risco em que se encontram todos os animais do cerrado, do pantanal e das florestas. Incêndios causados por uma estação muito seca forçaram pássaros, répteis e mamíferos a fugir. Além disso, madeireiros e pecuaristas ilegais continuam a invadir terras desocupadas rumo ao norte, fazendo queimadas nas matas e atingindo os animais.

Luke respondeu à mensagem, convidando-as para virem ao hotel às 20h para comer pizza e tomar cerveja com ele e os estudantes num jantar de despedida. Em seguida, ligou para Tatiana, pedindo que ela encomendasse pizzas para doze a serem entregues no restaurante do Mercure.

Na hora marcada, ele encontrou Grace, Tatiana e dois dos rapazes comentando a entrevista dela na TV aquela manhã. E eles tinham acabado de ver outro trecho de noticiário na TV Record com um senador federal referindo-se a eles como "equivocados". "Com certeza, você deixou a mídia em polvorosa, Tatiana. Bate aqui!", exclamou sua colega, erguendo as mãos espalmadas.

O grupo se virou para a entrada do hotel e viu um Fiat bege chegar. Vera desceu radiante e iluminando a noite. Luke apressou-se ao seu encontro e lhe deu dois beijos e um longo abraço. Aquela energia toda sempre lhe transmitia calor e motivação. Uma mulher alta e delgada desceu em seguida, com seus cabelos louros exuberantes dançando a cada passo.

"Luke, esta é a Fernanda, que nós chamamos de gaúcha, pois ela é do Rio Grande do Sul. Ela se incumbe de salvar as onças e outros animais refugiados do cerrado e do pantanal".

Luke cumprimentou a mulher com dois beijos e a apresentou aos estudantes, que ainda se aproximavam. Eles começavam a conversar quando viram a camionete da Don Giovanni chegando com caixas de pizza, que exalavam aromas de alho, orégano e azeite de oliva. Luke conduziu todos para a mesa comprida da sala de jantar adjacente.

A garçonete tentou anotar pedidos individuais de bebidas, mas os rapazes gritaram em português, "cerveja". Então, vieram as garrafas grandes de Brahma Pilsen, assim como algumas de Malzbier, preferida pelas mulheres. A conversa diminuiu conforme os convivas abriam as caixas, que traziam a versão brasileira de margherita, mussarela, presunto Parma, além da favorita da noite, de pesto e funghi. À medida que a cerveja lhes soltava a língua, o nível de decibéis subiu drasticamente. As pizzas acabaram logo.

Contudo, a baixinha Vera e sua acompanhante mais alta levantaram as vozes acima do ruído. Começaram a contar sua campanha para salvar as onças do incêndio do ano anterior em volta de Cuiabá. "Tivemos que arrumar várias camionetes e instalar jaulas de bambu improvisadas para os animais em fuga. Os treinadores do zoológico atraíam as onças assustadas com o cheiro de carne pendurada dentro de cada jaula. Inicialmente, a rainha da selva se aproximava com cautela, mas logo subia a rampa e entrava no recinto. Preferiam o odor da carne em vez da fumaça que subia da floresta. Uma mãe entrou com seu filhote enquanto as chamas começavam a queimar a mata. Conseguimos salvar seis onças, mas imagine as outras consumidas pelo fogo", concluiu Vera, com os estudantes mudos de atenção.

De repente, dois homens de ombros largos e chapéus de *cowboy* entraram no saguão do hotel, gritando: "Cadê os gringos?". O jovem recepcionista arquejou, sem conseguir dizer palavra. O *cowboy* mais alto olhou para o salão, entrou abruptamente e gritou: "Então, vocês querem se meter com a bancada do boi, não é? Bem, trago notícias. Meus amigos fazendeiros arrumaram um presente caseiro para vocês, tagarelas, o velho gringo professor e sua ajudante índia", ele insultou.

O outro, mais baixo, chegou com passos pesados e duas caixas muito fedorentas, depositando uma no prato de Luke e outra em cima da pizza de Tatiana.

"Comam merda", disse o *cowboy* alto. "Estamos de saco cheio de comer a sua na TV. Então, trouxemos a sobremesa, cortesia da bancada do boi. Esse é nosso último aviso. Se vocês cruzarem nosso caminho outra vez, não viremos com bosta de vaca, mas com algo muito pior". Fervilhando de ódio, ele olhou fixamente para Luke, que ficou sentado, mas manteve o olhar, o que o irritou mais ainda.

O outro cowboy, prevendo a explosão do acompanhante, o puxou levemente. Os estudantes começaram a suar conforme a temperatura ambiente se elevava.

Os dois homens se viraram, bateram numa mesa e deixaram todos num silêncio atordoado.

CAPÍTULO 19

Swissôtel, Santa Cruz de la Sierra, Bolívia
Manhã de sábado, 21 de agosto

Luis Carlos acordou com o sol esvoaçando pelas cortinas da suíte, que dava para a floresta tropical e o Rio Piray. Abaixo, movimentavam-se os habitantes desta cidade de dois milhões de habitantes. Tentando relembrar o sexo casual da noite passada com a mestiça arranjada pelo amigo de um amigo, ele concluiu que tinha sido uma companhia agradável. Ela disse ter estudado numa faculdade. Mas não passou a noite. Desde seu divórcio, ninguém passava a noite com ele. Luis preferia manter sua privacidade a ficar com mulheres desconhecidas, por mais bonitas ou sensuais que fossem.

Santa Cruz de la Sierra era uma joia escondida ao leste dos Andes, onde a floresta tropical brotava, cobrindo as planícies bolivianas até a imensidão da bacia amazônica. Mesmo tendo nascido na Colômbia, o Brasil continuava sendo seu território preferido.

Esta cidade tinha um espírito empreendedor e o entusiasmo dos trópicos, sendo mais animada que as duas capitais enfadonhas, La Paz e Sucre, no alto dos Andes. Ainda bem que Luis não tinha negócios lá, onde eles mascam folhas de coca para compensar o mal de altitude e uma vida entediante. Fundada nos anos 1500, Santa Cruz o lembrava um pouco de Cali, embora fosse menos quente e úmida. Ele sempre conseguira fazer bons negócios ali, fosse com madeira, cavalos ou cocaína. Seus associados sempre o tratavam como um rei, bem diferente do tratamento que recebia em sua terra violenta ou do modo ambíguo dos brasileiros.

Segundo seu antigo sócio no negócio com cocaína, Santa Cruz era a cidade que mais crescia nas Américas. Tinha se desenvolvido em círculos concêntricos, sendo o centro o primeiro anel. Agora os empreiteiros estavam criando o décimo anel, com muitos novos ricos comprando condomínios para lavar ganhos ilícitos. A comunidade cheirava a dinheiro rápido, onde Ben Franklin era rei.

Após uma chuveirada, Luis pediu café no quarto, *majadito*, o típico desjejum de Santa Cruz, consistindo de arroz, carne seca, banana frita, cebola picada e tomate. Sua origem remonta à era pré-colombiana, quando cereais, carne, banana-da-terra e mandioca eram a base da alimentação indígena. O hotel acrescentava ovos fritos e molho chimichurri. O colombiano ficou com água na boca.

Olhando pela janela, ele notou os ipês com suas flores amarelas brotando cedo sob o sol invernal. Ontem à noite, a mulher havia anunciado que a "cidade dos anéis" se transformaria nas semanas vindouras, com os ipês e jacarandás todos floridos. Apesar das baixas temperaturas, os namorados saíam para passear sob o mar de cores, com o espírito romântico se sobrepujando às planícies verdejantes. Ela lhe contou que certa vez um rapaz se ajoelhou diante dela sob a florescência amarela, oferecendo-lhe uma simples aliança de madeira, num pedido de casamento. Ela aceitou. Tragicamente, não era para ser. Seu noivo foi morto por uma gangue rival, como tantos outros jovens naquela cidade.

A história da mulher levou Luis de volta à própria juventude violenta, quando teve que cometer seu primeiro assassinato, instigado pelo primo, que agora estava a caminho de uma penitenciária americana. Apesar de se esforçar para fechar aquela porta de reminiscências, era difícil mantê-la trancada. Quando menos esperava, alguma história, música ou incidente invadia sua consciência e tentava empurrá-lo para o buraco negro de seu passado.

Ele abanou a cabeça involuntariamente e foi se barbear. Sua testa estava mais vincada e a pele flácida pendia no pescoço. Como os ipês e toda a criação, Luis fazia parte do ciclo natural da vida. Ele podia controlar muitas coisas e exercer poder sobre pessoas, cavalos e países para que fizessem sua vontade. Contudo, não podia deter o tique-taque do relógio. Dando outro não de cabeça, ele se cortou com a lâmina. "Caramba!", exclamou, zangado consigo mesmo por pegar a trilha da memória. De que lhe adiantava? Essas ruminações geralmente o levavam a questionar sua razão de existir.

Analisando mais de perto, ele não era um sucesso pelos padrões contemporâneos? Possuía fazendas em sua terra natal e cavalos no Rio, em São Paulo e na Colômbia. Sua frota de Cessnas era capaz de entregar mercadorias por toda a bacia amazônica, incluindo Peru, Brasil, Colômbia e Santa Cruz de la Sierra. Ele tinha dois filhos com sua ex-mulher, apesar da relação distante entre eles. Pelo menos, havia deixado uma prole que levaria adiante o nome da família, honrando assim o pedido de seu pai. "Caramba!", Luis gritou novamente para o espelho.

A batida na porta o sacudiu de volta para o presente. Botando a Glock no bolso do roupão, abriu uma fresta da porta, com o ferrolho de corrente encaixado. Ao ver o garçom, que trazia seu farto desjejum, deixou-o entrar. Pelo sotaque, Luis concluiu que era um camarada colombiano. Deu-lhe uma nota novinha de cem dólares, ao que o rapaz não parou de agradecer efusivamente, "*muchísimas gracias*". Luis respondeu: "De nada, mas fique de olho se algum patrício aparecer no hotel, OK?". O garçom disse que sim e saiu cantarolando a última música de Shakira.

O aroma do *majadito* acomodou Luis, aumentando sua fome após a escapulida da noite anterior. Serviu-se de uma xícara cheia de café, cujos grãos vinham do Brasil. Mas o café colombiano de Juan Valdez ainda era o melhor. Depois de devorar a refeição típica, contemplou as árvores em flor e as pessoas vagando pelo parque. Deixou de lado as dúvidas em relação a si mesmo e soltou um longo suspiro.

Luis tirou do bolso a pistola automática, que sempre carregava em suas viagens pela Bolívia, Peru e interior do Brasil. Somente viajava "leve" por Rio e São Paulo, onde seus seguranças o protegiam. Em Santa Cruz não sairia sem a G-18, que já o salvara várias vezes. Embora seus sócios locais o tratassem bem, não dava para baixar a guarda. Sempre havia quem guardasse algum ressentimento ou fosse consumido pela ganância. Era preciso ficar atento, embora ele fizesse o máximo para tratar a todos com respeito. Como saber se algum novato não tinha colocado sua cabeça a prêmio? Sempre havia alguém querendo mais. A morte podia facilmente encontrar Luis Carlos, como havia encontrado inúmeros outros em sua árvore genealógica.

Caramba, que vida!

Então, ele ouviu seu iPhone tocar na mesa de cabeceira ao lado da cama *king-size*. A mensagem devia ser de um sócio convidando-o para uma copa e um churrasco em sua vasta *hacienda* no Quinto Anel. Atualmente, o fazendeiro se interessava por cavalos e madeira de lei, embora tivesse incursionado pelo pó branco para dar a arrancada – mas quem não tinha na Bolívia? O pecuarista de sua idade já se comprovara um cliente e fornecedor confiável havia mais de vinte anos. Tinha conquistado seus créditos.

O celular vibrou novamente e o relógio marcava 12h30. Ele viu que a primeira mensagem era de Braga. Desde aquele almoço, o operador vinha insistindo para ele abrir uma nova rota de exportação ilegal de mogno através de Manaus. Luis estava em dúvida se deveria atender ao pedido, pois não queria se indispor com o Primeiro Comando da Capital. O cartel colombiano mantinha uma relação comercial correta, mas sem frequência, com o PCC, que se expandia pelo continente e para o outro lado do Atlântico. Era preciso ponderar essa ação com todo cuidado.

Braga queria saber se Luis planejava ir a Cuiabá esta semana, já que um puro-sangue de primeira iria a leilão. Como resistir? Luis estava sempre de olho em montarias premiadas, especialmente no Brasil, onde seus cavalos podiam correr nos dois hipódromos onde era sócio. Talvez desse para encaixar uma viagem rápida àquela cidade fluvial, predileta dos contrabandistas brasileiros e bolivianos. No entanto, era preciso dar uma resposta a Braga sobre o pedido daquele senador arrogante. Ele pensaria num jeito de embarcar aquela madeira de modo imperceptível para não irritar o PCC. Não seria nada mau angariar um amigo em Brasília.

A mensagem anterior era de um número desconhecido, com o código de área 206, dos Estados Unidos. Intrigado, Luis a abriu e encontrou uma simples pergunta, "Tudo bem?". No perfil estava a foto daquela estudante atraente com raízes indígenas que ele havia conhecido na saída do Jockey Club do Rio. Quando recebeu dois beijos no rosto naquela tarde, seu toque e fragrância lhe despertaram o desejo. Ele queria vê-la de novo. Talvez reconsiderasse a própria regra e tivesse algo mais que uma aventura com ela. Gostava de sua presença madura e sensual.

Sua respiração deu uma acelerada e a empolgação afastou o pavor que o perseguira durante a manhã. Uma nova energia fluía em seu interior. Sem pensar duas vezes, Luis respondeu: "Tudo bem, e você? Onde é que está agora em sua missão de estudos?".

Passou-se apenas um minuto para vir a resposta. "Indo para Cuiabá. E você?".

Luis Carlos abriu um conhaque do frigobar, derramou no café e bebeu de um só gole. Resolveu arriscar mais uma vez. Com certeza não estava ficando mais jovem e sempre abraçava novos desafios. "Por que não?", perguntou a si mesmo. E enviou a resposta.

Assim, alterava o curso de sua vida.

CAPÍTULO 20

Missão Salesiana, Cuiabá, Mato Grosso
Fim de tarde, 22 de agosto

O avião de Brasília aterrissou tarde, mas Luke e Tatiana encontraram um taxista que conhecia a missão e o colégio salesiano. A umidade e o ar parado os envolveram assim que desembarcaram do jato Bandeirante. Luke nem queria imaginar como seria o calor estival nesse porto fluvial. O inverno era mais quente que a maioria dos verões em Seattle.

Lendo seu guia, ele descobriu que Cuiabá foi fundada em 1719 por aventureiros em busca de ouro. Os salesianos chegaram um século depois com a missão de educar portugueses e indígenas. Uma tribo local batizou a cidade com o nome do Rio Cuiabá, que significava "pesca com arpão", seu passatempo favorito antes da chegada dos garimpeiros. Ao comentar que gostaria de provar o prato local, o dourado, o taxista o alertou a certificar-se de que o peixe fosse capturado rio acima, longe dos recentes escoamentos das lavouras de soja.

Luke olhou para Tatiana, que estava encolhida no assento. O incidente com os dois *cowboys* a deixara desanimada. Eles tinham estragado sua alegria de ser uma celebridade da TV e a guerreira guajajara exigindo justiça para seu povo. O recado da bancada do boi lhe dera um calafrio. De que jeito poderia enfrentar homens desse tipo? Luke tentou consolá-la dizendo que aqueles vaqueiros não eram a única força no Brasil. A missão deles havia identificado outros atores lutando pela conservação das florestas, dos indígenas e da frágil democracia atual.

Hoje à tarde, porém, um interruptor tinha virado em seu interior. Ela parecia mais animada e começou a indagar sobre Cuiabá, falar do refúgio animal e em "encontrar pessoas novas". Luke coçou a cabeça, admitindo sua incapacidade de entender a mudança de humor da moça.

Após o incidente no jantar, Grace decidiu voltar para Seattle com os outros estudantes no sábado à noite. Luke os acompanhou até o aeroporto e notou o alívio nas fisionomias. Eles sobrevoariam a Amazônia novamente, aterrissando de manhã cedo em Miami, onde passariam pela alfândega. Após várias horas de espera, pegariam o longo voo de volta a Seattle, finalizando uma maratona de vinte horas. A turma prometeu trabalhar no relatório do estudo e nas recomendações à universidade e ao Sierra Club. Por fim, combinaram de se reunir no início de setembro.

Antes de ir embora, Vera comentou que seu irmão era um dos padres da missão salesiana em Cuiabá. Se eles não se importassem de dormir em esteiras, o padre os convidava a pernoitar no humilde cômodo da casa paroquial. Luke e Tatiana aceitaram. Vera chegaria na segunda-feira para visitar as aldeias indígenas e as comunidades operárias amparadas pela missão. Além disso, ela também mostrara interesse em conhecer o refúgio dos animais atingidos pelo incêndio do ano passado.

O motorista margeou o Rio Cuiabá, cujo nível estava baixo. "Teve a maior seca aqui no oeste e tivemos que racionar água. O mundo e o clima viraram de cabeça pra baixo, mas o custo de vida continua subindo. O que um trabalhador pode fazer?", ele reclamou. O carro foi sacolejando por uma rua de paralelepípedos até alcançar o asfalto e chegar a um prédio colonial com uma placa no alto onde se lia Colégio Salesiano São Gonçalo. Um S vermelho, feito um raio, ultrapassava os limites de um círculo azul sobre fundo branco. Virando-se, o taxista perguntou: "Era aqui que queria vir, professor? O colégio fechou às seis horas".

Luke examinou o colégio de dois andares, pintado de bege, com as janelas guarnecidas de branco arqueadas em estilo romano. Uma luz fraca piscava no poste da esquina, mas no interior do prédio estava tudo apagado. Acima da porta de ferro forjado, cinco ladrilhos em relevo expunham o lema do colégio: "Educação integral, intelectual, social e religiosa".

Luke chamou a atenção de um guarda solitário que passava. "Boa noite, senhor. Estamos procurando pela residência do Padre José, que nos convidou a pernoitar. Saberia nos dizer onde fica? Não entendi bem onde ele mora. Ele é o pároco da missão salesiana", explicou Luke, dando todas as informações que lembrava.

"Ah, sim, o Padre José. Um bom homem. A paróquia dele fica fora da cidade, mas acho que ele está rezando a missa na São Gonçalo agora à noite. Faça o favor, diga que João manda lembranças", ele respondeu e deu rápidas instruções ao motorista.

Depois de um quilômetro rodando por ruas secundárias, o taxista deixou Luke e Tatiana diante de uma igreja colonial com um alto campanário e uma estátua do Bom Pastor no topo. Depois de pagar o táxi, eles subiram as escadas de arenito e entraram. Sentaram-se num banco de trás e relaxaram. Algumas dezenas de fiéis em roupas de trabalho se espalhavam pela igreja mergulhada numa luz suave. O padre estava terminando sua homilia sobre "amar o próximo" e cumprimentou os recém-chegados com um aceno de cabeça.

Eles tomaram a comunhão e aguardaram na curta fila para cumprimentar o rapaz delgado de colarinho clerical. Mais alto que a irmã, o padre media 1,70m, tinha a cabeça raspada e um brilho nos olhos.

"Boa noite", ele exclamou. "Vocês devem ser os amigos de Verinha. Sou o Padre José, hoje como substituto aqui. Bem-vindos à nossa paróquia em Cuiabá. Vou fechar as portas, apagar as luzes e em seguida vamos para as acomodações nos fundos, onde poderemos tomar um chá de ervas". Ele deu um abraço apertado em Luke e dois beijos em Tatiana. Duas velas ficaram acesas no altar, iluminando as paredes azul-celeste e um crucifixo de bronze.

Luke e Tatiana o seguiram pela porta dos fundos até uma casa paroquial anexa e o pequeno espaço reservado ao padre visitante. O cômodo tinha uma cama de solteiro, uma mesa de madeira e uma cadeira sobre o piso de parquê. No canto havia duas esteiras enroladas e um crucifixo de madeira montava guarda na parede. Uma rosa vermelha solitária num vaso decorava a bacia de cerâmica e um espelho refletia a luz desmaiada no teto. Uma janela aberta deixava entrar o ar úmido e o coaxar de um anfíbio exótico.

"Queiram desculpar a simplicidade deste lugar, mas Verinha insistiu que vocês passassem a noite para terem uma ideia da nossa missão. Costumo passar a maior parte do tempo nas aldeias, ajudando as crianças indígenas, que têm poucos recursos, seja para a vida cotidiana ou para estudar. Não faz muito, uns trabalhadores vindos do Norte me pediram para visitá-los nos trailers das fazendas de soja". Olhando para baixo, Padre José acrescentou: "Os donos e o capataz não são nada simpáticos.

"Ah, sim, temos um banheiro comum nesta ala, duas portas adiante. Vou pegar travesseiros e cobertas pra vocês, apesar de não fazer frio à noite. Gostaria de usar o banheiro, Tatiana?", ele perguntou, apontando para o corredor. Luke pegou sua escova de dente e calculou como se arranjariam para dormir.

Padre José voltou com travesseiros, colchas e um bule de chá de camomila. Tatiana reapareceu com uma camisola cor-de-rosa que lhe cobria os joelhos. Empilhou suas roupas sobre as de Luke e das malas no canto. O padre serviu o chá em copinhos de papel e convidou-os a se sentarem na cama.

Ao terminaram o chá, o padre fez uma pequena oração, pedindo proteção para os visitantes e os indígenas. Juntos, rezaram o Pai Nosso. Tatiana desenrolou sua esteira de frente para a janela. Luke fez o mesmo, na direção oposta.

De repente, o celular de Tatiana soou duas vezes. Ela verificou e leu a mensagem.

"Está tudo bem, Tatiana?", Luke perguntou.

Ainda olhando para a tela, ela não respondeu de imediato. "Sim, tudo bem, professor. É só uma mensagem de um novo amigo. Boa noite".

O padre apagou a luz. Luke estranhou o lugar e levou algum tempo para adormecer. Ao longo da noite, ele ouviu um sapo coaxando, um padre roncando e uma estudante inquieta virando de um lado para outro perto dele.

CAPÍTULO 21

Hotel Gran Odara, Cuiabá
Manhã de segunda-feira, 23 de agosto

Luis fazia seu desjejum no hotel quatro estrelas, ligado ao Centro de Convenções, quando chegaram duas mensagens. Cinco anos atrás ele havia participado de um evento equestre neste bairro Santa Rosa, e adquirido um potro de uma família local. O cavalo se saíra bem, o que o deixou curioso sobre o leilão de puros-sangues noticiado por Braga. Olhando para o iPhone, ele viu que o intermediário do senador sugeria uma reunião no bar da piscina por volta das 13h.

A outra mensagem era daquela brasileira sedutora, que já tinha chegado, mas estava fora da cidade ocupada com um grupo da igreja. Definitivamente, não era a praia de Luis. Ela se comunicaria na volta, à noite. Suas esperanças e libido dispararam. Conseguiria reviver suas histórias favoritas de *As mil e uma noites*, bem aqui na selva brasileira?

Segundo seu contato local, um guarda-costas chegaria pelo meio-dia. Luis avistou o estádio Arena Pantanal, onde seu time colombiano disputara a Copa América uma vez. Embora tentado, decidiu não passear pela cidade, que mal conhecia. Em vez, iria malhar no *fitness center*, que não devia estar cheio a essa hora. Sempre de prontidão, Luis botou a Glock dentro da sacola de ginástica e desceu os sete lances de escadas. Aliviado de estar sozinho na academia, encarou o tédio da esteira, acionou uma velocidade média e deixou sua mente imaginar como seria curtir aquele tição indígena. Ao vê-la na TV, sentiu-se atraído por seu temperamento passional. Ela era seu tipo de mulher.

Em cerca de vinte minutos, entrou um rapaz com sua sacola de ginástica e colocou-a ao lado de outra esteira. Luis Carlos resolveu que já bastava de exercício e abriu a sacola para pegar a toalha. Olhando para o lado, notou que o rapaz o observava. Pegou o elevador vazio, subiu para o último andar e entrou em sua suíte.

Tomou banho, vestiu uma camisa polo azul escuro e jeans bege. Sentou-se diante da janela e ficou olhando para o estádio a três quadras dali. Como estava perto do meio-dia, preparou um Campari com tônica para já estar em vantagem sobre seu convidado que gostava de pedir bebidas caras. Braga era um subalterno típico, assim como os soldados do cartel; queria obter o máximo que pudesse, o mais rápido possível, tudo ao seu tempo. Entendido.

O telefone do quarto tocou, mas Luis não atendeu. Por que o faria, se ninguém sabia que ele estava ali, exceto o intermediário brasileiro e seu encarregado local? Minutos depois, bateram na porta e ele agarrou a pistola.

Outra batida forte e uma voz grave chamou: "Seu Luis?".

Segurando a G-18, Luis deixou o ferrolho encaixado e abriu uma fresta da porta. "Sim?", foi tudo que disse a um homem robusto de compleição escura, com um terno mal ajustado, camisa branca encardida e uma gravata preta folgada.

"Oi, Seu Luis. Já é meio-dia e o Seu José mandou eu me apresentar para escoltar o senhor hoje e servir no que for necessário. Tudo bem?"

Ah, claro, o segurança, como podia ter esquecido? Talvez fossem suas fantasias com aquela moça indígena a lhe turvar a memória. Luis jamais podia baixar a guarda. "Sim, tudo bem. Por favor, vigie o corredor por agora. Devo sair em uma hora. Obrigado por vir", agradeceu e trancou a porta.

O colombiano deitou na cama, a Glock ao lado, e pegou no sono. Seu celular começou a soar na mesa de cabeceira, mas ele estava morto para o mundo.

Toc, toc, toc de novo.

Luis abriu os olhos e agarrou a pistola.

"Seu Luis?", veio a voz do lado de fora. "O senhor tem uma visita".

O relógio mostrava 13h15, então ele se levantou e foi até a porta. Repetindo o procedimento, ficou de lado e abriu uma fresta. Viu seu acompanhante com ar preocupado e Braga encostado na parede do corredor.

"Um momento", respondeu Luis. Deu uma olhada no espelho e deixou a G-18 dentro da sacola de ginástica. Abrindo a porta, pendurou a placa de *Não perturbe* na maçaneta.

Indo até o capanga do senador, Luis cumprimentou: "Tudo bem, *señor* Braga?". Eles deram um leve abraço e se mediram de alto a baixo.

"Vamos até o bar da piscina pra conversar", disse Luis, andando na frente. Eles pegaram o elevador até o andar da piscina e encontraram uma mesa no fundo, sob um guarda-sol. O colombiano sentou-se de costas para a parede e Braga à sua direita. O segurança pegou uma mesa adjacente à esquerda e ficou vigiando a área. A única coisa à vista eram umas crianças e duas mães brincando na piscina curva. Um garçom de bermudas e camiseta verde-claro tomou o pedido: Campari e tônica para o anfitrião e uma Pilsen Urquell para o convidado.

Eles discutiram o leilão equino do dia seguinte e Luis disse que pretendia participar on-line. Reclamaram do desempenho das seleções da Colômbia e do Brasil, assim como do mormaço de Cuiabá, mesmo no inverno. Quando as bebidas chegaram, foram direto aos negócios.

"Dom Luis, estamos com um lote de madeira pronto pra embarcar esta semana. Os madeireiros estão armazenando centenas de toras de jacarandá e massaranduba num depósito de Marabá, lá no Pará. Como o senhor sabe, passam dois rios pela cidade, além de cinco rodovias, entre elas a BR-150 que vai direto a Belém. Precisamos de mais proteção pra transportar a madeira até o depósito dos nossos sócios perto do porto da baía de Guajará. Essa carga está avaliada em um milhão de dólares e o senhor fica com um terço. Vai poder nos ajudar?"

O colombiano escutou Braga atentamente. No passado, seu primo encarcerado o considerava confiável. Luis nunca havia negociado com ele. Este seria o primeiro de vários transportes, ele supunha, e não envolveria drogas, o que era uma vantagem. Desde a transferência daquele policial federal de Manaus, tinham aliviado a pressão sobre o contrabando de madeira, mas não de cocaína. Brasília controlava a PF e os inspetores, tornando a baldeação de madeira menos arriscada. "Vocês vão providenciar uma escolta confiável?", perguntou Luis, "além do meu pessoal? Temos um amigo na alfândega de Belém, que pode arrumar a papelada para a exportação. Para aonde vai a madeira?", ele indagou, prestando atenção à linguagem corporal de Braga, que não mostrou inquietação; um bom sinal.

"Nós conhecemos uns caras da polícia civil de Belém e outros, aposentados, em Marabá. Dá pra contratar todos eles por uma diária de quinhentos dólares. O comprador é uma fábrica italiana de móveis que vai enviar um representante pra acompanhar a carga de Belém a Nápoles".

"Vamos ver se entendi direito. Eu tinha a impressão de que o plano era embarcar em Manaus como fez antes com meu primo. Mas vejo agora que nosso trabalho será o de fornecer escolta no caminho até o porto de Belém, proteger a madeira até que seja liberada pelos fiscais aduaneiros e garantir seu embarque no cargueiro. Nossa taxa normal seria de 50 por cento com a carga a bordo. Que tal lhe parece?"

Braga ficou com cara de quem chupou limão e se ajeitou na cadeira. Acenou ao garçom e pediu outra pilsen de um litro. Tentando manter a voz baixa, ele contrapôs 35 por cento.

Após alguns minutos de barganha, eles fecharam em 40 por cento e brindaram o início de uma nova relação comercial.

Luis começava a relaxar quando notou o mesmo rapaz da academia chegando com outro homem. Os dois carregavam sacolas. Ele olhou para o guarda-costas e acenou com a cabeça para a dupla sentada a três mesas de distância.

"*Señor* Braga, foi um prazer chegarmos a esse acordo. Agora preciso ir, tenho outro compromisso. Aproveite sua cerveja e peça o almoço por minha conta. Depois que tudo estiver combinado, mando uma mensagem. Ainda hoje."

O colombiano se levantou, assim como o segurança, que ficou entre os dois rapazes e seu chefe. Luis deu um tapinha no ombro do novo sócio brasileiro, forçou um sorriso e rumou para a saída de emergência, descendo as escadas.

Luis esperava não estar ficando paranoico. Seguindo seu instinto, se mantinha vivo há 64 anos, geralmente usando cautela.

Além disso, ele nunca apreciava as coincidências.

CAPÍTULO 22

Rumo ao Pantanal Hotel, Miranda, Mato Grosso
Manhã de terça-feira, 24 de agosto

Tatiana não apareceu. A brilhante aluna de Luke sumira no meio da noite.

Vera tinha chegado na segunda-feira e as duas mulheres ficaram num cômodo, Luke e o padre em outro. Mas ninguém ouviu ou viu Tatiana sair.

Luke relembrou seu comportamento estranho, na noite da chegada, ao receber uma mensagem de um novo amigo, mas sem explicar nada. Ontem, quando visitavam aldeias indígenas, Tatiana não tirava o olho do celular. Ele notou seu modo furtivo, digitando mensagens sob um jacarandá de galhos baixos repletos de flores roxas. Depois, perguntou se o amigo havia chegado a Cuiabá e a resposta foi apenas "talvez". Tatiana foi apresentada ao cacique da aldeia e encetou uma conversa animada com as mulheres e as crianças. Contou sua história e ensinou algumas palavras de inglês. Parecia contente, assim como sua plateia nativa.

Durante o jantar no refeitório da missão, Tatiana mal tocou na comida e saiu da mesa antes dos outros. Apesar de ter ido à missa da noite, ela não socializou depois e se retirou para "pôr o sono em dia".

Quando Vera se recolheu, às onze, sua acompanhante estava deitada de lado na esteira de frente para a parede. Com seu sono pesado, a assistente social não ouviu Tatiana sair. Sua bagagem também não estava mais lá.

Luke mandou mensagem e ligou para ela várias vezes, sem ter resposta. Dada àquela conduta peculiar, Luke imaginou que Tatiana tinha saído de fininho para visitar o tal amigo e não queria dar explicações. Talvez tivesse achado um novo amor durante a missão de estudos. Ele decidiu não alertar a polícia nem ir procurá-la.

Graças aos acolhedores padres e irmãos salesianos, Vera e Luke passaram outra noite na casa paroquial. De manhã cedo, os dois se juntaram a eles para um simples desjejum de café com leite e pão fresquinho. Como o refúgio animal de Teresa ficava perto do Pantanal, Luke acompanhou o Padre José, Vera e uma freira visitante, partindo para uma viagem de doze horas até o Hotel Pantanal. Quando o sol subia atrás dos morros, eles cruzaram o limite com o Mato Grosso do Sul.

No meio do caminho, pararam numa aldeia onde residiam os remanescentes da nação guaicuru. Dois séculos antes, seus guerreiros eram considerados "os imbatíveis do Pantanal e do Chaco".

Ao ser questionado por Luke, o padre explicou: "Os guaicurus juntaram-se a outras tribos e enfrentaram os primeiros europeus que invadiram a região por terra e via fluvial. Nas batalhas, formavam bandos de guerrilha, armando emboscadas e atacando os adversários de surpresa. Os guerreiros usavam apenas peles de onça para a batalha e iam armados de porretes, lanças e machadinhas. Agachados no cavalo ou cavalgando na lateral do animal, não eram alvos fáceis para os atiradores europeus. Não usavam selas nem estribos, somente rédeas para guiar as montarias.

"A coalizão guaicuru era tão feroz que os portugueses resolveram não enfrentá-los mais. Adotaram uma política de 'viva e deixe viver', contando que os guerreiros indígenas caçassem os inimigos espanhóis. Desse modo, o Brasil expandiu seu território até as fronteiras atuais e eles viveram em relativa paz por um tempo. Infelizmente, as doenças europeias não honraram o acordo e se alastraram pelas aldeias, mal deixando mil sobreviventes hoje em dia."

O padre os levou para conhecer o cacique da aldeia, que tentou um sorriso com os lábios ressecados. Convidou-os a sentarem em bancos de madeira sob o teto de sapê do salão aberto. Uma mulher idosa serviu chá de ervas, preparado numa panela de ferro sobre o fogo ao ar livre. O padre e o cacique trocaram ideias a respeito da seca e de como evitar que os jovens deixassem a comunidade.

O cacique contou histórias sobre o passado de seu povo e sua relação com a nação Terena, cujas habilidades agrícolas possibilitaram o trabalho em conjunto com os colonizadores portugueses. Ao explicar as preocupações atuais seus lábios penderam: "O maior problema agora são os garimpeiros e madeireiros que invadem nossa terra, derrubam nossas árvores ou sobem os rios em busca de ouro. Além disso, os fazendeiros ficam prometendo riqueza para os nossos jovens e chamam eles para trabalhar nas lavouras. Aí, a gente não tem mais notícias", lamentou, olhando para as duas dúzias de pessoas, na maioria mulheres de meia idade e crianças. Alguns meninos chutavam uma velha bola de futebol no campo poeirento.

Suas moradias circundavam o alojamento comunitário, uma miscelânea de cabanas de madeira e tijolos, cobertos por telhados de zinco. Algumas tinham janelas com vidraças, mas a maioria não.

O cacique conduziu todos até uma mesa de madeira e uma dezena de bancos sob uma grande mangueira. O padre cobriu a mesa com um pano branco, improvisando um altar. Vera lhe passou o pão e a congregação da aldeia iniciou a liturgia. Todos cantaram "Glória" com ânimo e rezaram o Pai Nosso. O padre José consagrou o pão em corpo de Cristo e todos se ajoelharam na relva esparsa. Um por um, tomaram a hóstia. Foi a missa mais inspiradora que Luke já havia presenciado.

Depois, o padre entregou suprimentos escolares à sobrinha do cacique e uma máquina de costura usada à irmã dele, que era a costureira da aldeia. Trocando abraços e promessas de ficar em contato, os visitantes salesianos agradeceram os anfitriões e voltaram para a minivan. Luke olhou pela janela e retribuiu os acenos do cacique, das mulheres e de seus filhos, todos envolvidos numa nuvem de pó. Perguntou-se como teria sido sua vida se tivesse nascido naquela aldeia em vez de Seattle? Será que estaria trabalhando numa lavoura de soja, como a maioria dos homens, ou sequer estaria vivo hoje?

De volta à rodovia de duas pistas, eles avistaram fumaça num morro próximo. Padre José comentou que não chovia há semanas e tanto a floresta quanto a vegetação rasteira estavam sujeitas a qualquer chama acidental. Um pequeno rebanho de cervos fugia do incêndio. O padre comentou: "À medida que o clima se torna imprevisível, humanos e animais ficam confusos. Vejam esses cervos vindo em nossa direção. O habitat natural deles é o pântano, mas quando seca, saem a esmo em busca de água. Nunca se sabe, de um dia para o outro, incêndios florestais ou inundações podem assombrar todas as espécies terrestres, nos fazendo fugir também. Essa imprevisibilidade torna a sobrevivência muito difícil para os indígenas, que há séculos vivem da terra".

Depois, viajaram em silêncio a maior parte do caminho. Ao atravessarem um riacho, Luke percebeu uma movimentação. Um animal de pele castanha e dois filhotes circulavam numa piscininha. Tinham o focinho alongado e pareciam enormes ratões peludos. Uma campina chamuscada erguia-se do riacho e um pequeno palmeiral pontilhava o cume. O padre parou o veículo para observarem os animais brincando no córrego lento. "Professor, vou apresentá-lo à capivara, o maior roedor do mundo. Enquanto encontrarem água e forragem, conseguirão sobreviver ao nosso meio ambiente instável. As pequenas são consideradas saborosas num churrasco, mas as grandes geralmente são mantidas para reprodução".

A mãe ficou brevemente de pé nas patas traseiras e em seguida levou os filhotes para uma moita de amaranto, escondendo-se sob as flores cor-de-rosa. Luke conseguiu tirar uma foto com o celular para mostrar aos alunos o que tinham perdido.

Eles seguiram adiante rumo à cidade de Miranda, uma das entradas para o Pantanal. Olhando para trás, Luke percebeu o horizonte vermelho no caminho que tinham trilhado. A noite desceu de repente e uma lua minguante apareceu acima das colinas.

Duas horas depois, eles entraram numa cidadezinha pacata com alguns pedestres na rua. A atividade principal girava em torno do posto de gasolina e de um clube de pesca ao lado, onde três moradores sentados em cadeiras de vime contavam lorotas. Chegando ao hotel, os quatro ficaram aliviados de encontrar um alojamento agradável com uma entrada coberta e telhado vermelho. No pátio havia mesas de madeira e alguns hóspedes tomando cerveja. O estômago de Luke roncou ao aroma de mandioca frita com parmesão salpicado por cima.

Os homens foram para sua suíte no térreo e Vera e a freira para a delas ao lado, contentes que o ar condicionado funcionava. Voltando ao bar do pátio, eles acompanharam a toada dos turistas e beberam chope. Fora uma longa viagem. Todos pediram o prato do dia, dourando grelhado do Rio Miranda, acompanhado de salada de alface e tomate com vinagrete, arroz e feijão.

De sobremesa, um pudim caseiro estava incluído e Luke pagou a conta, menos de cem reais. Os quatro jogaram conversa fora e planejaram o passeio do dia seguinte ao refúgio de Teresa em pleno Pantanal.

Além disso, Padre José contou: "Agora sou o sacerdote itinerante da missão. Irei para a ilha de Marajó no próximo fim de semana, para substituir outro clérigo. Como você vai terminar sua missão no Pará e gosta de lugares tranquilos, sua visita será muito bem-vinda do outro lado do Amazonas. Tem meu WhatsApp, então é só avisar".

Luke disse que iria sim, mas só depois de descobrir o paradeiro de sua aluna errante. Por volta das 22h ele estava exausto e conteve um bocejo. A viagem longa e a tensão causada pelo sumiço de Tatiana estavam pesando. Ele resolveu se recolher. Os acompanhantes lhe desejaram "boa noite" e ficaram lá fora para trocar ideias sobre as últimas incursões em terras indígenas em suas respectivas regiões.

Assim que Luke abriu a porta do quarto, seu celular começou a soar; uma mensagem nova. Era de Tatiana: "Professor, desculpe minha partida antecipada. Estou com um novo amigo. Ele vai me levar para Marabá e Belém em seu teco-teco. Não se preocupe. Estou bem, mas preciso de um tempo. Nos vemos em Belém. Beijos, Tati".

Luke ligou para ela, mas não obteve resposta. Saindo para a varanda, ficou andando de um lado para outro. Não era assim que eles tinham planejado o último trajeto da missão de estudos, com um homem misterioso no meio. Como ele poderia entender ou antecipar os caprichos dessa aluna, imprevisível como uma tempestade tropical? Embora já fosse adulta, a segurança de cada estudante continuava sendo sua responsabilidade.

Ele continuou respirando fundo para se acalmar. Finalmente, entrou para escovar os dentes. Após duas noites dormindo no chão, a sensação de se deitar num colchão firme com lençóis limpos foi maravilhosa.

Apesar de todo conforto, foi a vez de Luke ficar virando de um lado para outro durante a noite. O pesadelo voltou, com ele suspenso naquela jaula de vidro gritando para Tatiana tomar cuidado lá embaixo. Mas ela não olhava para cima nem prestava atenção ao seu aviso.

CAPÍTULO 23

Voando rumo a Marabá, Pará
Manhã de quarta-feira, 25 de agosto

"Não me trate como criança!", ela gritou, fazendo Luis Carlos erguer as mãos. Seu novo namorado não queria uma cena no aeroporto à vista dos passageiros e funcionários.

Ontem à noite ele a convidara a ir para Marabá com dois associados em seu Cessna 172. Ainda encantada com aquele homem, ela nem perguntou sobre os outros passageiros, supondo que fossem do ramo de cavalos. Aceitou o convite sem pensar e pulou na cama.

Chegando ao aeroporto, Tatiana ficou revoltada ao ver quem era um dos passageiros – ninguém menos que o capanga daquele senador que desrespeita os direitos indígenas. Luis, notando sua raiva, informou que era obrigado a levar o sujeito devido aos negócios. E acrescentou: "Minha linda, isso não é problema seu. Negócios são negócios. Prometi a um homem importante de Brasília. Enquanto eu trabalho, você aproveita a piscina do hotel. Só passaremos uma noite lá".

Depois de seus beicinhos e bater de pé, Luis era todo desculpas. Embora apreensiva, ela concordou em ir.

Luis acomodou-se no assento do piloto com ela ao lado na cabine. O operador e o guarda-costas sentaram-se atrás. Ele ligou o motor e verificou o painel de instrumentos. Ao receber a confirmação da torre de controle, foi acelerando pela pista e decolou.

Era empolgante voar num avião particular. Seu piloto e amante inclinou as asas para avistarem um rio sinuoso, um laguinho e o gado pastando lá embaixo. O cerrado logo se fundiu com a floresta perfurada por estradas improvisadas. Na orla da mata, um fogo ardia perto de campos arados de soja. Um caminhão saía da floresta carregado de toras, levantando poeira em seu rastro.

"Luis, temos que comunicar o incêndio às autoridades", ela exclamou, vendo as chamas lambendo a beira da selva. Pelo mapa do hotel, a mata abaixo devia ser o Parque Nacional do Xingu. "Luis, essa terra é dos indígenas e o caminhão está carregando as árvores deles. Temos que avisar as autoridades!"

Sem responder, o piloto olhou pela janelinha do avião e coçou a cabeça.

"Não dá pra chamar alguém pelo rádio? Isso não parece certo", ela afirmou, os olhos negros se estreitando.

Luis suspirou e pediu ao jovem segurança, vulgo "Cuiabá", para avisar a torre sobre o incêndio na reserva. O mais velho, de barba por fazer, apenas abanou a cabeça.

Tatiana não gostou de seu modo desdenhoso, assim como desprezava sua relação com aquele político infame. Como é então que tinha acabado ali, nesse monomotor voando com ele, rumo a Marabá? Aquele sujeito rude e seu chefe arrumadinho eram os inimigos do seu povo. Caramba!

Lembrando-se que o prof. Shannon estaria preocupado com a falta de notícias, prometeu a si mesma responder às mensagens assim que chegasse.

Tatiana preferia homens maduros, mais pela falta de paciência com os caras de sua idade. Embora conscienciosa em seus relacionamentos, tivera um caso de três meses com um professor da universidade. Enquanto ela honrava sua parte do trato, o professor, supostamente divorciado, não fez o mesmo. Certa vez, ao entrar no Chieftain Pub com uma amiga, ela o flagrou de mãos dadas com uma estudante de olhar sonhador. Tatiana armou um barraco ali mesmo. A amiga precisou impedi-la de esmurrar o amante infiel. Furiosa, feito uma metralhadora, ela saiu cuspindo palavrões em português. A cena foi tamanha que o jornal da faculdade fez uma menção maliciosa à explosão. Geralmente de temperamento calmo, precisava controlar o sangue quente, especialmente quando era desrespeitada.

Seu amigo colombiano lhe revelou que era divorciado e tinha dois filhos. O mais novo, Luis Junior, tinha acabado de concluir seu MBA na La Javeriana e estava tirando o brevê em Bogotá. A filha mais velha tinha sua própria vida e família em Medelín. Ele contou que viajava muito e não estava com ninguém no momento.

Tatiana gostava do modo como ele a tocava, achando-o muito sedutor. Ele cheirava bem, sabia o que fazer e não era bruto. Lembrava-a de um cavalo puro-sangue, que ele tanto amava. A marcha e galope desse amante venciam todas as corridas com ela. Além disso, estava adorando quebrar o jejum sexual de 2021.

Nessa imersão vertiginosa no Brasil, Tatiana admitia ter sido enfeitiçada. Livre das palavras de sua mãe adotiva e das normas puritanas americanas, dava para obedecer ao próprio ritmo na terra natal. Ter um caso secreto era algo atraente, ainda mais com esse homem cheio de charme e mistério.

Olhando para o fogo abaixo, relembrou de sua missão: defender os povos nativos e exigir justiça para os assassinos de seu primo. Como Sonia declarou na coletiva em Brasília: "Devemos ser ousados. Devemos barrar as invasões e os incêndios nas terras indígenas. Precisamos buscar justiça para nosso povo de todos os modos possíveis". Sim, era esta sua verdadeira missão.

***

Dois homens de cara fechada os aguardavam no aeroporto regional de Marabá. Luis Carlos parecia aborrecido e falou em espanhol com um deles, sua ira aumentando a cada palavra. Em *portunhol*, de modo brusco, pediu ao outro para levá-la ao hotel. Quando ficava nervoso, seu espanhol se sobrepunha ao português, criando uma exótica mistura linguística. Ninguém parecia contente, então era melhor Tatiana sair de cena e deixá-los aos negócios.

Ela deu um rápido beijo em Luis e entrou no banco traseiro do Volvo. O motorista robusto jogou a bagagem dela e a mala do colombiano no porta-malas, sem falar nada nem sorrir.

O caminho atravessava uma ponte sobre uma hidrovia letárgica, identificada como Rio Itacaiúnas. O centro da cidade compunha-se de uma coleção de estruturas baixas, algumas caiadas e cobertas de telhas vermelhas. A maioria dos prédios altos eram hotéis, exceto um edifício de muitos andares que se projetava no horizonte. Poucos carros e ainda menos gente se movimentavam pelas ruas. O relógio digital mostrava 15h, seguido pela temperatura: 38°C. Com esforço, o ar condicionado barrava o calor.

O Golden Ville Hotel apareceu de repente no atulhado centro da cidade. O motorista pegou a bagagem, entregou-a ao porteiro encarquilhado, que cumprimentou: "Bem-vindos a Marabá". Tatiana desceu do carro e se virou para agradecer o chofer, que arrancou sem dizer palavra. Que homem estranho, ela pensou. Seus modos grosseiros a lembraram do grandalhão que tinha estragado o jantar em Brasília.

O porteiro, pelo contrário, era um tipo loquaz e grande RP de Marabá: "A senhorita sabia que nossa cidade de dois rios é a que mais cresce no estado do Pará? Nas férias de julho, todos os hotéis estavam lotados de turistas do sul. Eles adoram nossas praias no

Tocantins e nosso estilo de vida tranquilo. A senhorita não pode perder o pôr do sol num dos bares da orla. E não deixe de experimentar nossa caipirinha de açaí, que faz mais bem pra saúde".

"Deve ser encantador mesmo. Aliás, o que é aquele arranha-céu que eu vi ao longe quando entrei na cidade? Parece não se encaixar no estilo arquitetônico", Tatiana aproveitou para perguntar.

"Ah, aquele novo empreendimento se chama Crystal Tower. Vai ter apartamentos de luxo para os ricos e famosos. Circula o boato de que foi financiado pelos traficantes colombianos, pra lavar os ganhos ilícitos aqui no Norte. Deve ficar pronto este ano, mas sem dúvida destoa do resto", ele respondeu, levando-a até a recepção.

Após o *check-in*, o porteiro levou a bagagem para o último andar e lhe mostrou a suíte panorâmica. A piscina cintilava abaixo, com alguns hóspedes sentados sob para-sóis. Tatiana não tinha nadado nesta viagem e um pouco de exercício lhe faria bem. Deu gorjeta ao homem e agradeceu novamente.

"A seu serviço, senhorita. Meu nome é José e estou sempre à disposição. Tenho um quarto perto da recepção", ele informou com um sorriso de dentes tortos.

Tatiana pendurou duas saias, um terninho preto e um vestido curto, deixando o resto da bagagem intacta. A mala de bordo de seu namorado estava com o zíper do bolso aberto. Sempre curiosa, foi ver o que havia ali dentro e descobriu folhetos do leilão equino em Cuiabá e outros daquele empreendimento, o Crystal Tower. Mais no fundo, ela tocou em balas de revólver. Ah, não. Qual seria o verdadeiro ramo de seu homem misterioso além de cavalos e turfe? Com aqueles sujeitos esquisitos em sua comitiva e munição em sua mala, Tatiana não deveria reconsiderar esse caso repentino? E qual seria seu envolvimento com o Crystal Towers, financiado pelo cartel colombiano?

Ao ouvir batidas na porta, ela recolocou os folhetos e munição na mala e foi abrir. Ali estava o porteiro novamente, segurando algo. "Oi, tudo bem?", Tatiana o saudou.

"Desculpe incomodá-la, mas esqueci de entregar os cartões de desconto para o Batam Center lá na orla. Não fica longe e tem uma exposição sobre Marabá. Aqui estão, dois cartões, um para a senhorita e outro para seu acompanhante. Ele vai chegar logo?", o homem indagou, erguendo uma sobrancelha.

"Obrigada. Sim, ele virá assim que concluir seus negócios", ela respondeu. Colocou a placa de "Não perturbe" na maçaneta do lado de fora e forçando um sorriso, fechou a porta.

Estranhando o retorno do porteiro e aqueles tipos do aeroporto, Tatiana tentou juntar as peças díspares dos últimos três dias. Ainda confusa e exausta, deitou na cama e pegou no sono.

***

A reverberação ficou mais alta, ameaçando jogar Tatiana no Rio Amazonas. Matita Perê se aproximava. Correndo pela floresta, onde encontraria alguém para ajudá-la? Acelerou o passo, segurou seu amuleto e então ouviu o esturro da onça.

Em meio ao pesadelo, ela gritava: "Socorro".

Suando, abriu os olhos, com lágrimas lhe escorrendo pelas faces. Lá fora estava escuro e o resto era pura confusão. Onde estava? O som continuou vindo da mesa de cabeceira e uma tela neon piscava. Virando-se, ela pegou o celular. "Alô?"

"Oi, estou falando com minha prima há muito tempo perdida? Aqui é a Luciana, ligando do Maranhão. Tudo bem com você?" Sem ouvir resposta, ela continuou. "Alô, consegue me ouvir?"

Tatiana sacudiu a cabeça e respondeu: "Luciana, minha querida, me desculpe. Estou acordando de um sonho esquisito. Que surpresa agradável. Está ligando da nossa aldeia?".

"Faz um ano que deixei nossa terra e estou trabalhando como doméstica numa fazenda em Açailândia, no oeste do Maranhão. Não fica longe do limite com o Pará. Eu soube por um missionário do CIMI que você estava no Brasil numa missão. Depois te vi na TV. Você evoluiu muito desde que foi embora da aldeia. Parece que os Estados Unidos te fizeram bem. Parabéns!", exclamou a prima, elevando a voz como num canto.

Tatiana pausou, relembrando a geografia do seu estado. "Acho que não estamos muitos distantes. Acabei de chegar a Marabá com a missão de estudos", mentiu.

"Que ótimo. Vamos nos encontrar? Ah, antes que eu esqueça, um jornalista de Belém tem uma pista de quem matou Paulino. Ele disse que é um grupo de dentro da polícia civil e ligado ao crime organizado. São homens perigosos relacionados aos latifundiários e às gangues de São Paulo. Operam com madeira ilegal e negócios imobiliários. Liguei pra te avisar a não levantar demais a voz. Essa gente não é nada legal. Por favor, querida, tome cuidado."

Naquele instante, outra chamada iluminou a tela. Era de Luis e ela precisava atender. "Luciana, adorei ouvir tua voz. Vou tentar ser mais cuidadosa sim. Agora preciso desligar, mas te ligo daqui a uma hora, tudo bem?"

"Talvez uma pouco mais tarde? Vai me dar tempo de servir o jantar da família e recarregar minha bateria. Até mais", despediu-se a prima.

"Boa noite, Luis. Tudo bem?", Tatiana respondeu, ouvindo ao fundo homens gritando e motores roncando.

"Boa noite, Tatiana. Vai demorar um pouco mais pra concluirmos o negócio. Nossos sócios estão atrasando as coisas.

Preciso cuidar disso, então vou chegar tarde da noite. Por favor, não me espere para jantar. Até logo". Ele pausou. Ouviu-se um tiro e em seguida, outro. "Tenho que ir!"

A ligação caiu.

CAPÍTULO 24

Universidade Federal do Pará, Belém
Manhã de quinta-feira, 26 de agosto

Lúcio estava chegando perto. Seu informante dentro da polícia civil ouvira aquele mesmo investigador se gabar de como seu pessoal tinha matado o "índio encrenqueiro" quase dois anos atrás. Às vezes, os homens que sabem das coisas não conseguem ficar de bico calado. Precisam se vangloriar, mostrar aos comparsas o quanto são machos e alimentar seus egos de durões. Agora, era preciso arranjar alguém disposto a testemunhar publicamente. Nada fácil nesta terra de ninguém.

Até agora, ele escapara de todas as emboscadas, graças a amigos, familiares e cidadãos de sua cidade. Mas por quanto tempo conseguiria resistir, ainda mais se denunciasse esse policial corrupto? Mesmo que *O Globo* e a *Folha de São Paulo* o elogiassem, a bancada do boi e os latifundiários locais o eliminariam. Suas filhas o aconselhavam a sair do país. Mas com tantos processos movidos pelos inimigos, o juiz municipal e a atual gestão em Brasília não permitiriam. Lúcio se sentia um prisioneiro político na própria cidade.

Enfim, seu amigo da Polícia Federal estava investigando a invasão da terra Munduruku. Tomara que o supervisor político não sabotasse os esforços desse policial honesto. O processo judicial era assim em sua terra. Astúcia e sorte eram essenciais para ficar um passo adiante desse bando ganancioso. Ou ele ficava com o radar ligado dia e noite ou morria. Felizmente, recebia avisos de seus diversos aliados.

Tendo acabado sua aula de introdução ao jornalismo, Lúcio achou que uma volta pelo campus lhe faria bem. Avisou ao assistente que daria um passeio pelo rio e voltaria em uma hora. Cumprimentou alguns estudantes no corredor e saiu pelas escadas de trás. Lá fora, o sol estava quente, mas suportável. Mesmo assim, ele pôs os óculos escuros e seu Panamá para proteger a careca. Sem encontrar viva alma no estacionamento, ele virou, passou pelo Instituto de Tecnologia e foi para o calçadão do Rio Guama.

Este deve ser o cenário universitário mais lindo do mundo, pensou. Garças brancas desfilavam numa faixa de areia, esticando os pescoços em busca de peixinhos. Uma brisa agitava as palmeiras e ondulava o rio letárgico. Ao longe, uma dupla de íbis escarlate cutucava um banco de areia buscando caranguejos ou moluscos. O capitão da balsa, seu amigo, estava atracando uma lancha na marina próxima e acenou. Inspirando o ar de agosto, Lúcio aproveitava o momento. Embora não fosse religioso, ele quase agradeceu a Deus.

Um *bzzz, bzzz, bzzz* o tirou da contemplação. O mundo moderno e seus instrumentos intervindo de novo. "Alô... Professor Shannon, que bom ouvir sua voz. Estava pensando no que tinha acontecido com o senhor.... Como? Perdeu uma estudante em Cuiabá, aquela que deu a entrevista na TV? Bem, talvez ela esteja curtindo uma trama tropical. Ou um namorado brasileiro?... Sim, se ela me ligar, eu lhe arranjo um lugar para ficar na universidade... Entendido. Como professor responsável pela missão, eu também estaria preocupado.... Quando chega?... Se não se importar com a desordem de um jornalista, está convidado a ficar lá em casa. Sem nenhum problema. Eu gostaria muito de trocar informações sobre o que está acontecendo neste vasto país. Parece que sua visita foi bem agitada... Com prazer, professor. Se ela enviar uma mensagem, eu lhe aviso. Até breve."

Cuiabá, Lúcio pensou. Estivera lá três anos atrás a caminho do Pantanal. A cidade cheirava a gado e contrabandistas, nada que lhe agradasse. Conhecer a região pantaneira fora o melhor da viagem. As revoadas de pássaros diversos e os mamíferos brincando em lagoas e riachos. Até uma onça ele vira. Mas isso tinha sido antes dos incêndios que destruíram grandes áreas de preciosa reserva. Muitos desses animais morreram devido às fraquezas humanas. O que fazer?

Os sete pecados capitais ainda abundavam em sua terra, apesar do apelo dos clérigos e pastores para amar o próximo. Mas como poderiam, dada a história do país, baseada na sede dos portugueses por terra, ouro e escravos? Este era o seu Brasil, para o bem ou para o mal. Há anos sua vocação era denunciar aqueles que abusavam da confiança do povo. Era sua razão de ser. Apesar das ameaças, ele iria em frente.

Inflando-se, Lúcio apressou o passo.

***

O assassino chegou um dia antes para sentir a barra. Verificou os locais prováveis que suas vítimas frequentariam: a orla, os estábulos e a universidade. Já o vira anteriormente em outro lugar, mas entendia que Belém seria seu destino final. O alvo principal seria riscado do mapa na capital do Pará. Assim seria dado o recado que seu cliente desejava. Aquele alvo menor não o deixaria mais rico, mas alegraria alguns poderosos que o contrataram.

O encarregado o contatou em um de seus websites. O pistoleiro já tinha feito serviços para o grupo antes e concluiu que a oferta era séria. Semana passada, recebeu metade do pagamento em dólares e concordou com o negócio. Depois de vigiar o sujeito por um mês, o encarregado forneceu uma série de fotos, biografia, mapas e possíveis rotas de saída e entrada em Belém.

O único imprevisto surgiu ontem à noite. Dois investigadores da polícia civil rondavam os locais que seu alvo deveria frequentar. Os tiras à paisana haviam vasculhado dois depósitos da orla e outro no bairro industrial. Ele decidiu retornar ao seu contato e indagar sobre o envolvimento da polícia com a presa. Danos colaterais chamariam a atenção para qualquer incidente, dificultando sua fuga.

Com quase trinta anos, ele lembrou a si mesmo que proteger o número um era sempre seu objetivo principal.

CAPÍTULO 25

Na estrada, rumo a Dom Eliseu, Pará
Meio-dia de quinta-feira, 27 de agosto

Tatiana estava na maior encrenca. Apesar de seu desejo de "ter tudo", os acontecimentos dos últimos dias abalaram sua confiança. Seu namorado estava em perigo, assim como os acompanhantes. Ao descobrir que os negócios dele estavam ligados ao tráfico de drogas e outros produtos ilegais, seu sonho espatifou. Ela pesquisou na Internet e descobriu a ligação de Luis Carlos com o infame cartel do golfo colombiano. Possuir cavalos de corrida era sua fachada pública. Ele lidava com pessoas violentas que não davam a mínima para ela. Se conseguisse voltar sã e salva para sua cidade adotada, pretendia contar sua aventura tropical aos colegas da universidade.

Quando Luis ligou dizendo que não iria para o hotel na noite do tiroteio, ela decidiu agir. Ligou para sua prima no Maranhão e combinou de se encontrarem em Dom Eliseu, perto de Açailândia. Bem cedo, na quinta-feira, chamou um uber. Conseguiu sair sem ser vista pelo porteiro bisbilhoteiro. Na recepção disse que seu acompanhante estava a caminho, mas ela precisava ir embora devido a uma emergência. Deixou um bilhete para Luis Carlos, admitindo que tinha gostado muito de estar com ele, mas seus negócios a assustaram. Talvez pudessem se ver em Belém.

A viagem de duas horas foi tranquila junto com outro passageiro. O rapaz estudava jornalismo na Universidade Federal do Sul do Pará. Queria ser repórter investigativo e denunciar os maus feitos. Olhando mais atentamente para ela, perguntou: "Você não apareceu na TV com um grupo de estudantes americanos?".

Tatiana confirmou que fazia parte da missão que investigava o impacto do agronegócio nas florestas e na vida dos povos nativos.

"Os fazendeiros de soja e os pecuaristas têm muito poder, até na minha cidade. Tome cuidado", ele avisou.

O motorista acompanhava a conversa até chegarem à cidadezinha, cuja placa anunciava 39 mil habitantes. O estudante desembarcou diante de uma grande casa colonial nas cercanias. Desejou uma boa estada a Tatiana, que seguiu para o Hotel Araújo, no centro.

Sua prima Luciana fizera a reserva, graças a um amigo que trabalhava na recepção. Ele não estava lá, mas o recepcionista lhe deu um apartamento no segundo dos três andares, com vista para a rua poeirenta. Uma carroça levando cana-de-açúcar passava e havia algumas motocicletas paradas no calçamento hexagonal da avenida. Conforme o sol subia, os pedestres sumiam e nenhuma brisa agitava as palmeiras. Felizmente, o ar-condicionado funcionava, embora o calor passasse pelas vidraças finas.

Após a montanha russa das últimas 48 horas, Tatiana largou a mala, deitou na cama cheia de grumos e dormiu sem sonhar.

Acordou com uma batida na porta. Um rangido, e Luciana entrou correndo para abraçar e beijar sua prima. Ela era da altura de Tatiana e tinha cabelos pretos levemente grisalhos presos por uma fita bege. Elas falaram sobre os amigos e parentes da aldeia guajajara. Tatiana ficou contente de saber que, apesar da idade avançada, o cacique ainda estava saudável e promovendo a justiça tribal.

Quando o sol desceu, elas foram andar pela cidade com a temperatura em 33°C. Jantaram num restaurante simples, onde havia três pessoas locais, e pediram paçoca de carne seca. Falando da terra natal, lamentaram que na última década mais gente havia deixado a nação guajajara do que nascido. Viram a si mesmas como bons exemplos de êxodo.

Quando chegou a sobremesa, goiabada com queijo coalho, Luciana abordou o assassinato do primo. "Cuidado, Tati. Esses homens ainda invadem nossas terras, derrubando árvores e tudo mais que veem pelo caminho. Com a morte de Paulino, perdemos nosso protetor. Agora, as quadrilhas do Sul estão envolvidas no tráfico de nossas árvores e até dos nossos meninos e meninas. Faz pouco, um dos recrutas de Paulino foi ferido por uma submetralhadora em nosso território. Depois que você virou uma celebridade na TV, eles podem te perseguir também. Esses invasores jogam pra valer e têm o apoio dos agropecuaristas. Fique atenta, prima."

Tomando chá de ervas, Luciana entregou um bilhete a Tatiana com o nome e número do repórter que tinha investigado o caso de Paulino e descoberto ligações com a polícia civil. Constava também o endereço da universidade em Belém. "Faz pouco, Lúcio esteve em nossa aldeia e obteve informações de primeira mão. Uns amigos de lá confirmaram que ele igualmente foi ameaçado pelos latifundiários. Como você está indo pra Belém, talvez queira se encontrar com esse jornalista às escondidas. A bancada do boi tem espiões por todo canto. Cuidado", Luciana advertiu-a novamente, olhando para o relógio.

Elas pagaram a conta e saíram, encontrando um céu vermelho que ia virando roxo e azul escuro. Ainda fazia calor, agora aliviado por uma leve brisa. Chegando à esquina, depararam com uma oferenda: três velas acesas, um galo morto e um copo de cachaça.

"Caramba, prima, ainda matam essas pobres criaturas para fazer despacho?", murmurou Tatiana, contornando o sacrifício e tendo um calafrio.

"Sim, infelizmente. O pessoal aqui é muito supersticioso. Ainda espalham boatos sobre Matita Perê perseguir vítimas à noite. Se a gente não alimentar suas gralhas, elas irão nos importunar durante a madrugada. Depois, ela persegue e enfeitiça sua vítima. Bem-vinda de volta ao nosso estranho mundo no meio do mato. Bem diferente dos Estados Unidos. Agora preciso ir. Meu amigo aqui do hotel me convidou pra sair", disse ela com prazer e olhar malicioso. "É muito chato onde eu trabalho".

De volta ao hotel, elas trocaram abraços e beijos. Luciana ficou na recepção e Tatiana subiu. Tinha deixado seu iPhone no quarto e notou a chegada de três mensagens: duas de Luis Carlos e uma do prof. Shannon.

Abriu a do professor primeiro. Ele estava a caminho de Belém e ficaria na casa de um professor da universidade federal, que detinha novas informações. Pediu novamente para ela ligar ou enviar mensagem. "Estou muito preocupado com minha aluna predileta", acrescentou. Que amor!

As duas mensagens de Luis eram tanto de desculpas quanto de raiva. Ela decidiu não responder a nenhuma delas por enquanto. Em vez, preparou-se para dormir. Pretendia levantar cedo na manhã seguinte e pegar o primeiro ônibus para o norte. Deitada na cama de casal, respirou fundo, pensando no que a esperava em Belém. No caminho, enviaria uma mensagem ao prof. Shannon, desculpando-se. Ela não queria mais surpresas nem visitas de *cowboys*. Denunciaria ao mundo o que aconteceu ao seu primo, mas o faria no exterior. Aqui seria arriscado demais.

Antes de fechar os olhos, Tatiana ouviu o som de garras do lado de fora e depois um grasnido de gralha. Virando-se de um lado para outro na cama desconfortável, acabou caindo num sono cheio de sonhos.

Nas primeiras horas da madrugada, ela acordou e abraçou o travesseiro, querendo que fosse seu amante. Em vez, sentiu outra presença. Como poderia manter o ânimo elevado e afastar o de Matita Perê?

Sem conseguir reconciliar o sono, Tatiana perscrutou as sombras, aguardando desesperadamente pelo amanhecer.

CAPÍTULO 26

De Recife ao Aeroporto Internacional de Belém
Meio-dia de sexta-feira, 27 de agosto

Ontem, a lei de Murphy atacou novamente. Luke Shannon temia estar sendo punido por transgressões passadas pela maldição gaélica que o seguira até o Brasil. Ou então era sua culpa católica, que o assombrava quando as coisas azedavam.

A visita dos vaqueiros dera início a uma série de infortúnios, completada pelo sumiço de Tatiana em Cuiabá. Sua mensagem codificada deixou Luke ainda mais apreensivo. Como não havia voo direto para Belém, ele pegou a conexão da Azul ontem às três da madrugada para o aeroporto do Recife, Guararapes-Gilberto Freyre. Após uma escala de três horas na cidade que fica na corcunda do país, embarcou no voo rumo à capital do Pará.

Não era para ser. Por mais de uma hora, ele e os outros passageiros ficaram presos dentro de um antigo 737 sem ar-condicionado. Lá fora, os mecânicos furungavam no flape da asa esquerda, tentando fazê-lo funcionar. Sem sucesso. Aborrecidos, todos desembarcaram, recebendo explicações supérfluas da companhia aérea. Luke teve que pegar a bagagem e esperar na fila do balcão com todo mundo irritado. Ainda sonolento, ele mal ouvia a atendente falar em meio ao tumulto. Abrindo caminho na multidão, aceitou a oferta de estada num hotel próximo e um assento garantido na sexta-feira de manhã para Belém. Embarcou na Kombi lotada, e chegou ao Costa Mesa Inn, que saldava suas dívidas com a companhia aérea oferecendo acomodações econômicas.

Contudo, o hotel não era dos piores. Seu quarto dava para uma piscina rasa e tinha ar-condicionado. Largando a bagagem, Luke relembrou sua ida à destilaria local do Rum Bacardi na época em que trabalhava no banco. De farra, ligou para o gerente que havia conhecido anos antes. A secretária se lembrava de Luke, mas comunicou a aposentadoria de Oscar, dando-lhe o número de seu celular. "Ele mora perto da praia. Talvez o senhor o encontre lá."

Dito e feito.

Com as ondas quebrando ao fundo, seu antigo cliente falava alto: "Uau, Luke Shannon, quanto tempo... Tudo bem com você?... Sim, tudo, a família vai bem sim... Você não estava na TV semana passada falando de um programa de estudos? Então, agora é professor, mostrando nosso país maluco para seus alunos americanos?... Ah, que chato ficar preso no aeroporto. Eu adoraria vê-lo. Venha nos encontrar na melhor praia do Recife. Estou com a família embaixo de três guarda-sóis bem na frente do Grand Mercure em Boa Viagem. O nosso *bartender* aqui sabe preparar a mais danada das caipiríssimas com Bacardi. Falando nisso, lembro de você entornar várias naquele tempo. Acho que vai gostar. Ficaremos aqui até o pôr do sol... Ótimo! Até já".

Uma pequena vitória, Luke pensou. Que bom rever o velho amigo numa praia tropical. Ainda não tivera oportunidade de nadar em mar aberto nesta viagem. Um mergulho no Oceano Atlântico seria revigorante. Um otimista, ele esperava que hoje fosse o dia da virada nos altos e baixos de sua missão. Envergando um boné do Seattle Sounders e uma camisa havaiana, era o próprio gringo. Tudo bem. Festejar com o amigo e nadar no mar o animava. Se Tatiana estava se divertindo, ele também podia.

Talvez a sorte irlandesa tivesse voltado. Chegou ao saguão bem quando o ônibus partia para Boa Viagem. Exultante, embarcou. Depois de rodar por cinco minutos, o veículo dobrou na vasta avenida da praia. Luke não lembrava que a orla se estendia por oito quilômetros, mais longa que a de Copacabana. Os ventos alísios sopravam pelas janelas abertas, o relógio digital marcava 14h45 e o termômetro confortáveis 28°C. A praia estava meio cheia, visto que, mesmo relutante, Recife entrara no inverno. Se ao menos os outonos de Seattle fossem tão agradáveis.

Olhando para o cenário lá fora, Luke sentiu-se vivo. Desembarcou com dois turistas, atravessou a calçada de mosaico e adorou sentir a areia sob os pés. Atrás, o Mercure cinco estrelas se destacava no bulevar, muito mais luxuoso que seu primo econômico de Brasília.

Desviando de jogos de vôlei e garotos fazendo embaixadinhas, Luke ziguezagueou por um mar de guarda-sóis amarelos até a beira. Ficou deslumbrado com a água turquesa, como a de Varadero em Cuba. Tomara que o repuxo não seja tão forte. Desabotoou a camisa e inspirou o ar marítimo. Fechando os olhos, sentiu a brisa no rosto e celebrou o momento de paz. Escutava as ondas quebrando, o riso das crianças e os chamados dos vendedores ambulantes.

"Este é o professor Shannon, o executivo reformado?"

Luke abriu os olhos e virou para a voz próxima. Um pelicano roçava a água a uns metros de distância e uma jangada singrava as ondas a favor do vento. Um homem robusto de feições indígenas aproximava-se dele com um sorriso largo. Seu peito nu e a careca redonda eram marrons, e o restante do cabelo crespo estava meio grisalho. Ele jogou a bola que segurava para um garoto e deu um abraço caloroso em Luke. "Você não está nada mau, amigo. Continua nadando? Ainda me lembro de você fazendo *bodysurf* bem nesta praia vinte anos atrás. Que prazer revê-lo!", exclamou, dando um tapa no ombro do camarada. Apontou para uma dúzia de familiares e continuou: "Venha, vou te apresentar às três gerações da tribo Ferreira. Ei, pessoal, esse é o meu amigo que largou o setor bancário para lecionar na universidade. Também é fã de futebol. Está até com o boné do time da cidade dele".

O futebol era sempre motivo de brincadeiras e animação, deixando Luke em casa. Ele se gabou do Seattle Sounders, vencedor de duas copas da liga americana, e ficou ouvindo a discussão sobre qual seria o melhor time brasileiro. Tomando caipiríssimas de rum com muito limão e gelo, Luke esqueceu os aborrecimentos. Momentaneamente, as memórias desagradáveis sumiram. Passou um garoto de shorts esfarrapados vendendo espetinhos de camarão grelhado, que eles compraram e comeram junto com mandioca frita. Um banquete e tanto.

Um dos netos de Oscar queria aprender a nadar, então Luke se ofereceu. Seu método testado e comprovado de fazer a criança boiar de costas sempre funcionava. Ganhando confiança de que não iria afundar, o menino começou a bater pernas e braços. Seus irmãos e primos se juntaram à brincadeira. Luke foi furando as ondas e nadou borboleta por cinquenta metros. Sentindo o repuxo, voltou contra a maré, sem querer repetir o quase afogamento em Cuba ano passado.

Sob o guarda-sol, perguntando a Oscar se o agronegócio era muito forte em Pernambuco, Luke ficou sabendo que açúcar e castanhas eram os principais produtos de exportação do estado, não a soja.

"Evitamos os conflitos que estão ocorrendo no Norte", disse Oscar. "Conheci uns latifundiários na última ida a Belém. São um bando de arrogantes e contratam homens armados. Tome cuidado, amigo".

As nuvens invadiram a praia e a família de Oscar preparou-se para ir embora. Convidaram Luke para jantar, mas ele se desculpou. Meras três horas de sono na noite anterior finalmente se faziam sentir. Despedindo-se da família com abraços e beijos, Luke aceitou a carona até o motel do aeroporto. Dando outro abraço, Oscar implorou: "Fique longe da bancada do boi, meu amigo".

Luke disse que iria tentar, agradeceu e voltou ao seu quarto. Tomou banho, mal conseguindo manter os olhos abertos. Depois, em menos de um minuto, adormeceu, esquecendo de recarregar o celular.

A mensagem de Tatiana viajou no espaço, mas não aterrissou no galaxy de Luke aquela noite.

***

Foi só quando estava para embarcar em outro 737, que ele percebeu o celular morto. Achou uma tomada na sala de espera, mas ocupada por outro aparelho. A mulher notou sua ansiedade e diplomaticamente o retirou, mas na hora em que a companhia aérea fazia a última chamada para o embarque. Luke plugou o carregador por dois minutos e saiu correndo antes que fechassem o portão. Foi o último a entrar no avião e sentiu muitos olhos fulminantes. Voo lotado. Com a aeronave já em movimento, ele acionou o Galaxy, apenas para ouvir da aeromoça que o desligasse para a decolagem. Quando anunciaram a permissão para usar aparelhos eletrônicos, não havia sinal.

Ele suspirou e fechou os olhos até ser acordado pela aterrissagem do avião. A aeromoça lhes deu as boas-vindas ao Aeroporto Internacional de Belém – Val-de-Cans – Júlio Cezar Ribeiro.

Que nome comprido! Eles passaram por um moderno terminal recém-construído. O voo da Azul chegou quase na hora marcada e antes de o piloto desligar os motores os passageiros se levantaram. Pegaram a bagagem de mão e se enfileiraram em direção à saída da frente.

Luke os seguiu até o saguão de teto alto, todo iluminado. O sistema de refrigeração se esforçava para lançar o ar frio até embaixo. Depois de recolher a bagagem, ele seguiu para a área de desembarque. Lembrando-se que o celular precisava de recarga encontrou uma tomada e conseguiu ver duas mensagens, uma de sua aluna geniosa e outra do jornalista-professor. Tatiana dizia que estava passando calor a bordo de um ônibus rumo a Belém, tendo saído de uma cidadezinha do interior; chegada prevista à tarde. Lúcio simplesmente perguntava: "Onde o senhor está?".

Luke respondeu ao jornalista que acabara de chegar.

Lúcio escreveu de volta: "Professor, venha até a Universidade Federal. Minha casa está sendo vigiada. Fique atento". Informou o nome do prédio e o número da sala.

Mais intriga, Luke temeu. O efeito de suas miniférias na praia em Recife sumiu como num sonho. Sentindo que iria encarar outro desafio, respirou fundo e ligou para Tatiana, sem obter resposta.

Onde andaria sua aluna evasiva e o que os aguardava em Belém? Ele pegou as malas, o celular e um táxi, decidido a descobrir.

CAPÍTULO 27

BR 316, rumo a Belém
Tarde de sexta-feira, 27 de agosto

Até que enfim! Tatiana avistou uma placa anunciando a capital do Pará após sobreviver a um ônibus cansado, percorrendo povoados e entroncamentos poeirentos.

Felizmente, um município, Paragominas, despertou seu interesse. Era a penúltima parada, nas proximidades de uma mina de bauxita. Uma década atrás, a região tinha o maior índice de desmatamento do país. O viajante ao seu lado contou que o ex-prefeito, Adnan, persuadira fazendeiros, ambientalistas e pequenos agricultores a elaborarem uma estratégia comunitária. Convocou os cidadãos a redimirem seu passado. Depois de um ano de idas e vindas, o prefeito conseguiu um acordo com todos os envolvidos. Em conjunto, anunciaram um programa de desenvolvimento sustentável e de preservação das florestas primárias. "Todos ganham!", exclamaram a imprensa local e nacional.

Tatiana relembrou sua conversa com a ex-ministra em São Paulo. Marta considerava essa pequena cidade um estrondoso sucesso e concluiu: "O Brasil precisa de mais prefeitos como Adnan. Ele teve a visão e a determinação de reunir todos os atores. Só assim, conseguiremos salvaguardar o meio ambiente brasileiro".

Numa reportagem recente da revista *Piauí*, o autor salientou a abordagem consensual do prefeito. Contra todas as expectativas, Adnan perseverou para lograr um plano abrangente. É possível, Tatiana refletiu esperançosa, graças a esses heróis desconhecidos.

Ao chegar a Belém, ela reparou na chamada perdida. Era de seu professor, que atendeu sua ligação numa segunda tentativa. Luke lhe disse para pegar um táxi até a Universidade Federal, onde o jornalista-professor lhes garantira um lugar para o pernoite. Tudo indicava que a bancada do boi tinha vigias monitorando a casa dele e o shopping center que costumava frequentar. Ouvindo falar naquela gente, Tatiana sentiu o coração acelerar.

Depois da trégua de dois dias no interior, ela teve que se reaclimatar ao cenário urbano e ao que viria. A menção aos pecuaristas a relembrou daquele incidente horrível com os *cowboys*. Nunca mais queria cruzar com aqueles tipos. Mas como evitá-los nessa cidade, que exporta soja e carne deles, curvando-se ao seu poder?

Ainda faltava responder às mensagens de Luis. Pretendia fazer isso depois de encontrar os dois professores. Precisavam estar bem coordenados para cumprir a missão e ficar a salvo. Ao chegar à Praça do Operário, Tatiana respirou fundo e foi a última a desembarcar. Sua sobrevivência exigiria a ajuda de todo e qualquer aliado, além de muita sorte.

Talvez seu namorado pudesse colaborar. Por falar nisso, o que Luis estaria aprontando neste momento?

***

Cavalgar era a paixão e o escape do colombiano. Galopando em seu puro-sangue, tentava liberar raiva e angústia. Enquanto percorria a pista na fazenda do primo, relembrou o tiroteio inesperado em Marabá.

Ele não previa tal traição nem a incompetência do novo associado. A boa-fé da dupla de escolta que apareceu no aeroporto deveria ter sido verificada antes. Mas não, eram meros pistoleiros, contratados por um amigo do tal sócio. Braga admitira isso. Felizmente, a G-18 fizera seu serviço. Luis Carlos insistiu que o capanga de Brasília limpasse a bagunça, inclusive o cadáver do pistoleiro e o policial ferido. Depois, teve que agir rapidamente. Pedindo ajuda a outro primo, assegurou uma dupla de confiança para acompanhar os caminhões carregados de madeira até Belém. A situação lhes custara mais um dia, assim como consequências imprevistas. Perguntando ao Braga o que tinha acontecido com o homem ferido, ficou sabendo que o tipo estava na folha de pagamento do PCC, um sinal alarmante.

Importante averiguar quem, em sua organização ou na de Braga, vazara os detalhes do voo e do carregamento da madeira em Marabá. Muitas perguntas sem respostas. Pilotando seu Cessna sobre florestas verdejantes e campos amarelados de soja, ele repassou todos os envolvidos em sua organização brasileira. Nenhum traidor lhe viera à cabeça, mas com certeza havia um à espreita.

Depois de aterrissar no aeroporto internacional de Belém, ele seguiu até seu hangar particular, onde dois homens de cabelo escovinha aguardavam. Deram a senha correta, "pra frente", e mencionaram o nome de seu primo. Com Cuiabá, Luis tinha três seguranças agora. Tomara que a comitiva inchada não atraísse muita atenção.

Todos embarcaram numa Land Rover Discovery e partiram para oeste, até à extensa fazenda de seu primo ausente, onde ficava uma primorosa pista de corridas. Era ali que Luis desfrutava de seus cavalos prediletos. Montou num potro animado, que disparou feito um raio. O vento refrescava montaria e cavaleiro a galope.

Quando o potro completou a segunda volta, Luis se flagrou rangendo os dentes. Em vão, tentava tirar da cabeça sua namorada provocadora. Dano colateral em seu ramo de trabalho. No entanto, essa guerreira tinha fogo nas entranhas e o atraía. Ele ansiava por passar outra noite com ela longe da perfídia do Norte brasileiro.

Diminuindo a marcha, Luis vistoriou a pista e foi para o estábulo. Cuiabá assentiu com a cabeça quando ele passou e o seguiu. O rapaz se mostrara corajoso e leal no tiroteio, ferindo um dos vira-casacas enquanto Luis dava conta do outro. No ato, lhe dera dez notas de cem dólares e prometera um posto na organização.

No momento, tudo que Luis queria era concluir o negócio com seu sócio duvidoso e dar o fora dessa cidade. Uma temporada relaxante na fazenda em Antioquia cairia como uma luva, talvez com Tatiana ao lado. Poderia também convidar sua filha com a família, já que eles adoravam um churrasco no fogo de chão. Quem sabe seu filho faria as pazes e também fosse. Luis já havia pensado em dar uma festa para celebrar o MBA de Junior em finanças internacionais.

Entregando as rédeas ao garoto do estábulo, Luis saiu, ficando na sombra. Avistou um dos guarda-costas esperando ao lado da Rover e vigiando o longo caminho de entrada. O outro estava atrás do volante, esquentando o motor. Com a barra limpa, Luis andou os dois metros e acomodou-se no assento traseiro.

Seu homem de confiança ficou fora mais um segundo, concentrado na paineira a cinquenta metros dali. Os dois ouviram um galho estalar e fecharam a porta. Olharam-se com o cenho franzido, sem dizer palavra. O motorista saiu zunindo pelo caminho sinuoso, deixando um rastro de poeira. Os portões automáticos se abriram bem na hora e o SUV pegou a estrada pavimentada rumo ao centro. Acima, urubus voavam em círculo, buscando uma presa.

Eles foram para o esconderijo, próximo ao porto. Seu primo costumava ficar lá e tinha uma governanta fiel, Rosa, que morava no local. Com gotas de suor se formando na testa, Luis respirou fundo. O som de galho quebrando ainda o assombrava. Ele se mantinha vivo seguindo seu sexto sentido, que agora farejava encrenca.

Chegando ao edifício, deram duas voltas na quadra, para garantir que ninguém o vigiava. O carro diminuiu a marcha e Cuiabá desembarcou para fazer uma vistoria. Retornando, confirmou que a governanta colombiana estava no apartamento de três quartos; segundo ela, não havia ninguém bisbilhotando. Luis entrou, ladeado pelos seguranças, e aprovou o local, especialmente sua vista para as docas. O ar-condicionado funcionava bem e a funcionária do primo era bilíngue e econômica com as palavras. Depois de tanta merda que ouvira da boca de Braga, era um alívio.

Como a carga já devia ter chegado, ele encarregou Cuiabá de ir até o depósito verificar. Antes, seu braço direito mandou uma mensagem para Braga, que lhe disse para ir ao armazém número três.

Cuiabá andou as sete quadras até o cais e encontrou o depósito, que tinha uma entrada larga para caminhões em cada extremidade e uma porta lateral para pedestres. Notou vários telhados mais altos por perto, bons poleiros para um atirador. Após dar a volta no armazém, contatou Braga e entrou pelo lado.

Cumprimentou o capanga e observou que outro sujeito segurava um rifle automático IA2, usado pelo exército brasileiro. Dois operadores de empilhadeira colocavam toras dentro de dois contêineres de seis metros de comprimento, 2,6m de altura e 2,4m de largura. O mais velho tinha um tique nervoso no olho direito e parecia inquieto. Braga disse apenas que vira a polícia civil rondando o cais. Após o tiroteio em Marabá, ele parecia apreensivo. Eles saíram e andaram cem metros até o *MSC Alexandra*, onde tremulava a bandeira italiana. Subindo a prancha de embarque, encontraram o capitão no tombadilho. Este comunicou que os contêineres deviam estar prontos para embarcar no dia seguinte, pontualmente às 17 horas. A papelada da aduana devia chegar antes. Eles agradeceram e voltaram ao armazém, onde Cuiabá contatou o patrão.

Luis respirou aliviado, pois tudo indicava que os preparativos estavam nos conformes. Agradeceu e disse que estava indo ao encontro do agente aduaneiro. Conhecia-o há cinco anos e entrara em contato ainda em Marabá, comunicando que precisaria de outro arranjo relativo à exportação de madeira. A resposta fora positiva. Chegando a Belém, enviou-lhe outra mensagem e combinou de se encontrarem num bar próximo ao apartamento.

Acompanhado dos guarda-costas, Luis entrou no local e notou o *bartender* e um homem embriagado no balcão. O fiscal da alfândega estava sentado ao fundo. Tomando um conhaque nacional, eles trocaram notícias da família e concluíram a transação. O homem aprovou e assinou o conhecimento de carga e o certificado de origem da madeira exportada. Em retorno, recebeu um envelope com dez mil dólares em notas recém-cunhadas, o equivalente a um por cento do valor FOB. Tomaram outro conhaque, apertaram as mãos e seguiram em direções opostas.

Até agora tudo bem.

O sol caía no oeste quando Luis sentiu o celular vibrar e viu o rosto de seu filho brilhando na tela. Atendeu no terceiro toque. "*Buenas tardes, Junior. ¿Qué tal?* Como vai a vida em Bogotá? Cada vez que leio a *Semana*, a política aí parece mais tumultuada. Já pegou seu canudo na Javeriana? ... Me perdoe, não pude ir. Meus parabéns de coração... O quê? Você está vindo para Belém? Quando, por quê?... Quer dizer que tirou o brevê também?... Precisa de uma mudança de ares e quer comemorar comigo... Bárbaro. Que bom que seu tio emprestou um dos Cessnas. Acabei de chegar aqui, mas estou enrolado com um negócio de risco. Me diga onde pretende ficar e eu ligo mais tarde. Sinto muito não poder te ver hoje à noite, mas posso mandar alguém te buscar no aeroporto doméstico... Se prefere, sim, o Uber geralmente é confiável, mas não se esqueça de verificar a identidade do motorista. ... Cuide-se, filho."

Seu coração acelerou. Agora, Luis Carlos só precisava do reaparecimento de Tatiana para montar um circo de três picadeiros na região mais selvagem do Brasil.

CAPÍTULO 28

Universidade Federal do Pará
Manhã de sábado, 28 de agosto

Os dois professores aninhavam-se junto à máquina de Nespresso, borbulhando no balcão. Lá fora, nuvens gordas se arrastavam e um bando de garças alçava voo. Um barco e um cargueiro seguiam em direções opostas no fluxo lento do rio, cintilando sob o sol nascente. Luke girou o pescoço, tentando desfazer o torcicolo persistente; passara outra noite no chão. Tatiana ainda dormia no futon, ronronando feito uma gatinha. O escritório de Lúcio tinha virado o quartel-general deles na capital paraense.

"Queira desculpar as acomodações, Professor. As circunstâncias pedem flexibilidade. Depois do que passamos é melhor manter a discrição. Já solicitei à guarda da universidade para intensificar as rondas". Lúcio suspirou, salpicando canela em seu cappuccino. Luke fez o mesmo.

Naquele instante, soou o celular de Tatiana, que estava carregando. Luke olhou para a tela e viu o rosto austero do colombiano. Então era este o namorado misterioso que ela prometera revelar. Ontem à noite, ao chegar exausta, ela disse que contaria toda a história pela manhã. "Vou adiantar apenas que as últimas 48 horas foram as mais dramáticas da minha vida." Em seguida, aos bocejos, adormeceu.

Infelizmente, parecia que seu sonho tinha sido premonitório. O acréscimo de um megatraficante à bancada do boi e aos inimigos locais de Lúcio, seria combustível para um coquetel molotov.

***

A fonte do pistoleiro tinha errado a hora da partida do alvo, o que o fez chegar tarde à fazenda e perder a oportunidade. Agora havia muitos locais a cobrir e seu exército era de um homem só. Ele precisava de reforços e vigias na extensa capital paraense. Após alertar o encarregado sobre a vigilância da polícia civil, ele recebeu uma mensagem lhe oferecendo contato com o informante da organização criminosa. Preferia trabalhar sozinho, com uma semana inteira para instalar metodicamente um ponto de tiro e duas rotas de fuga. Só que agora havia muitos atores em cena e sua vítima estava alerta. Se o alvo deixasse Belém ileso, seria um inferno.

Ele escreveu de volta exigindo reunir-se com o informante. Em trinta minutos, o encarregado respondeu que ele deveria encontrar um tal de Silva às 13h numa *trattoria*, com o sugestivo nome Capone Ristorante, perto das docas. O sujeito estaria com um exemplar de *O Diário do Pará*, assim como o pistoleiro deveria estar. Seu codinome seria Chacal e o almoço era por sua conta.

Tiras folgados. Sempre querem alguém pagando por almoço, cocaína ou mulheres. Era melhor esse cara sacar seu ofício e ter olhos e ouvidos pela cidade. O pistoleiro precisava achar o lugar certo para abater sua presa. Para isso, era imprescindível saber de seu próximo passo. Para levar a cabo o contrato ele não podia arcar com amadores turvando as águas. Era simples, um tiro certeiro e duas rotas de fuga.

Com o sol equatorial se pondo, ele andava em volta da quadra. Imaginava os créditos que ganharia no submundo caso se saísse tão bem quanto nas últimas seis operações. Este poderia ser seu sete da sorte. Decidiu confiar no encarregado e confirmou que o Chacal estaria na hora e lugar marcados.

No alto, dezenas de urubus flanavam as correntes de calor, numa busca silenciosa e incansável por presas.

***

"Oi, Luis, tudo bem?"

Foi música em seus ouvidos. Tinham se passado três dias sem notícias de Tatiana. Somadas à tensão do negócio, suas palavras lhe deram um estímulo elétrico. Até ele, sobrevivente a muitos altos e baixos, precisava de apoio emocional, ainda mais agora. Mas o tempo corria e no momento não dava para encontrar sua fogosa predileta.

Então, ele teve uma ideia. "Tatiana, que bom te ouvir. Estou quase concluindo meu negócio, mas vai levar o resto do dia e da noite pra dar conta. Que tal nos encontrarmos amanhã, dar uma escapada para um lugar tranquilo do outro lado do rio? É uma ilha onde eu costumava cavalgar na praia. Acho que você adoraria o cenário bucólico... Ah, você está escondida com o professor na universidade... Quer dizer que ele também tem suas encrencas, é? Pelo menos vocês conseguiram se reencontrar... Tem outro professor no pedaço? Devo ficar com ciúmes?... Ah, ele não é seu tipo. Ainda bem.

"Por falar nisso, meu filho me fez uma visita surpresa. Está aqui em Belém. Pretendemos voar juntos amanhã até essa ilha. Ele será o copiloto. Seria ótimo ter você conosco. Junior é um garoto esperto e acabou de concluir um MBA. Como você, ele se interessa pelos desfavorecidos. Talvez vocês curtam trocar ideias sobre suas causas. ... Vai pensar? Ótimo! Nos falamos amanhã de manhã. Até lá a poeira vai ter assentado. ... Estou com saudade. Deseje-me boa sorte hoje à noite. ... Beijos."

Ele desligou, satisfeito. Vê-la amanhã seria sua justa recompensa. Mas antes, esse negócio sujo tinha que dar certo. Se fosse crente, faria uma prece. Mas depois de violar o Quinto Mandamento 47 anos atrás e diversas vezes desde então, ele começou a confiar em seus instintos. Já não contava com alguém em algum lugar que não podia ver nem compreender. Sua G-18 e seu sexto sentido seriam seus aliados hoje à noite.

Chegara a hora do teste definitivo.

***

Pelo menos, o tal do Chacal não dava impressão de amador. Os olhos do assassino não transmitiam nenhuma emoção enquanto sondavam pessoas, portas e janelas como ameaças potenciais. Embora ainda jovem, estava no topo da lista entre os pistoleiros da organização. Um aliado temporário para o serviço de hoje.

Sua cidade natal ainda era seu território e os maiorais não se metiam com ele, apesar de ocupar o simples posto de investigador. Eles sabiam quem havia comandado a força-tarefa dois anos atrás para eliminar um encrenqueiro de alta visibilidade, que dificultava a coleta de madeira. Se o assassinato provocava manchetes na imprensa internacional, o que importa? Agora, com aliados em Brasília, o incidente ia sendo varrido para baixo do tapete. Só aquele incômodo repórter local insistia em relembrar o mártir, o suposto "guardião da floresta". Deve adorar os índios. O investigador estava cansado dos protestos dos bons samaritanos sobre invasões de terras indígenas. A bancada do boi e seus associados queriam desenvolver a região, sem pendências legais ou choramingos do exterior. Ai, aquele repórter insistente!

Encerrar o assunto com o alvo prioritário hoje à noite contentaria seus comparsas paulistas. Se o pistoleiro não fizer o serviço com a vítima secundária pouco importava. Ele mesmo garantiria o abate do jornalista. Aquele velhote tinha escapado duas vezes, mas não conseguiria uma terceira.

Enquanto adoçavam seus espressos naquela *trattoria* da moda, ele vislumbrou presunçosamente a perspectiva de fazer aquele repórter implorar pela própria vida. Mal podia esperar. Antes, porém, era preciso dar um recado público de que nenhum aventureiro poderia interferir nos interesses do PCC. Com o fim da Família do Norte, a organização paulista tinha preenchido o vácuo e reinava suprema. Eles não cediam a nenhum concorrente, nem àqueles com pistolões políticos ou contatos estrangeiros. A bancada do boi não mexia com os paulistas, nem os recém-chegados do Rio ou de qualquer outro canto.

"Chega!", ele se ouviu dizendo ao pistoleiro. "Você paga a conta. Nos vemos nas docas mais tarde. Você faz sua parte hoje à noite e eu faço a minha."

Despedindo-se com essas palavras, o homem corpulento empurrou a cadeira, assentiu para o cúmplice e foi embora. No porto, urubus e garças disputavam o jantar. Ele esfregou a barriga, satisfeito com o delicioso *cappelletti* à romanesca. Talvez o entrevero dos pássaros prenunciasse os acontecimentos da noite. Ele deu de ombros.

Em poucas horas, todo mundo na cidade e no Brasil saberia que ele era o cara.

CAPÍTULO 29

Porto de Belém
Sábado, fim de tarde, 28 de agosto

Luis não suportava atrasos. Seu operador do Rio informou que os dois contêineres continuavam no armazém, temporariamente retidos pelas autoridades. Um policial civil e um fiscal aduaneiro chegaram lá, exigindo rever o conhecimento de carga e o certificado de origem. O capitão italiano estava furioso; queria zarpar ao sol poente para não pagar outra diária portuária.

Ao receber essa notícia, o sexto sentido do colombiano despertou. Por que a polícia e a alfândega apareceram de repente querendo rever a papelada? Não cheirava bem. Depois do que aconteceu em Marabá e do estalo esquisito naquela árvore da fazenda, alguém devia estar vazando dados para os inimigos. Ou então ele estava sendo vigiado. Ou ambos.

Luis mandou mensagem para seu comparsa na aduana, querendo saber qual era o rolo. Sem resposta.

Às cinco da tarde, ele chegou ao cais. Pelo celular, Cuiabá mandou a escolta abrir a porta de correr em sua contagem. Desviando de um aglomerado de aves marinhas sobre os peixes caídos de uma carroça, a Land Rover passou pela entrada de trás.

Depois de fechar a porta automática, o motorista deu a volta e posicionou o SUV de frente para a saída.

Luis sentiu a apreensão dos guarda-costas. Fazia uma hora que Braga tinha saído para conferenciar com o capitão do *MSC Alexandra*, a polícia civil e o fiscal aduaneiro no cais. Luis andava de um lado para outro, ouvindo os pássaros se altercando lá fora e o tique-taque do Rolex; o ponteiro do minuto passou das seis horas. O sol se punha às 18h17, hora local. Se até lá ele continuasse no escuro, abortaria a operação.

Por fim, digitou para o sócio problemático: "*¿Qué pasa?*"

A resposta foi, simplesmente: "Mais grana. Retornando para consultar".

Depois de entregar dez mil dólares ao seu fiscal aduaneiro ontem e sem receber resposta, o pedido não fazia sentido. Luis verificou o celular novamente. Nada.

"Cuiabá, entre no carro e ligue o motor. Braga está voltando, mas tem algo errado. Fique com o dedo no controle da porta e próximo ao gatilho. Talvez a gente tenha que sair em disparada. Escolta, se preparem para agir."

Passados cinco minutos, uma batida forte soou na porta lateral. O segurança espiou pelo olho mágico e disse que era Braga com outro tipo, que parecia policial.

Luis foi até a porta e gritou para o operador: "Quem está aí com você?".

"Ele é da polícia civil de Belém e quer falar com o senhor. Por favor, abra a porta."

Com a Glock na mão, Luis sinalizou para o segurança, que abriu uma fresta da porta.

"Cavalheiros, queiram vir para fora, polícia civil", rugiu o homem.

"Por que não entram?", gritou o colombiano, torcendo o nariz.

"Precisamos verificar sua identidade. É melhor à luz do dia. Seu nome aparece no conhecimento de carga como transportador. Saia imediatamente."

Quando Luis deu uma espiada pela fresta da porta, as aves estavam de volta, bicando outros peixes. Ouviu-se um tiro e os grasnidos em alto volume. O colombiano sentiu algo raspar sua têmpora direita e se afastou depressa. Sangue começou a pingar na *guayabera*.

"Tranque a porta. Abram a saída da garagem", ele comandou, encaminhando-se para o Rover.

Mais tiros martelaram a porta lateral e um dos seguranças tropeçou e caiu, sem conseguir fechar a porta. O outro correu para o SUV, com o motor ligado, saltando no assento dianteiro. Luis entrou cambaleante pela porta aberta de trás enquanto outro tiro ricocheteava a lateral do veículo. O portão automático deslizou lentamente e o policial à paisana esvaziou sua semiautomática no carro. Como um corcel assustado, o Rover disparou do armazém, arranhando a lateral direita e sendo atingido por mais balas.

Um VW da polícia civil com o giroflex vermelho ligado bloqueou o topo da rampa. Cuiabá fez uma curva fechada, acelerando para o norte. Outro tiro rachou o vidro de trás e as aves soltaram gritos tenebrosos.

O sangramento de Luis piorou, provocando tonteira. Recostado no banco, ele decidiu rezar afinal. Seu sexto sentido o alertara, mas sem conseguir protegê-lo do perigo. Lutando pela vida, agora ele dependia de outros. Antes de desmaiar, pensou em Tatiana, em seu filho e no que poderia ter sido.

***

Juntamente com grande parte de Belém, Lúcio, Luke e Tatiana assistiram ao tiroteio pela TV; um marinheiro do navio italiano capturara a cena com seu *smartphone*. Eles viram a discussão no cais entre o capitão, um policial civil uniformizado e dois homens mal-encarados. A próxima tomada mostrava os dois homens mais velhos discutindo do lado de fora de um armazém, um deles batendo na porta e gritando "polícia civil". Quando uma fresta da porta se abriu, houve um disparo seguido de outro. Gritando, os pássaros saíram em revoada. Apareceu um corpo caído na entrada e o homem à paisana entrar correndo. Do lado de fora, o outro se agachou, cobrindo a cabeça. A última tomada mostrava um Land Rover saindo do armazém a toda velocidade em direção contrária a do navio. Seguindo para o norte ao longo do cais, o vidro traseiro do SUV foi baleado e rachou, mas sem quebrar.

"Conheço aquele investigador", afirmou Lúcio. "É a maçã podre da polícia civil e o suposto coordenador do grupo que matou o primo de Tatiana. Está nas mãos da bancada do boi e do PCC". Relutante, continuou, "Ele e seus capangas têm me seguido também. É por isso que estamos escondidos aqui na universidade. Vamos torcer para que não descubram nossa cafua. Mesmo assim, é melhor ir embora amanhã cedo. Não é seguro ficar na minha cidade em pé de guerra com esse tira".

Tatiana exclamou: "E eu conheço o homem que está com o cara à paisana! Referem-se a ele como 'o operador' de um importante senador em Brasília. Viajou comigo no avião de Luis e ouvi ele cochichar sobre um trato em Marabá. Talvez tenham transferido o tal negócio para a capital. Vamos ouvir o resto da reportagem".

O investigador desmazelado contava ao repórter que recebera informação sobre um carregamento ilegal de madeira no porto de Belém. "Esta é uma grande vitória contra o crime organizado, especialmente tendo conexão estrangeira. Tudo indica que um cartel colombiano estava por trás dessa transação. Fizemos o possível para detê-los. Infelizmente, dois escaparam. Mas estamos no encalço deles; serão encontrados onde quer que estejam escondidos. Vamos desentocar esses ladrões da floresta."

"Que cretino", gritou Lúcio para a tela. "Ele é o maior perpetrador de roubo de madeira em todo Pará! Também comanda o assassinato dos inocentes que enfrentam o agronegócio.

"Quando meu amigo Alexandre era diretor da Polícia Federal, o cara estava em sua mira. Os políticos de Brasília tiraram esse policial honesto do cargo por denunciar o corrupto ministro do meio ambiente. Dá pra imaginar uma coisa dessas? O sujeito orquestrou muitas exportações ilegais de madeira, enchendo os bolsos das autoridades que faziam vista grossa. As maças podres embolsaram sua parte. O atual substituto de Alexandre apenas faz cera, com medo dos poderosos de Brasília.

"Esse investigador faz parte daquele ninho de víboras. É perigoso e um mentiroso patológico. Diz qualquer coisa pra aparecer bem na fita. Sua ganância não tem limites. Os poderes constituídos não o contrariam, desde que ele faça o trabalho sujo. Merda, merda, merda!"

Chocados, os três ficaram sentados em total silêncio. Passado um minuto, Luke lembrou: "Uma boa notícia. O padre José, de Cuiabá, vai chegar hoje à noite em Marajó. Está vindo com alguns missionários do CIMI e vai substituir o sacerdote de Soure. Tatiana e eu nos hospedamos na missão salesiana com ele, que se revelou um ótimo anfitrião. Durante nossa viagem ao Pantanal, ele contou que estaria indo para a ilha neste fim de semana. E nos ofereceu hospedagem caso quiséssemos escapar da urbe. Pensei em mandar uma mensagem aceitando o convite. O que vocês acham?"

"Muito oportuno, professor. Vou ligar para um capitão meu amigo e ver se ele pode nos levar. Além de ser comandante de uma balsa, navega os iates dos ricaços rio acima e tem acesso a essas embarcações por uma pequena taxa." Lúcio ligou para o camarada e deixou um recado urgente.

"Conhecendo bem aquele tira, sei que ele vai lançar todos seus cães atrás de nós e dos fugitivos. Não é seguro andar por aí. Vamos deixar as cortinas fechadas e baixar a voz. Hoje à noite precisamos ficar invisíveis. Tomara que meu camarada retorne a ligação até amanhã. Seria bom partirmos ao raiar do sol."

Os três arrumaram seus futons para outra noite no escritório de Lúcio. Cada um passou algum tempo no banheiro olhando pela janelinha para a fileira de luzes ao longo do rio. Um cenário tão pacífico e irônico. Depois, Lúcio trancou a porta, colocou uma cadeira embaixo da maçaneta e apagou as luzes. Enquanto eles se ajeitavam em busca de uma posição confortável no chão, passos soaram no corredor. Todos prenderam a respiração. Quando as passadas foram diminuindo, suspiraram aliviados.

Luke precisava dormir para estar a postos no domingo de manhã. Torcia para que essa missão chegasse ao fim sem nenhum dano. Quando finalmente ferrou no sono, a ameaça da bancada do boi e a melodia melancólica de *Matita Perê* tomaram conta de seu inconsciente.

Em conjunto, sequestraram seus sonhos e não deram trégua.

CAPÍTULO 30

De Belém a Soure, Ilha de Marajó
Manhã de domingo, 29 de agosto

Com o colombiano inconsciente, o desempenho de Cuiabá foi além do que lhe cabia. Mandou o comparsa para o banco de trás para estancar o sangue na cabeça de Luis com uma toalha limpa. Em seguida, ligou para a funcionária colombiana, pedindo que chamasse um médico de confiança e seguiu suas instruções para chegar a uma residência discreta fora da cidade. O médico e a enfermeira aguardavam na frente quando eles chegaram. Cuiabá conduziu o SUV para dentro da garagem aberta e fechou a porta.

O primo de Luis já havia requisitado os serviços desse casal de inteira confiança. Ambos, o médico brasileiro e sua mulher cubana, estavam na folha de pagamento do cartel há anos. Luis foi levado a uma mesa de operações, onde lavaram a têmpora atingida, fizeram a sutura e enfaixaram sua cabeça. Em seguida lhe injetaram antibióticos. Uma hora depois, ele se encontrava estável e repousava.

"Muchas gracias", murmurou.

Cuiabá comunicou-se com Rosa, solicitando outro SUV. Ela o instruiu a tirar a placa e o NIV do Land Rover antes de sua chegada. Seu plano era trocar os veículos e levar o arranhado para um local bem conhecido por ladrões. Em uma hora, a colombiana chegou com um Volvo XC40 e a pasta emergencial de Luis, que incluía notas de cem dólares. Deu um beijo na testa enfaixada do patrão, sorriu para Cuiabá e se foi com o Rover danificado. Dirigindo por ruas secundárias, a governanta astutamente estacionou num terreno de carros abandonados. Depois, mesmo tendo uma pistola na bolsa, foi andando descontraidamente até o apartamento cafua.

Tudo saiu de acordo com o planejado, apesar dos carros da polícia civil correndo para cá e para lá com luzes piscando e sirenes ligadas.

Antes de adormecer, Luis ligou para o filho e perguntou se ele tinha visto o noticiário da noite. Junior respondeu que sim e perguntou se ele estava bem e seguro. Luis foi afirmativo, mas solicitou que ele o encontrasse amanhã às oito horas no aeroporto municipal, onde Junior deixara o Cessna Skyhawk. Pediu que apresentasse um plano de voo para Laranjal do Jari, ao norte do Rio Amazonas. O filho concordou e lhe desejou pronta recuperação.

O dia amanheceu silencioso, exceto pelos passarinhos cantando no jardim. O sol brincava de esconder com as nuvens e às 6h30 um raio de luz alcançou a casa. A enfermeira cubana fazia café e assava pão de queijo, que exalavam um aroma apetitoso. Todos acordaram bem, comeram sem muita conversa e saíram da mesa mais animados.

Apesar das vicissitudes das últimas horas, Luis se sentia grato. "Doutor, dona Miranda, muito obrigado por me atenderem tão bem. Serão sempre lembrados. Mas agora precisamos sair correndo enquanto a polícia dorme. Entraremos em contato", afirmou Luis, dando um abraço apertado em cada um e um envelope com dinheiro.

"Rapazes, obrigado pelo seu magnífico empenho contra a traição ontem. Vocês também serão devidamente recompensados. Preparados para mais um desafio?"

Soturno, Cuiabá assentiu.

"Vamos, amigos", chamou Luis, entrando no assento traseiro do SUV. Cuiabá deu a partida enquanto o outro guarda-costas verificava a rua vazia. Luis acenou para o casal, que fechou a porta da garagem, sumindo de vista.

Cuiabá deixou o bairro residencial por ruas secundárias e foi para o aeroporto municipal. Houve um momento de apreensão quando um carro da polícia civil os seguiu até a entrada principal. O VW azul e branco estacionou e dois patrulheiros começaram a verificar quem entrava e saía. Passando pelo prédio do terminal, Cuiabá dirigiu para o hangar, onde não encontraram viva alma. Eram 7h55 e somente os urubus onipresentes circulavam acima.

Às 8h10, um homem solitário com uma sacola de viagem veio andando. Era mais alto que Luis Carlos e tinha longos cabelos pretos. Usava óculos escuros como seu pai.

"Junior", gritou o colombiano, saindo do SUV com algum esforço.

O filho correu até ele e o abraçou, ajudando-o a manter-se ereto. "*Papá*, que bom te ver de pé, mesmo com a cabeça enfaixada", disse ele tentando fazer pouco caso do ferimento. "Desculpe o atraso, mas o motorista do uber foi parado pela polícia. Vou verificar o painel de instrumentos do avião e estaremos prontos para decolar. Ontem à noite, registrei o plano de voo até o Jari, como instruído. *Vámonos*."

Abrindo a porta do hangar, eles colocaram a bagagem dentro do Cessna.

O outro segurança conversava com Luis, que explicou: "Jorge, você não irá conosco. Vai devolver o carro para Rosa. Ligarei para ela agora e vocês se encontram no Boulevard Shopping Center. Use este celular descartável para se comunicar com ela. Rosa estará com a sua remuneração mais um bônus e vai arranjar seu retorno para Marabá, está bem?".

O segurança concordou e pegou o celular. Enquanto Junior verificava o painel, Luis ligou para a leal funcionária colombiana e deixou tudo combinado. Cuiabá entregou as chaves do SUV para o guarda-costas e lhe deu um tapinha nas costas: "Fique alerta, Jorge".

Luis embarcou no Cessna 172 e sentou no banco do copiloto, observando o filho nos últimos preparativos. Cuiabá se espremeu no banco de trás. O Skyhawk ganhou vida e saiu lentamente. O segurança trancou a porta do hangar para em seguida entrar no Volvo XC40. A torre de controle autorizou a partida para o voo nominal ao Jari.

Acompanhado de uma brisa instável, o avião acelerou pela pista. O trem de pouso oscilou brevemente, mas eles logo decolaram sobre Belém, rumando para noroeste. Junior inclinou a asa para a rodovia do aeroporto e viu o Volvo abaixo indo na direção oposta.

O monomotor passou sobre a Baía de Marajó e logo mudou para estibordo. Seu novo rumo era o Norte, afastando-se do Jari em direção à foz do Amazonas.

***

A luz se infiltrou pela persiana, pousando no rosto de Luke. Após uma noite mal dormida, seu coração batia inquieto. Seus dois acompanhantes ainda descansavam quando ele ouviu um celular tocar. O som vinha da mesa ao lado do repórter e Luke se levantou para atender. "Alô? Sim, Lúcio está aqui. A quem devo anunciar?... Capitão Pedro, ok, um momento."

Ao ouvir o nome do capitão, os olhos do repórter se abriram. Ele despertou de vez e Luke lhe entregou o telefone.

"Bom dia, Pedro. Sim, acordando agora, mas obrigado por retornar minha ligação. Estamos meio encrencados aqui. Você deve ter visto na TV as cenas do tiroteio no cais. Aquele mesmo tira corrupto que está atrás dos contrabandistas, está atrás de mim também. Estamos refugiados na universidade, mas precisamos sair daqui, pois é provável que eles deem as caras. Temos um convite para ir a Soure, na Ilha de Marajó, mas precisamos de uma carona. Daria para você nos levar até lá ainda hoje de manhã? O professor americano e eu vamos pagar pelo combustível e aluguel do barco, é claro. Uma das alunas dele também está aqui, se esquivando da bancada do boi. Nós realmente precisamos sumir... Sei, precisa pedir permissão para o dono do barco... Ótimo. Seja como for, não deixe de me avisar. Obrigado, amigo."

Tatiana estava acordada e acompanhou a conversa. Esfregando os olhos, confessou que Luis Carlos era seu namorado secreto.

"Já estamos sabendo", disse Luke. "Mais tarde você me conta os detalhes. Temos que nos aprontar para partir imediatamente."

Ela assentiu e foi para o banheiro se preparar para o dia à frente.

Luke enrolou os futons e colocou na sacola de viagem, algumas roupas, anotações, passaporte, os dólares restantes e os reais. Deixou a mala no canto. Em fuga é melhor viajar leve.

Lúcio olhou pela janela em direção ao rio Guama. Nenhum barco da polícia à vista; apenas urubus e garças brancas batalhando pela refeição matinal.

Assim que Tatiana saiu do banheiro, o celular tocou. Era o capitão amigo de Lúcio, que falou simplesmente "Tudo bem" e desligou. Em seguida, informou a Luke e Tatiana: "Pedro vem nos pegar às oito, em meia hora, no cais aqui perto da universidade. É uma caminhada de dez minutos, mas vamos terminar de arrumar nossas coisas. Vou fazer um nespresso pra gente dar uma animada".

Luke foi o último a sair do banheiro para um rápido cafezinho. Lúcio deu dois bonés aos visitantes e pôs seu Panamá e os óculos escuros. Não havia ninguém no corredor às 7h45.

Então eles desceram rapidamente os cinco andares até o térreo e olharam lá fora. Uma policial da universidade passava pela estrada principal, então eles aguardaram até a barra ficar limpa. Apressados, foram para o calçadão do rio, onde passaram por corredores matutinos.

Ao se aproximarem do cais, um barco-patrulha do porto passava próximo à orla, subindo o rio. Lúcio e Luke se esconderam num palmeiral. Tatiana podia ficar à vista, pois nenhuma mulher fora mencionada na reportagem da TV. Quando a patrulha fez a curva do rio, eles andaram rapidamente até o atracadouro. Poucos minutos após as 8h, o amigo de Lúcio chegou numa lancha cabinada de dez metros, carente de pintura.

O capitão Pedro jogou uma corda para Luke, que a amarrou firme. Lúcio e Tatiana embarcaram. A lancha tinha um motor Yamaha 200 de quatro cilindros, capaz de navegar confortavelmente a 40 km por hora. Depois de desatar a corda, Luke embarcou e sentou-se na popa ao lado de Tatiana. Lúcio ficou com o capitão na cabine coberta e o pôs a par dos últimos acontecimentos. Pedro seguiu pela linha costeira da cidade rumo ao norte e passou pelo cais onde ocorrera o tiroteio. Eles passaram por outro barco-patrulha, cujos marinheiros olharam com cobiça para Tatiana ao sol.

Virando para o porto antes da Ilha Mosquito, o capitão entrou na Baía aberta de Marajó, a 120 km do Oceano Atlântico. O vento aumentou, agitando a água que formou ondas de dois metros, fazendo o barco subir e na volta bater forte.

Luke e Tatiana tiveram que se segurar e foram atingidos por jatos de água. Olhando para trás, ela indagou: "Aquela patrulha está nos seguindo? Parece estar vindo a toda velocidade".

Lúcio pegou os binóculos, tentando se firmar no convés balouçante. "De fato, está. O barco cinza é mais veloz que o nosso. O que podemos fazer?"

O capitão verificou o antigo radar e percebeu a embarcação se aproximando. Alinhando o barco em direção à costa de Marajó, lutou contra as ondas crescentes e acelerou para 50 km/h. A lancha sacudia e batia nas vagas, algumas chegando a três metros. A água entrava no barco e agora Luke e Tatiana estavam encharcados. Seguravam-se no balaústre para garantir a própria vida.

Após uma hora de perseguição, a distância entre as duas embarcações ficou em 200 metros. O capitão aproximou-se da orla em busca de águas mais calmas. Contudo, a patrulha apareceu atrás a um campo de futebol de distância. Ao desviar para a costa, Pedro viu de repente uma série de toras subindo e descendo na superfície. Deu uma brusca guinada em direção ao porto para desviar de uma árvore caída e depois para a direita, ziguezagueando pela pista de obstáculos. Outro galho enorme apareceu à frente, forçando o capitão a uma manobra radical com o leme para a esquerda.

"Massaranduba", foi a última palavra que Luke e Tatiana ouviram antes de voar para fora do barco e mergulhar na baía. Luke veio à tona e mal conseguiu evitar outra tora em seu caminho. Olhando para cima, viu a lancha diminuir a marcha, encaixada entre as árvores flutuantes.

Uma voz gritou: "Não sei nadar!". A vinte metros dali, Tatiana se debatia entre as ondas.

Luke deu rápidas braçadas de peito, sem perdê-la de vista.

"Socorro", ela gritou, tentando se segurar num galho.

A cinco metros de sua estimada aluna, Luke submergiu nas águas. Puxando o fôlego, mergulhou em direção à sua última posição. Por sorte, o sol brilhava, iluminando as formas mutantes abaixo. Ele mirou no contorno de um corpo feminino, desesperado para salvá-la. Contudo, ela parou de movimentar os braços e continuou descendo. Numa investida final, Luke agarrou seus cabelos e a puxou com toda força, dando pernadas vigorosas em direção à luz. Foi expirando o ar contido, na esperança de não desfalecer.

Quando chegaram à superfície, Tatiana mal respirava. Luke arquejava, mas não soltou seus longos cabelos pretos. Ele começou a nadar com um só braço e desviou das toras remanescentes. Vencendo as ondas incessantes, pegou jacaré rumo à praia. Uma dupla de botos cinzentos veio à tona para vê-los, mas logo sumiu. Vinte metros adiante havia uma prainha estreita, então Luke acelerou as pernadas e pegou o próximo vagalhão. Em cinco metros, tocou o fundo e segurou sua aluna desmaiada, puxando-a para terra firme. Na pequena enseada, os botos surgiram de novo, como se estivessem se despedindo.

O professor e a estudante desabaram na areia. Em seguida, Luke se ajoelhou e virou Tati de lado para deixar a água sair. Virou-a de frente e iniciou a RCP em seu peito. Após um minuto, começou a respiração boca a boca, prendendo seu nariz e observou o peito se elevar. Com isso, conseguiu trazê-la de volta à vida. Continuando num ritmo estável, ele viu os olhos de Tatiana tremular. De repente, a aluna esguichou água do rio na cara de Luke, provocando-lhe uma risada. Era a primeira vez que ria naquela manhã.

Quando Tati tentava abrir os olhos novamente, Luke percebeu um homem se aproximando pela praia. Era forte e usava bermudas com uma regata amarela e vermelha. Luke olhou para a baía, buscando a lancha de Pedro, mas o que viu foi o barco-patrulha bater numa barreira de toras e rolar a bombordo.

Tirando tudo mais da cabeça, Luke continuou a RCP em Tatiana.

CAPÍTULO 31

Fazenda São Jerônimo, norte de Soure do Pará
Tarde de domingo, 29 de agosto

Felizmente, o capataz ainda trabalhava na vasta fazenda, que recebia turistas nos fins de semana. Tiago já fizera favores ao seu primo e, lembrando bem de Luis Carlos, reservou-lhe um chalé escondido atrás do espaço reservado aos excursionistas. Dava vista para os manguezais, cujas raízes expostas pareciam tarântulas em busca de presa ao longo da baía.

O sangue frio de Junior salvou o dia. Quando os controladores de tráfego passaram um rádio questionando a mudança de curso, que se afastava do Jari, ele criou estática com o receptor, repetindo: "A linha está cortando". Em seguida desceu de 600 metros para 60, evitando assim os sinais do radar, e continuou rumo à Baía de Marajó. Reteve a aeronave no meio do canal, distanciando-se de um barco-patrulha que navegava para a ilha. A dez quilômetros do aeroporto de Soure, pediu permissão para aterrissar devido a problemas mecânicos; concedida. Desenvolto, Junior pousou o Cessna Skyhawk na pista e logo arrumou uma vaga num hangar com estada de uma semana. Até o estoico Cuiabá se impressionou, "Tal pai, tal filho".

Cuiabá alugou um SUV Volvo bem rodado do gerente do aeroporto, deixando um depósito de mil dólares. Deu o endereço de um hotel local, onde acabara de fazer uma reserva. Tudo certo, eles partiram para o esconderijo na costa norte.

Mais notas de Ben Franklin foram entregues ao capataz da São Jerônimo, que os encaminhou para o chalé reservado. Após a maratona de 24 horas, eles largaram a bagagem no chão e se deitaram para um longo cochilo vespertino.

Luis acordou sentindo-se restaurado, apesar da têmpora latejante. Sentou numa poltrona de vime diante do ar-condicionado e rebobinou mentalmente os últimos acontecimentos. De súbito, lembrou que não tinha ligado para Tatiana, como prometido. Onde ela estaria agora?

Ele mandou uma mensagem, sem obter resposta. Meia hora depois, ligou e ouviu uma voz masculina atender. "Quem é?... Ah, Luis Carlos, tudo bem? Tatiana está descansando, andou passando por maus bocados. Quem fala é Lúcio, o outro professor. Quer que ela retorne sua ligação mais tarde? Pretendemos ir à missa da noite na igreja do centro. ... Estamos hospedados em Soure com o Padre José, que ela conheceu em Cuiabá. ... Certo!"

Luis suspirou aliviado e desligou. Que bom que Tatiana já estava na ilha. Coincidência positiva? Mesmo assim, o vexame de ontem lançou uma sombra sobre este estado, onde ele tinha se dado bem por anos. Mas não em 2021. O mundo e o Brasil tinham virado de cabeça para baixo. Pelo menos, eles escaparam da armadilha. Mas quem teria ordenado o atentado?

***

O pistoleiro caiu fora após o terceiro tiro – um no alvo, que sofreu uma escoriação e dois outros no segurança, que foi abatido. Droga de pássaros que atrapalharam sua mira. Em trinta segundos, seu rifle Heckler & Koch foi desmontado e guardado na mochila. Ele desceu a escada de emergência do outro armazém e foi para o sul, distante da ação, ouvindo os tiros que reverberavam do depósito.

Deliberadamente, ele passou por viaturas policiais rumo ao hotel nº 2, onde se hospedaria para organizar as ideias. No noticiário da noite, viu o tira promovendo sua ação para salvar a floresta. Quase vomitou. Esperava que a organização tivesse controle sobre esse cara que adorava aparecer. Depois de um conhaque duplo e um pacotinho de castanhas, conseguiu dormir. Nenhum rosto fantasmagórico lhe apareceu nos sonhos, um bom augúrio. Ao acordar de manhã, sua autoconfiança estava em ascensão.

Tomando um nespresso, ele cogitou se deveria ligar para o encarregado em São Paulo. Com o resultado desfavorável, melhor não. Depois de uma chuveirada, viu uma mensagem do comparsa daquele investigador, com quem estivera no restaurante. Dizia: "Tenho notícias. Me ligue".

O tira era arrogante como seu chefe, mas não exibido. Retornando a ligação, ele descobriu que o investigador estava atrás do segundo alvo na Baía de Marajó. Ainda mais interessante era que um monomotor com registro colombiano saíra de Belém hoje rumo ao Jari mas tinha pousado em Soure. Um avião aguardava o pistoleiro no aeroporto municipal para levá-lo até a Ilha e sondar a situação.

"Temos o número do celular do alvo principal e vamos rastrear as ligações. Assim, talvez dê pra encontrar seu paradeiro. Mas você precisa inspecionar a área, OK?"

O pistoleiro concordou, pegou a mochila e limpou suas digitais. Saindo pela porta lateral do hotel, andou uma quadra e pegou um táxi até o aeroporto. Ao meio-dia, estava voando.

No aeroporto de Soure, ele foi recebido por um policial gorducho e informado que um monomotor com registro colombiano havia estacionado num hangar próximo. Os tripulantes alugaram um SUV, mas não foram para o hotel reservado na cidade. Alguém relatou o movimento de um veículo semelhante para o norte, rumo às praias, há uma hora. Uma viatura discreta estava ao seu dispor.

O assassino agradeceu e foi para o norte frequentado pelos turistas. Chegando à Praia Maluca, parou num hotel com wi-fi instável. Para se inteirar dos contatos do colombiano, decidiu pesquisar seu passado e ver o que mais surgia.

***

Tatiana estava viva graças ao professor Shannon. Recordava apenas de voar para fora do barco e mergulhar na baía. Tinha uma vaga lembrança da boca do professor respirando na sua, mas supôs que fora um sonho. Aos 23 anos, era hora de aprender a nadar.

Depois ela ficou sabendo que um pescador avisara um salva-vidas do apuro deles. Juntos, socorreram os nadadores desamparados, os levaram para uma clínica médica e depois para a casa paroquial. Padre José os recebeu com um abraço e fez uma oração de graças. Abençoou os bons samaritanos e os convidou para tomar chá mate e comer bolo de mandioca na pequena lanchonete.

Todos devoraram o quitute em minutos. Tatiana e Luke foram lentamente voltando à vida. Amor ao próximo, de fato. Agradeceram os socorristas e foram descansar no quarto do padre.

Despertando do cochilo, Tatiana olhou em volta e ouviu a respiração de Luke deitado num acolchoado. Uma batida na porta a tirou do estado contemplativo.

"Boa tarde, Tatiana. Tudo bem? Você parece bem melhor depois do merecido repouso. Seu amigo colombiano ligou. Está aqui em Marajó também, com o filho e outro acompanhante."

"Obrigada, professor Lúcio. Eu tinha me esquecido do convite para nos refugiarmos na tranquilidade desta ilha. Ele parecia bem?" Lúcio assentiu.

Já acordado, Luke se sentou: "Oi, tudo bem?".

"Sim, tudo bem, e o senhor? O padre me contou sobre o salvamento de Tatiana e que um pescador e um salva-vidas trouxeram vocês. Com certeza, nossa aventura provocou muito mais adrenalina do que pretendíamos. Pedro me deixou num vilarejo perto daqui e zarpou cruzando a baía. Para nossa sorte, o barco-patrulha bateu naquelas toras flutuantes e ficou imobilizado por mais de uma hora. Eu soube que eles também perderam dois passageiros e pediram ajuda por rádio. É melhor ficar na moita aqui na igreja e torcer para o salva-vidas não contar a ninguém o nosso paradeiro.

"Quanto ao seu amigo colombiano, Tatiana, ele parecia bem, apesar das circunstâncias. Acho que está abrigado ao norte da baía", disse Lúcio. Padre José enfiou a cabeça dentro do quarto. "Que bom ver vocês acordados e bem dispostos. Mas é hora de se mexer para não chamar atenção. Um irmão salesiano tem um apartamento próximo ao aeroporto, fora da cidade. Ele estará ausente por uma semana e ofereceu sua moradia. Fica na rua da padaria Três Irmãos, cujos donos são membros desta paróquia. Lá vocês encontram pão fresco, é claro, produtos de confeitaria e pão de queijo. O que acham?" Os três concordaram e pegaram as malas de mão.

Lúcio relatou que ao desembarcar no atracadouro do vilarejo com a bagagem, ele atravessou o rio Paracuari de balsa e dali pegou carona com um caminhoneiro até a cidade, acabando na casa paroquial. Agradecidos, Luke e Tatiana encontraram seus celulares dentro das sacolas.

Agora, o padre os encontrava atrás da igreja com o velho Toyota SUV, onde eles puseram a bagagem e se acomodaram.

Como o ar-condicionado não funcionava, abriram as janelas, deixando entrar uma leve brisa úmida.

Ao chegar, eles sentiram o cheiro de fermento da padaria, que estava para fechar. Luke comprou os últimos pães de queijo e joelho quente para comerem mais tarde. O padre os levou até o apartamento de um quarto ao som da música que saía da unidade de baixo.

"Vejo vocês na missa da noite?", ele perguntou. "Posso buscá--los às 19h, se quiserem".

Lúcio respondeu por todos: "Depois do que passamos hoje, uma oração nos fará bem, padre. Muita gentileza sua. Estaremos prontos".

"Uma última sugestão", disse o pároco. "Se a polícia está atrás de vocês, é melhor não fazer ligações não criptografadas do celular. Devem estar usando instrumentos de rastreio. Se precisarem se comunicar, usem o WhatsApp lá na igreja, onde haverá muito gente. Entendido?"

Luke e Lúcio assentiram, mas a expressão de Tatiana foi imperscrutável.

CAPÍTULO 32

De Soure ao refúgio da Fazenda São Jerônimo
Meio-dia de segunda-feira, 30 de agosto

Lúcio, Luke e Tatiana levantaram-se renovados no apartamento salesiano. A missa da noite anterior tinha sido especial, e até Lúcio se unira no Pai Nosso. Durante a estadia, não detectaram vigilância nem carros patrulha os seguindo.

Na igreja, Tatiana ligou às escondidas para o colombiano e novamente no apartamento pela manhã. Recuperando seu espírito aventureiro, ela estendeu o convite do colombiano a Luke e Lúcio para visitarem seu refúgio perto da praia. Os dois homens se olharam e deram um não de cabeça.

"Minha querida, depois de tudo que passamos, por que brincar com a sorte novamente?", indagou Luke, espantado com a proposta. Depois de ser perseguida pelo barco-patrulha e de mal ter sobrevivido ao afogamento, ele não conseguia entender sua mudança de atitude. Mover-se sorrateiramente pela cidadezinha só aumentava a paranoia coletiva. Nem ele nem Lúcio fizeram ligações. Luke precisava se comunicar com a Universidade de Seattle, mas achou melhor esperar até saírem do Brasil.

Tatiana pressionou: "Ele gostaria de conhecê-los e fez uma oferta especial para cada um. Por favor, reconsiderem.

"Professor Lúcio, ele lhe propõe uma reportagem exclusiva sobre a corrupção na polícia civil de Belém e na alfândega. Agindo em conjunto, eles possibilitam a exportação de madeira ilegal e incentivam a invasão de terras indígenas. Alguns estão envolvidos no assassinato do meu primo, Paulino Guajajara. Essa reportagem poderia causar grande impacto em sua cidade natal e no Brasil inteiro".

"Professor Shannon, o filho dele acabou de tirar um MBA pela La Javeriana de Bogotá, uma respeitada universidade jesuíta. Ele conhece o reitor, que se interessa em estreitar laços com instituições como a Universidade de Seattle. Junior poderia fazer a ponte entre o senhor e o reitor. Nesse caso, o senhor teria uma proposta positiva para nosso reitor da Faculdade de Administração e Economia. Que tal?".

Os dois professores se entreolharam, abanando a cabeça, mas abrindo sorrisos. Luke respondeu pelos dois: "Você sabe ser convincente, Tatiana. Luis está num lugar seguro? Como você sabe, a polícia ainda está atrás dele e de Lúcio. Não queremos encerrar nossa missão sendo pegos num fogo cruzado. Meu objetivo é ficarmos sãos e salvos, de modo a viver mais um dia para lutar por justiça. Mas de fato, o reitor gostaria de estreitar laços com aquela universidade".

"Eles estão numa propriedade privada atrás da fazenda São Jerônimo, meia hora ao norte daqui. Ele também conta com um segurança muito leal que eu conheci em Cuiabá. Talvez o padre possa nos emprestar o carro para ir até lá, só por uma hora", ela os seduzia, passando a mão pelos lindos cabelos.

O professor e o jornalista não conseguiram resistir à súplica da moça. Relutantes, concordaram. Lúcio admitiu: "Você é uma vendedora e tanto, Tatiana. Vamos torcer para não cair numa emboscada, minha querida".

Ela reagiu com um sorriso.

Luke ligou para o Padre José, que se ofereceu para levá-los naquele instante, contando que estivessem de volta até as 18h. Luke perguntou a Tatiana e Lúcio: "Tudo bem?". Sua aluna gritou "Sim" e o repórter assentiu. Eles se aprontaram e saíram do edifício, onde legiões de urubus planavam acima.

Seguindo o aroma tentador, Luke comprou mais pão de queijo quente para os anfitriões. O padre chegou no Toyota plangente e abriu a porta com um rangido. Com todos a bordo, ele induziu o SUV adiante, que partiu soltando fumaça. Virou na travessa Trinta e Quatro e passou por dois bares, que já recebiam fregueses para uma cachaça vespertina. No caminho, Padre José apontou para o retiro São Jorge, que também recebia turistas. "Não estamos longe do enclave do outro santo."

Em dez minutos, o condutor virou numa estrada de cascalho e passou por vários coqueiros e duas grandes paineiras que garantiam sombra na tarde ensolarada. Sem ninguém à vista, ele avançou aos solavancos até um portão de ferro forjado, sobre o qual havia um letreiro, *Fazenda São Jerônimo*. Saindo do Toyota, Luke o abriu e notou flâmulas vermelho e branco balançando com a brisa. Junto ao poste de madeira à esquerda jaziam os restos de um sacrifício animal, estraçalhado por urubus e roedores. Um copo de cachaça ainda brilhava sob o sol.

Abanando a cabeça, o padre explicou: "Parece que os macumbeiros também frequentam este lugar. Como vocês devem saber, São Jerônimo é a contrapartida católica de Xangô, o deus da guerra. É conhecido pela ira e vingança. Isto não é um bom sinal".

Ele fez o sinal da cruz, assim como Luke, e o lábio de Tatiana começou a tremer. Olhando estoicamente para frente, Lúcio disse: "Vamos acabar logo com isso".

Eles seguiram por uma estrada de terra, passaram por uma roda de madeira encostada numa grande massaranduba e uma escada de mão que levava a uma casa de árvore oculta em seus galhos. Vasos de plantas se espalhavam embaixo e meia dúzia de barracos se enfileiravam a distância. À direita, uma casa maior ficava de sentinela numa elevação. Quando o padre gritou. "Tem alguém em casa?", a única resposta foi o grito das gralhas. Mais adiante, na estrada estreita, eles cruzaram uma ponte de madeira sobre um manguezal, que se estendia por uma mata densa em direção à baía. Outra ponte de pedestres passava por cima da areia fumegante até um palmeiral.

"Tatiana, acho melhor ligar para seu amigo, pois não sei aonde ir". Com as janelas abertas, eles combatiam os mosquitos, muitos atraídos pela pele do gringo. Ela ligou e então disse: "Fica a 50 metros à direita".

Na encruzilhada, eles viraram num conjunto de castanheiras. Não havia som algum, além do queixume do velho Toyota. Então, um rapaz apareceu detrás das árvores, descendo as escadas de um chalé sob um teto de sapê. "Tatiana?"

Antes que o SUV parasse completamente, ela saltou. "Luis Carlos Junior?". Era uma versão mais jovem de seu namorado, com as mesmas feições mediterrâneas, olhos escuros e cabelos pretos ondulados. Ele tinha um sorriso espontâneo, ao contrário do pai, e usava uma *guayabera* bege.

"A seu serviço. Foi difícil encontrar o caminho? O capataz achou que seria mais seguro ficarmos aqui, afastados dos turistas. É um prazer conhecê-la", disse ele, dando-lhe um beijo e um longo abraço.

"O prazer é meu. E parabéns pelo MBA. Deixa eu te apresentar ao padre José, professor Luke Shannon, da Universidade de Seattle, e professor e jornalista Lúcio Flávio, de Belém". Todos os três apertaram a mão de Junior e lhe deram um leve abraço.

Um homem forte apareceu na porta de tela, usando um coldre de ombro. "Amigos, este é o mordomo do meu pai, que atende por Cuiabá. Vamos para dentro, onde o ar está ligado e caipirinhas nos esperam."

Eles seguiram Junior escada acima e cumprimentaram o guarda-costas, que deu uma examinada nos visitantes. Luis Carlos estava de pé na sala e seus olhos brilharam ao ver Tatiana atravessando o piso de parquê para os seus braços. Eles ficaram abraçados por um minuto, sem qualquer constrangimento pela demonstração de afeto. Cuiabá fechou as portas e conduziu os homens à sala de jantar, onde os drinques aguardavam. Luke entregou o pão de queijo morno para acompanhar.

Sentados em volta da mesa de jacarandá, ficaram ouvindo o filho do colombiano contar sua história. Luke sondou seus interesses e descobriu que Junior, como Tatiana, era um ambientalista dedicado, que trabalhava para salvar as florestas e os povos indígenas de seu país. Era ligado a *The Nature Conservancy* e a uma ONG alemã.

Meia hora depois, seu pai e Tatiana juntaram-se a eles para tomar as caipirinhas.

Olhando para o relógio, que marcava 15h25, Lúcio perguntou a Luis Carlos: "Posso ligar meu celular para gravar nossa conversa? Minha memória anda falhando ultimamente. Aprecio sua boa vontade de denunciar os policiais corruptos que tentaram matá-lo e a mim. Como precisamos retornar à igreja em breve, você se importaria de termos uma conversa particular?".

"Por favor, venha comigo, Lúcio, e parabéns por seu zelo. Já li suas colunas e postagens. Respeito suas reportagens honestas. Coisa nada fácil aqui no Norte", respondeu Luis. Ele o conduziu até duas poltronas no canto da sala. Cuiabá os seguiu e fechou a porta da sala de jantar.

Luke, Tatiana e o padre bombardearam o filho com perguntas de todo tipo, inclusive como melhor combater os invasores das florestas. Tocaram também em assuntos filosóficos, como o propósito da vida. Luke observou sua aluna assentindo, fascinada pelas palavras idealistas de Junior. O rapaz faria 29 anos e afirmou que queria fazer a diferença para o bem.

Prometeu também apresentar Luke ao reitor da La Javeriana, que estava interessado em intercâmbios estudantis com universidades jesuítas americanas. Luke agradeceu e eles trocaram cartões de visitas. A porta se abriu e Cuiabá acenou para eles entrarem na sala. Luke viu o sol cair no oeste, filtrado por uma distante paineira.

Lúcio agradeceu o colombiano pela entrevista, devidamente gravada em seu *smartphone*, e lhe deu um abraço caloroso.

"Vou acompanhá-los até o carro. Por favor, só publique isso depois que eu for embora, OK?", pediu Luis.

"Sem dúvida", concordou Lúcio e se reuniu ao grupo descendo os degraus da varanda. Luke notou que não havia pássaros gorjeando, apesar da proximidade do pôr do sol. Luis Carlos abraçou Tatiana e disse: "Fique em contato com meu filho. Vocês são almas gêmeas".

Essas foram suas últimas palavras nesta terra.

Um tiro disparou, seguido de outro, da paineira a quarenta metros dali. Todos se deitaram no chão, exceto Cuiabá que disparou sua Glock em direção à árvore. Caiu um silêncio sepulcral, com fumaça subindo do manguezal.

Uma brisa de fim de tarde farfalhou entre as árvores, acompanhada pelo coaxar distante de um sapo. Então, um lamento profundo eclodiu de Tatiana e Junior, tornando-se um pranto crescente. Segurando o colombiano caído nos braços, eles o batizaram com lágrimas. Suas vozes se elevaram para as palmeiras e os céus.

Somente o sabiá-laranjeira respondeu com um canto lamentoso.

EPÍLOGO

Monte Dourado, Rio Jari
Manhã de terça-feira, 7 de setembro, 2021

A bandeira brasileira tremulava ao vento, suas cores verde, amarelo e azul refletindo o cenário tropical. A floresta verdejante, que Luke havia adentrado quarenta anos atrás, parecia mais próxima e mais densa agora. O dourado refletia na cabine onde Lúcio conversava com seu amigo, que capitaneava o barco rumo a Belém. Em plena estação da seca o céu azulão sugeria outro dia de calor.

De pé na praia, Luke acenou.

O Dia da Independência seria logo celebrado pela comunidade do lado oeste do rio. Aquela já não era uma vila americana na selva, onde seu dono original aspirava criar a capital mundial da celulose. Hoje, Luke seria o único estrangeiro ali, ao contrário das centenas que encontrara em 1981. Ainda bem, ele pensou. O vilarejo parecia mais relaxado, embora resiliente, enquanto o desfile popular transitava pela praça.

Ele foi andando até uma grande paineira numa colina de onde se via o rio. Sentado sob os galhos grossos, deu-se conta de que o assassino tinha usado uma dessas há apenas uma semana. Aquele dia passara de tranquilo a trágico num instante. Era hora de Luke refletir sobre as consequências adiante.

***

Abençoado seja o padre por cobrir o rosto de Luis Carlos, estraçalhado pelo projétil de alta velocidade, e por administrar os últimos ritos. Abençoado seja Lúcio por consolar Tatiana em meio a um rio de lágrimas e ele próprio por abraçar o trêmulo Junior, órfão tão jovem.

Abençoado seja Cuiabá, o inabalável Cuiabá, que foi atrás do assassino em meio ao tiroteio e a uma queimada, somente para avistá-lo fugindo pelo manguezal num pequeno barco. Raciocinando rapidamente, ele conectou uma mangueira à bomba d'água do chalé, extinguindo assim o fogo iniciado pelo atirador para encobrir o próprio rastro.

O combate às chamas foi terapêutico para todos, afastando por um momento o evento trágico de suas mentes. Em seguida, sentaram-se na varanda para discutir o que fariam antes que a notícia se espalhasse. Junior compartilhou o último desejo do pai, especificando que queria ser cremado, com a maior parte de suas cinzas enterrada na fazenda em Antioquia, onde ele montava a cavalo quando garoto. O resto seria espalhado no Rio Jari, onde ele alçara voo quando rapaz. Luke recordou seu encontro do outro lado desse rio quarenta anos atrás.

Foi a vez do Padre José entrar em ação. Ele ligou para seu colega sacerdote e conseguiu o número do médico legista e dono do crematório. Falando com o proprietário, convenceu-o a fornecer esse serviço sem a autorização judicial, de acordo com o desejo do falecido. Mesmo relutante, o homem concordou e aguardaria a chegada deles.

Enrolaram o corpo num lençol e o colocaram em diagonal no banco de trás do SUV com o encosto baixado. Cuiabá e Junior guardaram seus pertences nas malas de mão, que foram para o

Toyota da igreja. Luke levaria Lúcio, Tatiana, Junior e a bagagem para o apartamento e aguardaria notícias. Padre José e Cuiabá levariam Luis ao crematório de Soure para sua jornada final.

Antes de partir, todos se ajoelharam e rezaram o Pai Nosso. Ao final, levantaram, abraçaram uns aos outros e deram uma última olhada para o chalé. Ao embarcarem nos veículos, o sol lançou seu carmim mágico sobre eles antes de sumir na floresta escura.

Na noite daquele final de agosto, eles chegaram ao modesto aeroporto de Soure depois do encerramento das operações. Rodando pela pista, foram ao hangar e abriram sua porta deslizante. Tendo abastecido o Cessna Skyhawk na chegada, Junior verificou o painel de instrumentos e levantou o polegar. Luke, Lúcio, Tatiana e as cinzas de Luis Carlos embarcariam no avião com Junior até o Jari. O padre e Cuiabá ficariam em Soure. Despediram-se com abraços apertados.

A lua minguante emitia pouca luz ao asfalto escuro. O jovem colombiano ligou o monomotor, embandeirou a hélice e moveu-o lentamente para a pista. Ele estava cometendo o erro supremo, viajando à noite sem um plano de voo nem permissão da torre de controle. Mas seu pai fizera isso em diversas ocasiões. A pista era bastante longa para jatos e não havia morros altos nas proximidades. Afinal, o que mais ele poderia fazer sem dar o alarme para as autoridades e a polícia?

Mais cedo, Luke entrara em contato com Sérgio, a quem havia encontrado no almoço do advogado em São Paulo. O atual presidente do projeto Jari estava trabalhando em Monte Dourado justo nesta semana e o convidou a fazer uma visita. Luke concordou imediatamente. Melhor de tudo, Sérgio lhe deu as coordenadas do aeroporto municipal e disse que um controlador estaria na torre até meia-noite. Luke passou os dados para Junior, que os inseriu no sistema de navegação Garmin G 1000.

O motor do Cessna acelerou até decolar e passar pela torre apagada rumando oeste sobre a imensa ilha fluvial.

O guia aéreo descrevia o voo sobre Marajó durante a estação seca como "monótono", com pouca turbulência ou tempestades tropicais. Abaixo, pouquíssimas luzes. Lúcio e Tatiana adormeceram nos bancos de trás. Luke estava na frente e lembrou-se de voar com seu pai anos atrás. O avião estava a 500 metros de altitude e a pressão do motor no verde. Depois de tudo, uma viagem tranquila até Monte Dourado caía bem. Uma hora e vinte minutos após a decolagem, Junior contatou o aeroporto municipal.

Faltando quinze para a meia-noite, eles avistaram a pista iluminada a nordeste. Com um vento constante de 10 km/h, aterrissaram e dirigiram-se para a torre, onde um homem baixo e magro os cumprimentou.

"Bem-vindos a Monte Dourado!", exclamou. "Vim no carro do seu Sérgio para buscá-los e levar para uma pousada deste lado do rio. Pode deixar seu Cessna aqui hoje à noite. É só calçar as rodas."

Sonolentos, eles agradeceram. O guia os levou para a vila silenciosa ao longo do Jari, que há quarenta anos fora o assunto mundial.

Na manhã seguinte, eles se encontraram à mesa do desjejum, com café, pão de queijo, açaí fresco e suco de caju.

Sérgio apareceu para saudá-los e compartilhar sua filosofia. "Nossa abordagem já não é de cima pra baixo como no passado. Agora, incluímos operários, famílias e ONGs nas tomadas de decisão. Como comunidade, a gente deu uma virada. Monte Dourado é um exemplo do que o Brasil poderia ser se todos trabalhassem em conjunto."

Os visitantes aplaudiram Sérgio, enchendo-o de perguntas. Depois, ele lhes ofereceu uma excursão pelas instalações da empresa. Lúcio aceitou o convite, mas Luke pediu para ir mais tarde, pois queria acompanhar Junior e Tatiana na cerimônia de lançamento das cinzas de Luis Carlos no Rio Jari. Combinaram de almoçar com Sérgio no refeitório e deram um abraço de despedida.

Lá fora, um homem moreno aguardava perto do SUV e olhou atentamente para o professor americano. "A gente não se encontrou anos atrás quando meu pai o trouxe de barco pra Monte Dourado? O senhor trabalhava num banco na época. Eu soube pelo seu Sérgio que um americano estaria aqui. Eu sou o Beto, lembra de mim?"

Luke olhou duas vezes para ele e então caiu a ficha: "Beto, que bom te ver! Sim, lembro daquela viagem de barco que fizemos juntos. Tudo bem com você? E a família?". Deu-lhe um abraço apertado, animado por aquele encontro fortuito.

"Sim, graças a Deus. Tenho uma família de quatro e o Betinho deve chegar a qualquer momento. Devido ao seu Sérgio e sua equipe, nossos empregos melhoraram e a saúde também. Depois que o projeto de Ludwig se desfez, passamos vinte anos de dificuldades. Agora nossos filhos ficam aqui, já não vão pra cidade grande. Tem trabalho na vila e na fábrica de celulose lá embaixo. Muitas famílias estão plantando mandioca e hortaliças em seus terrenos ou colhendo caju e açaí na floresta. Monte Dourado mudou muito desde sua primeira visita."

Trocando outro abraço, eles prometeram se encontrar em breve. Beto abriu a porta do carro para Sérgio e Lúcio, acenou para Luke e seguiu rumo ao bosque de eucalipto.

O filho do gerente da pousada concordou em levar Luke, Tatiana e Junior até a margem leste do rio. Distante da praia de Laranjal do Jari, os três jogaram solenemente parte das cinzas de Luis no fluxo da água. Rolaram lembranças e lágrimas. Quando as nuvens encobriram o sol, eles atravessaram de volta. O murmúrio fluvial os acalmou como se fosse uma canção da bossa nova.

À medida que o barco se aproximava de Monte Dourado a névoa virou garoa. Saltando no ancoradouro, eles se apressaram até a pousada, onde encontrariam Sérgio e o grupo para o almoço. Ao chegar, porém, o gerente do aeroporto os aguardava com um recado perturbador.

"Fiquei sabendo que um policial de Belém está a caminho e deve chegar em uma hora. Como amigo do Jari, achei que gostaria de saber. Tomei a liberdade de abastecer o Cessna e verifiquei o óleo. Está pronto para partir."

Junior e Tatiana se entreolharam. Calados, foram rapidamente para seus quartos. Em poucos minutos, retornaram com as malas de mão, a bolsa de dinheiro de Luis e a urna com suas cinzas. Deram um abraço prolongado em Luke e mandaram lembranças a Lúcio e o anfitrião. Entrando apressados na Kombi, a aluna de Luke e o jovem colombiano acenaram brevemente enquanto a chuva aumentava. A camionete acelerou para o aeroporto, levando Tatiana e Junior a um destino desconhecido.

***

A balsa foi diminuindo no horizonte enquanto Luke repassava sua última conversa com o jornalista. Por enquanto, Lúcio estava sob a proteção da PF, graças ao simpático e honesto policial que chegou minutos após a fuga dos jovens para o norte. Luke e Lúcio lhe contaram sobre a perseguição do barco-patrulha na Baía de Marajó. Mas ficaram calados quanto ao tiroteio no chalé de Luis Carlos.

O agente mencionou que o cadáver do policial corrupto tinha aparecido na costa sul de Soure, atacado por peixes de dentes afiados. Os pescadores especularam a possibilidade de piranhas, pirarucus ou até botos, embora alguns urubus planassem por ali.

Apesar de não desejar a morte de ninguém, Lúcio suspirou aliviado. Ele também tinha contado ao amigo sobre a entrevista gravada com o chefe do tráfico colombiano, denunciando a corrupção no serviço aduaneiro de Belém, assim como na polícia civil. O agente federal ficou interessado e mostrou interesse em falar com a fonte de Lúcio.

"Você sabe que nós repórteres não podemos divulgar os nossos informantes. Caso contrário ninguém falaria conosco de novo, meu amigo. Mas posso lhe fornecer a transcrição antes que a reportagem seja publicada, tudo bem?"

O policial concordou e logo partiu para a fronteira venezuelana atrás de contrabandistas. Lúcio e Luke retornaram à varanda da pousada para tomar caipirinhas de açaí, o que soltou suas línguas.

Depois de dois bons goles, Luke compartilhou as notícias: "Padre José manda lembranças. Cuiabá passou dois dias com ele e voltou a Belém. Está no apartamento com a governanta colombiana e parece estar gostando. Como seu amigo confirmou, o assunto em Soure era o corpo do tira encontrado na praia, mas sem outras repercussões. Como o nível de álcool no cadáver era elevado, o padre ouviu mexericos de que ele caiu do barco por excesso de bebida.

"Quanto à minha aluna errante e Junior, apesar de um temporal no alto Amazonas, eles chegaram a Paramaribo, no Suriname, naquela mesma tarde. Como ela é brasileira e ele colombiano, não precisaram de visto pra entrar. Passaram a noite no hotel do aeroporto, mas ela não disse se foi em quartos separados ou no mesmo. Na manhã seguinte, Junior voou sobre o Rio Orinoco e, quase de tanque vazio, chegou a Puerto Carreño, no lado colombiano da fronteira. Após abastecer, eles cruzaram os Andes e aterrissaram em Bogotá ao entardecer. Agora estão na Zona T da cidade, hospedados num hotel chique, 'curtindo a companhia um do outro', segundo Tatiana. Já entraram em contato com a *The Nature Conservancy* e pretendem unir forças com grupos ecológicos nos dois países para combater o desmatamento. Olé!"

"Olé mesmo, professor! Que bom pra eles. Foi também uma fuga e tanto, digna de cinema. Ao completar seu relatório do estudo, por que não tenta encontrar um roteirista pra contar essa aventura ousada? Sei que Netflix, Apple e Amazon estão sempre em busca de filmes exóticos. Tenho um amigo no Rio, o Jorge, que pode arranjar isso", Lúcio concluiu, terminando seu drinque e pedindo outro.

"Por falar nisso, vários órgãos de imprensa se interessaram pela minha entrevista exclusiva com Luis Carlos. Além da *Folha de São Paulo*, agências internacionais, como a *Reuters* e o *Washington Post* estão atrás de matérias sobre o Norte selvagem do Brasil, que lembra o Velho Oeste americano. E já é quase 2022!

"Se eu fornecer informações confidenciais à PF, meu amigo prometeu uma guarda permanente na minha residência em Belém. Mas eu e minhas filhas estamos pensando em nos esconder por um tempo no Sul, talvez em Florianópolis. O que acha?"

"Santa Catarina tem praias lindas e cidades bem organizadas", respondeu Luke. "Pode ser bem o que o médico recomendou. Só estive em Florianópolis uma vez e gostei das praias limpas e dos moradores corteses. Seria um descanso agradável e merecido", ele incentivou o repórter, que parecia exausto.

***

Agora, no Dia da Independência, restava somente Luke em Monte Dourado. Ele se levantou de baixo da paineira e sacudiu as reminiscências. Como o quadril direito estava dormente, saiu mancando em direção à pousada e ouviu a badalada de um sino.

Lá chegando, viu um garoto em sua roupa de domingo, parado na varanda e mexendo em algo que tinha na mão.

"Professor Lucas?", ele perguntou em voz baixa.

"Ao seu dispor, meu jovem."

"Eu trouxe um convite da minha família e do Seu Sérgio para comemorar o nascimento do meu novo irmão", ele disse, entregando um envelope com as duas mãos.

Luke abriu o bilhete escrito à mão, que solicitava sua presença no batizado de Roberto Souza III no Clube Jariloca, às 14h. Assinado: "Beto". Ah, então a mulher dele já deu à luz. Luke sorriu para o garoto, cujos olhos transmitiam a mesma cordialidade do pai.

"Será um prazer. Como você se chama?"

Confiante e orgulhoso, o garoto exclamou: "Eu me chamo Daniel e tenho nove anos! Meu pai me deu esse nome por causa do fundador do Jari", e estendeu a mão, que Luke apertou, encantado.

"Prazer te conhecer, Daniel. Por favor, agradeça a seus pais pelo convite e diga que irei sim". Deu um abraço apertado no garoto e entrou na pousada.

Em seu quarto, Luke tomou banho, fez a barba e ficou agradavelmente surpreso ao ver sua camisa recém-lavada pendurada no armário. Como a calça bege ainda estava limpa, ele a vestiu com a camisa havaiana e se olhou no espelho. Apareceu um rosto vermelho e enrugado em torno dos olhos azul-celeste. Seu cabelo, outrora castanho, apresentava mais mechas brancas. Este era Luke Shannon em 2021.

Saindo quinze minutos antes da hora marcada, andou pela vila onde estivera quando jovem estagiário. As ruas eram assinaladas por números, como no plano original, mas agora estavam margeadas por massarandubas, bananeiras e palmeiras que envolviam as centenas de casas. Tinha a aparência de uma pequena cidade americana remodelada pelo trópico brasileiro. Havia crianças jogando futebol num campinho e os troncos dos eucaliptos da praça estavam pintados de branco para afastar as formigas. Os canteiros eram cercados por pedras brancas, típico das cidadezinhas de interior.

Luke ouviu a balbúrdia de uma arara azul e amarela e viu sua parceira numa palmeira próxima. Beto lhe contou que se tratava de uma espécie monogâmica; o casal ficava unido a vida toda. Que exemplar!

Passando pela Primeira Igreja Batista, Luke viu uma senhora embaixo das palmeiras contando histórias bíblicas para as crianças. Mais adiante, trabalhadores pintavam as paredes azuis da igreja de Nossa Senhora de Nazaré, que ficava à sombra de uma castanheira. Sem saber direito onde era o clube, perguntou a uma enfermeira de aparência cansada que saía de um prédio de dois andares, o Centro da Covid-19.

"Se o senhor não se importa de pegar carona na lambreta do meu colega, ele vai passar pelo Clube Jariloca na Rua 100", ofereceu a moça com um sorriso.

Luke agradeceu e montou na vespa bem rodada. Em cinco minutos, eles chegaram a um vasto clube campestre, muito arborizado. O complexo incluía uma piscina tingida de musgo, onde algumas crianças brincavam na água e desciam pelo escorregador. Ele agradeceu ao jovem ciclista e entrou pelo corredor externo, observando as fotos dos 35 anos de história do clube. Em 2021, um Monte Dourado bem diferente.

Na frente de um pequeno salão, Luke esbarrou em Daniel, que corria atrás de um cachorro meio vira-lata. "Peraí", ele disse a Luke, conseguindo encurralar o bicho. "Esta é a Lucy, seu Lucas. Vamos entrar. Minha família e o padre estão esperando."

Beto abriu um sorriso ao ver Luke. "Bem-vindo, professor. Teremos que batizar meu caçula aqui no clube porque a igreja está sendo pintada. Este é o Padre João, da nossa paróquia. Padre, este é o americano que conheci há quarenta anos, quando ele veio pro Jari. Ele também é católico e amigo do Seu Sérgio".

Eles deram um leve abraço e ficaram conversando. Depois, Beto chamou Luke num canto. "Seu Sérgio foi chamado para uma emergência na usina e vai se atrasar para o batizado. Como o senhor é católico praticante, gostaria de ser o padrinho no lugar dele? É um pedido de última hora e presunçoso da minha parte, mas é que o padre precisa ir embora às quatro. Seria uma honra para minha família e nosso Betinho III".

Luke olhou para Carla, sentada com o filhinho no colo. Um amigo da família começou a dedilhar o violão e cantarolar os clássicos de Jobim. A música levou Luke de volta à sua visita ao Jari com a moça indígena dançando e cantando, *A felicidade é como a gota / de orvalho numa pétala de flor / Brilha tranquila / depois de leve oscila / e cai como uma lágrima de amor*. Naquela noite, há quarenta anos, ele havia murmurado o mesmo poema da bossa nova para a onça na floresta.

Emocionado, Luke sentiu que talvez este fosse o propósito de estar em Monte Dourado hoje finalizando a missão de estudos em 2021. Ouviu as risadas das crianças e o trinado do sabiá-laranjeira lá fora. Acompanhado de uma brisa, o sol entrava pela janela aberta e a música de Jobim preenchia o espaço com seu balanço.

Ele inspirou fundo e assentiu para o pai do bebê. Deu um abraço apertado no amigo redescoberto, mas virou-se em seguida para ocultar as lágrimas.

Passado um instante, Luke afirmou: "Beto, a honra é minha, compadre. A honra é toda minha".

AGRADECIMENTOS

Agradeço o sacrifício de repórteres, missionários e indigenistas que pagaram o preço máximo por fazer a coisa certa. Em 5 de junho de 2022, o jornalista Dom Phillips e o indigenista Bruno Pereira desapareceram no Vale do Javari, no oeste do Amazonas. Estavam coletando provas de pesca ilegal e pilhagem no território indígena. A Polícia Federal seguiu pistas fornecidas pela população e prendeu dois homens. Mas quem ordenou o assassinato? Que sua coragem e testemunhos consigam promover mudanças, apesar das ameaças dos poderosos.

Agradeço ao povo brasileiro pela hospitalidade e amizade que me dedicou por mais de quarenta anos. Viver em São Paulo e no Rio quando jovem profissional me tirou da "caixa americana". A vida explodiu em cores vívidas e eu abri minhas asas ao som da bossa nova. Obrigado.

Meu pai costumava convidar seu cliente de móveis finos para nosso jantar de domingo. Bryan contava suas aventuras na busca de jacarandá e massaranduba ao longo do Rio Amazonas, a despeito de onças, piranhas e contrabandistas. Suas histórias despertaram a imaginação daquele adolescente, me fazendo sonhar alto. Animado, aprendi português.

A "mão invisível" do destino me levou ao navio brasileiro *Custódio de Melo*, quando servia na Marinha americana, e mais tarde ao estágio da AIESEC no BankBoston. Minha primeira viagem à América do Sul, com meu colega Allan, exigiu que nos adaptássemos aos novos cenários culturais e ampliássemos nossa visão de mundo. "Alguém" olhou por nós pelos caminhos sinuosos do Equador, do Peru, da Bolívia e, finalmente, do Brasil. Obrigado.

Agradeço às dezenas de brasileiros e abrasileirados por suas histórias, várias incluídas no meu terceiro livro de odisseia e redenção.

Fico grato a todos os heróis e heroínas desconhecidos do Brasil, cujos atos demonstram seu amor ao próximo.

O apoio inicial de amigos no Rio, como José Luiz Osório, Harold Emert e Ronaldo Veirano, foi muito útil para me manter atualizado sobre a pandemia e a turbulência política no Brasil. Agradecido.

Shirleann Nold leu cada palavra do manuscrito e me corrigiu com vigor. Apesar das discussões calorosas, confesso que ela geralmente tinha razão.

Steve Yolen foi um grande conselheiro durante a pesquisa e o processo de escrita, assim como me apresentou a uma editora brasileira com vistas à tradução de *Brazilian Odyssey* para o português.

Novos amigos do estado do Pará deram dicas sobre as forças em jogo em Belém, Santarém, Monte Dourado, Manaus e comunidades ao longo do Rio Amazonas:

Cristina Serra, jornalista e escritora, me alertou sobre vários incidentes ameaçando os povos indígenas. A dedicação de Caetano Scannavino e de seu irmão ao projeto Saúde e Alegria, em Alter do Chão, me ensinou o que os cidadãos podem fazer para levar adiante uma causa justa. Lúcio Flávio Pinto exemplifica a coragem de um repórter de responsabilizar os que estão no poder, apesar das consequências. Sérgio Amoroso, CEO do Projeto

Jari, investiu mais de vinte anos de vida para renovar a comunidade e o desenvolvimento sustentável ao longo do Rio Jari. Bruno Paes Manso deu dicas importantes referentes às milícias do Brasil. Parabéns e agradecido.

Fico muito grato aos amigos brasileiros e expatriados por seus testemunhos confidenciais, relacionados pelo primeiro nome: Aidé, Aldo, Alexandre, Álvaro, Amorim, André, Andrew, Ângela (SP e Curitiba), Araquém, Ariane, Aron, Beto, Bianor, Brad, Bruno, Caio, Camila, Charles, Cláudio, Cristina, Edgard, Edi, Eduardo, Ernie, Eugênio, Evaristo, Fábio (Santarém e Rio), Fernanda, Fernando, Flávio, Francisco, Gabriel, Geisimara, Gilderan e Gilson do CIMI, Giora, Gisela, Gregório, Guilherme, Hermano, Hugo, Ilko, Isabel, James (Rio e SP), John, Johnny, Jorge, Padre José, Diácono José, Juscelino, Letícia, Lorenzo, Luciana, Luis Carlos, Luis do CIMI, Luis Fernando, Luiz B., Marcelo (SP e Rio), Marcos, Marina, Marta, Mateus, Matt, Mauro, Michelle, Milagros (RO e SP), Nelson, Nilson, Oliver, Olívio, Paulo (Rio e SP), Paulo Roberto, Pedro, Perdigão, Peter, Phylis, Plínio, Dr. Renilton, Dr. Ricardo, Richard, Rilton, Ronaldo, Rogério, Rubens, Samy, Sérgio, Sônia, Steve, Tatiana, Teresa, Thiago, Vera (Brasília), Vera Aparecida (SP), Walter, Werner e William.

Um agradecimento especial à equipe da Thomson Reuters Brasil afora, especialmente a Brad, Fábio, Gabriel e Stephen, por seus conselhos e apresentações.

Obrigado a todos os voluntários da Peace Corps por compartilharem suas experiências no Norte.

As informações destes especialistas em manejo florestal forneceram oportunos *insights* para manter o autor no caminho certo: Marcelo Ambrogi, do IMA Florestal, Luis Fernando da SOS Mata Atlântica, Dr. Cláudio e Plínio Ribeiro da Biofílica. Agradecido.

O policial federal Alexandre Saraiva e a filantropa Teresa Bracher me ajudaram a entender as atuais políticas de Brasília e seu impacto no desmatamento. O livro de Richard Lapper, *Beef, Bible and Bullets* (*Carne, bíblia e balas*), me ofereceu o contexto da eleição de Bolsonaro em 2018. *Thank you.*

Fico agradecido à Universidade de Seattle por poder compartilhar com os alunos a realidade do Brasil e da América Latina e por autorizar missões ao Brasil e a Cuba.

Quando o CIMI celebra cinquenta anos de envolvimento – especialmente no Norte, Nordeste e regiões do cerrado brasileiro, meu obrigado aos missionários leigos do Conselho Indigenista Missionário, por sua dedicação aos povos originários.

Agradeço a vocês, autores, que revisaram muitas páginas do meu livro e fizeram críticas cuidadosas.

A publicação de *Brazilian Odyssey* foi possibilitada por Julie Scandora, editora técnica do *The Chicago Manual of Style* e por Melissa Coffman e Scott Book da *BookHouse Publishing*. Seu compromisso e firmeza foram fundamentais para a publicação nos Estados Unidos em tempo hábil.

Pam Binder, presidente da Pacific Northwest Writers Association, me incentivou ao longo do caminho para continuar escrevendo. Obrigado a ela e a toda família da PNWA.

Obrigado ao irmão Terry, pelo sábio conselho de "ser conciso" e aos estudantes e professores das universidades de Washington e Seattle, que me ouviram em leituras de improviso. Obrigado, sobrinho Jason, por me orientar sobre as mídias sociais nas duas odisseias, a de *Havana* e a *brasileira*.

Obrigado, Vicki, por aguentar seu marido recluso nesses dois anos, enquanto eu trilhava as estradas de pesquisa, entrevistas e escrita. *Merci et bisous.*

Obrigado a vocês, leitores, por escolherem este livro.

NOTA E BIOGRAFIA DO AUTOR

Sim, admito ser o estagiário recém-chegado que recomendou o empréstimo para o projeto grandioso de Ludwig há mais de quarenta anos. Como "jovem e eterno", sem pensar, entrei na floresta ao escurecer, salvando-me ao murmurar a canção de Jobim para uma onça pronta para o bote. Graças ao pai de Beto, atravessei o rio em Monte Dourado até a comunidade ribeirinha sobre palafitas. Num bar rústico, realmente ouvi a indígena do Xingu cantar *Tristeza não tem fim / felicidade sim*. Naquela mesma choupana, Luis Carlos se apresentou a mim. Vinte anos depois, nós nos cruzamos no Jockey Club do Rio de Janeiro.

No começo de 2020, comecei a entrevistar dezenas de brasileiros sobre um novo livro da série odisseia e redenção, baseado no Brasil. Muitos demonstraram preocupação com a diminuição das florestas e degradação dos serviços públicos. Outros denunciaram invasores de terras indígenas e o assassinato de inocentes. Vários lamentavam a eleição do "Trump dos trópicos" e o risco para a democracia. Quando a pandemia chegou em 2020, muitos sentiram o peso da infecção e da morte entre familiares, amigos e vizinhos.

Portanto, este segundo livro da série é dedicado aos heróis e heroínas desconhecidos do Brasil. Pessoas como Alexandre

(Saraiva), Beto, Caetano, Cláudio, missionários do CIMI, Padre José, Lúcio, Marina, Plínio, Sérgio, Sonia, Teresa, Vera e Werner realmente existem. Este livro é meu legado para eles.

Durante os anos calamitosos de 2020 e 2021, muitos brasileiros se mobilizaram para ajudar os compatriotas a sobreviver. Meu terceiro livro reconta essa história contemporânea através do olhar desses campeões que receberam pouca atenção da grande mídia. Fundi seus testemunhos e ações no enredo de Luke Shannon. Todos os personagens são citados pelo primeiro nome para protegê-los de possíveis represálias.

Como professor adjunto na Faculdade Albers de Administração e Economia da Universidade de Seattle, tenho coliderado viagens de estudo como a abordada em *Odisseia brasileira*. Atualmente, faço palestras sobre administração de empresas na América Latina, esperando despertar o interesse dos alunos em nossos vizinhos. Numa dessas aulas, conheci uma estudante chamada Tatiana, com raízes indígenas, que me alertou sobre o assassinato de Paulino Guajajara no Dia de Todos os Santos de 2019. Que o "guardião da floresta" descanse em paz.

***

Stephen E. Murphy viveu no Brasil por quatorze anos e viajou pelas Américas durante décadas. É fluente em espanhol, português e francês e desfruta de amizades duradouras no Brasil, Chile, Colômbia, Cuba, El Salvador, México e Panamá. Ocupou posições executivas no BankBoston, na Paramount Pictures e no Banco de Desenvolvimento Interamericano. Na primeira gestão do Bush pai, Murphy foi nomeado diretor da Worldnet Television. Durante a presidência de George W. Bush, foi diretor regional da Inter-Américas para a Peace Corps.

Junto ao cineasta Hector Babenco, amigos e familiares do autor criaram o *Fundo Pixote de Alfabetização* em 2002, sob a gestão da Partners of the Americas (Washington DC) que promove programas de alfabetização para crianças. O fundo já investiu em 23 diferentes programas privados de alfabetização nas Américas, inclusive nos estados do Espírito Santo, Goiás, Pará, Paraíba, Pernambuco, Rio de Janeiro, Rio Grande do Sul, Santa Catarina, São Paulo e Tocantins. Veja www.partners.net.

Murphy lecionou economia para estudantes vulneráveis na Miami Jackson High School, obtendo o reconhecimento do *Miami Herald* e do *Wall Street Journal* em 1995. Retornando à sua cidade natal, Murphy dá cursos de administração de empresas na Universidade de Seattle e consultorias para firmas que se expandem pelas Américas. Orienta estudantes e jovens profissionais em Havana, Miami, Rio de Janeiro e Seattle. É conselheiro acadêmico dos estudantes da fraternidade Phi Kappa Psi da Universidade de Washington.

Em 2016, Murphy publicou *On the Edge: An Odyssey*, sobre os pontos de virada em sua vida. Seu segundo livro, *Havana Odyssey* (2020), baseou-se em 65 entrevistas com cubanos, honrando a promessa feita a Ana Maria, sobrinha do falecido "Herói da República" de Cuba. O autor publicou artigos no *Brazil Herald*, no *Puget Sound Business Jounal* e no *Quarterly* da Seattle's Trade Development Alliance.

Murphy já conduziu leituras de seus livros em três países, em mais de sessenta locais, inclusive Books & Books (Coral Gables, Flórida), Livraria da Vila (São Paulo), Livraria da Travessa (Rio de Janeiro) e La Biblioteca Nacional de Cuba. Atualmente, está em processo de pesquisa para um novo livro, *Colombian Odyssey*.

Mora em Seattle com sua mulher Vicki e os cachorros lhasa apsos, Betty e Buddy. Adora nadar em águas abertas pelo mundo todo.

Grupo de estudantes da Seattle University, em visita à Cervejaria
Brahma-Skol, Campo Grande, Rio de Janeiro, 2001. O autor está à direita.

https://www.facebook.com/GryphusEditora/

twitter.com/gryphuseditora

www.bloggryphus.blogspot.com

www.gryphus.com.br

Este livro foi diagramado utilizando a fonte Minion Pro
e impresso pela Gráfica Edelbra, em papel polen natural ld 80 g/m²
e a capa em papel cartão supremo 250 g/m².